tredition®

www.tredition.de

AF197154

Die Verbindungen zwischen einem bitterarmen Mädchen aus den Favelas von Sucre, Bolivien, einem verzweifelten Familienvater, einer frustrierten Krankenschwester, einem trauernden Kriminalkommissar und einem geldgierigen Chefarzt erschließen sich erst auf den zweiten Blick. Was passiert hinter den Kulissen der Privatklinik ‚Am Wald' im Kölner Süden?

*

Das Autoren-Trio Christiane Hartmann, Dirk Reetz und Claudia Schnitzler aus Köln haben sich auf ein einmaliges Projekt eingelassen:

Sie verfolgen aus fünf verschiedenen Blickwinkeln die ungeheuren Auswirkungen der internationalen Organmafia in einer kleinen Privatklinik in Köln, Deutschland. Dabei nimmt jeder Autor ein bis zwei Protagonisten unter die Lupe und verfolgt ihre Entwicklung bis hinter das tragische Ende.

Schlussverkauf

Risiken und Nebenwirkungen

Dirk Reetz

Claudia Schnitzler

Christiane Hartmann

www.tredition.de

© 2019 Christiane Hartmann, Dirk Reetz, Claudia Schnitzler

Cover: Andrea Reetz – www.reetz-schmuckdesign.de
Lektorat: Mediaagentur Gaby Hoffmann

Verlag & Druck: tredition GmbH, Halenreie 40-44, 22359 Hamburg
ISBN
Paperback: 978-3-7497-2279-2
e-Book: 978-3-7497-2280-8

Prolog

Freddi

„Hier stinkt's wie in einer Bärenhöhle nach dem Winterschlaf!"
hätte sein Vater gesagt und missbilligend die Nase gerümpft.

Frederic Broscheid warf seine Sporttasche schwungvoll auf die
Pritsche in der Umkleide. Tatsächlich köchelte hier penetranter
unparfümierter Jung-Männer-Schweiß vor sich hin. „Freddi",
wie ihn seine Freunde und Eltern nannten, begann, sich für das
Handballtraining umzuziehen. Schon mit seinen fast zehn Jahren liebte er diesen Sport. Es ging ruppig zur Sache und kaum
ein Gegner kannte Gnade auf dem Platz. Obwohl der Sport
auch schon in diesem Alter ein gewisses Verletzungspotenzial
barg, unterstütze sein Vater ihn dabei nach Kräften und fuhr
die Mannschaft nicht selten mit seinem Kleintransporter zu
Auswärtsspielen. Anfang des Jahres war Freddi von den ‚Mi-
nis' in die E-Jugend aufgestiegen und er war mächtig stolz darauf.

„Hi Bro, alles klar?" Nils, Klassenkamerad und Freddis bester
Freund, schob seinen schmalen Körper betont lässig zur Tür
herein. Hätte es da nicht diesen ernsthaften Gesichtszug gegeben, hätte man sich über die Mimik amüsieren können, wie der
Junge versuchte, mit dem linken Auge sein Handy und mit
dem rechten Freddi zu fixieren. Sie versuchten eine Fünf zur
Begrüßung, die Hände verfehlten sich um mehrere Zentimeter,
weil Nils unkonzentriert war und beide mussten albern loski-
chern.

Der durchdringende Pfiff einer Trillerpfeife durchschnitt uner-
bittlich die dicke Luft. Die massige Gestalt von Hartmut, ihrem
Trainer, verdunkelte den Durchgang zur Sporthalle.

„Los, Männer, raus zum Aufwärmen! Ihr seid schließlich nicht zum Spaß hier! Los, los, los! Etwas zügig, wenn ich die älteren Herren bitten dürfte!"

Hartmut hatte jetzt schon Schweißperlen auf der Stirn.

„Du, du und du – Ihr holt die Tore! Du und du – Matten auslegen an der inneren Grenze zum Sieben-Meter-Raum! Damit ihr euch nicht die zarten Knielein aufscheuert und Mami nachher schimpft!"

Manchmal war der Kerl echt nicht zu ertragen. Nils und Freddi sahen sich an und verdrehten die Augen. Norman, ihr Torwart, grunzte unwillig und klopfte sich wie meistens in solchen Situationen heftig vorn auf seine Sporthose. *Pock, Pock, Pock.* Es klang hohl und die ganze Mannschaft prustete los vor Lachen. Als Torwart trug Norman als Einziger ein Suspensorium, das ihn vor ungezielten Würfen schützte und er gab damit an wie nur was.

„Ruhe, Ihr Schw …!" Der Trainer konnte sich gerade noch so einbremsen. Zehn- bis Zwölfjährige halt, was soll man da machen? Er schüttelte resigniert den Kopf und schlurfte in seinen abgelatschten Sportschuhen zurück in die Halle.

Seltsamerweise fiel Freddi das Auswärmtraining und auch das Spiel in den letzten drei Monaten immer schwerer. Natürlich war Handball ein schweißtreibender Sport, aber es konnte doch nicht sein, dass er nach zehn Minuten schon lahme Beine bekam und sein Herz wie verrückt hämmerte.

Endlich ging es los. Die beiden Torwarte wählten abwechselnd ihre Wunschspieler. Wie immer war Freddi einer der Ersten, die einen Platz in einer der Mannschaften ergatterten. Wenn er am Kreis den Ball bekam, war es ein nahezu sicheres Tor. Das wollte sich natürlich keiner entgehen lassen.

Dann ging es los. Die gegnerische Mannschaft warf an. Freddi erholte sich ein wenig am Anwurfkreis und wartete auf einen Pass, aber nichts lief heute rund. Nach einer Viertelstunde stand es fünf zu fünf und Freddis Mannschaft baute einen Angriff auf.

Jetzt aber! Freddi musste unbedingt ein Tor machen. Er wollte danach ausgewechselt werden und ein paar Minuten auf der Bank Luft holen. Er tänzelte am Kreis von einer Seite auf die andere, wurde vom Gegner aber immer wieder effektiv gestört.

Da! Nils hatte erkannt, dass Freddi mit einer blitzschnellen Körpertäuschung in die entgegengesetzte Richtung lief, als der Gegner vermutet hatte. Mit einem scharfen Pass spielte er ihm den Ball in die linke Hand.

Freddi drehte sich und ... rutschte auf dem schweißnassen Boden aus. Er schlug mit beiden Knien hart auf dem Hallenboden auf. Wieder einmal.

Natürlich ungeschützt genau zwischen zwei der ausgelegten Matten. Beide Kniegelenke schwollen sofort an. Wieder einmal. Der Trainer rannte los und besorgte Coolpacks aus dem Kühlschrank. Sie nutzten fast nichts. Wieder einmal.

Freddi versuchte, die Tränen wegzublinzeln, die ihm aus den Augen quollen. Was war nur los mit ihm? Was war los mit seinem Körper?

Das Mädchen

Paola saß am Straßenrand und kaute auf ihrem Stück Brot herum. Fabio hatte heute Morgen einen Laib von seinem täglichen Streifzug mitgebracht. Wie immer hatte er seine Beute mit den hungrigen Kindern geteilt. Er war der geschickteste von der kleinen Gruppe und es gelang ihm mehr als sonst jemandem, unbemerkt auf dem Markt etwas Essbares mitgehen zu lassen. Wenn die Bauern in einigen Stunden ihre restlichen Waren wieder zusammenpackten, war auch die Stunde der anderen Kinder gekommen. Sie würden in den Müllbergen, die die Straßenhändler hinterließen, nach Lebensmitteln suchen. Immer wieder fanden sie Obst und Gemüse, das achtlos zur Seite geworfen worden war. Auch der ein oder andere Fisch stand manchmal auf ihrem Speiseplan. Ein paar von ihnen hielten die Hunde fern, sodass ihnen die hungrigen Tiere nicht ihre Beute streitig machen konnten.

Doch bis dahin würden noch einige Stunden vergehen und so versuchten die Kinder, sich die Zeit zu vertreiben.

Emilia lag schlafend auf ein paar dreckigen Decken neben einer Hauswand. Der kleine Körper wurde von den Strahlen der Sonne gewärmt. Paola war sehr erstaunt gewesen, als das kleine Mädchen vor ein paar Wochen vor ihr gestanden hatte. Sie schätzte die Kleine auf vielleicht fünf Jahre. Nur ihren Namen hatte sie gesagt und seitdem kein Wort mehr gesprochen. Aus welchem Grund auch immer hatte das kleine Mädchen Vertrauen zu Paola gefasst und folgte ihr seitdem auf Schritt und Tritt. Jedes Kind, das auf den Straßen von Sucre, Boliviens Hauptstadt, zu überleben versuchte, trug seine Geschichte mit sich herum.

Ein paar Meter weiter wurden Julian und Pedro nicht müde, einen kleinen runden Stein hin und her zu kicken. Fast schon im Takt klackte der Stein auf dem Asphalt. Hin und zurück. Das Lachen der Zwillinge klang zu Paola hinüber. Die beiden wussten nicht, wie alt sie waren. Im Centro Medical hatte man sie auf vielleicht elf Jahre geschätzt, doch sie selbst machten sich gerne älter. Sie konnte sich nicht erinnern, einmal einen der Jungen alleine oder schlecht gelaunt angetroffen zu haben. War das Leben auf der Straße auch noch so hart, ständig hörte man die Zwillinge herumalbern und kichern. Ganz anders dagegen verhielt sich Manuel. Von der Gruppe abgewandt schaute der Zwölfjähre in die Ferne. Eine immerwährende Traurigkeit ging von ihm aus. Er sprach selten und lachte nie. Schon oft hatte sich Paola gefragt, was das Leben ihm angetan hatte.

*

Paola war bei ihrer Mutter aufgewachsen, die für Izan, einen Bordellbesitzer, der ein „Hotel" am Markplatz Sucres führte, arbeitete. Eng beieinander standen dort die Herbergen und Hotels in den schmutzigen Straßen mitten in Sucre.

Wenn sich die Dunkelheit über die Stadt legte, erwachte das Viertel zum Leben. Gruppen von Männern strömten in die Straßen. Die jungen Frauen warteten vor den Hoteleingängen auf ihre Kundschaft. Tagsüber, wenn die Frauen unter sich waren, kümmerte sich ihre Mutter rührend um ihre Tochter und versuchte, sie vor Izan zu verstecken, wenn dieser wieder einmal raste und den Frust über sein Leben an den Frauen ausließ. Waren die Frauen alleine, konnten sie lachen, reden und das nächtliche Leben für wenige Stunden vergessen.

Brach die Nacht herein, kauerte das Mädchen unter der Treppe des Hotels und hielt sich die Ohren zu. Sie wollte die Geräusche der Lust und die Schreie der Frauen nicht hören, wenn ein Freier handgreiflich wurde. Immer wieder hoffte sie, dass die schweren Schritte auf der Treppe nicht zu ihrer Mutter führen würden. Doch genauso wusste sie, dass Izan ihre Mutter schlagen würde, wenn diese nicht genug Kunden bediente. Sofern Paola Glück hatte, fiel sie irgendwann in einen unruhigen Schlaf und sie erwachte erst wieder, wenn sich die Stille über das Haus senkte.

Paolas Leben spielte sich jeden Tag nach dem gleichen Rhythmus ab. Sie kannte es nicht anders.

Dann, eines Tages, änderte sich alles von einem Moment zum anderen.

Izan trat gegen Mittag in das Zimmer ihrer Mutter. Ihre Mutter sprang auf, doch der massige Mann beachtete die zierliche Frau nicht. Er blickte sie, Paola, an – so, als ob er sie zum ersten Mal sehen würde. Die Zeit schien still zu stehen.

„Nein!", dieses eine Wort ihrer Mutter unterbrach schließlich das Schweigen. Sie schmiss sich zu Izans Füßen auf den Boden und umklammerte seine Beine.

„Bitte, Izan, nicht, sie ist gerade mal sieben Jahre alt." Ihre Stimme klang schrill und unnatürlich. Tränen liefen ihr über die Wangen.

„Ich werde noch mehr arbeiten", mit diesem Vorschlag wollte die junge Frau ihre Tochter retten. „Ich kann auch tagsüber anschaffen. Nur bitte nicht Paola!"

Dem Kind kam die Szene unwirklich vor. Sie hatte Angst. Angst um ihre Mutter, Angst vor der Situation, Angst vor Izan.

„Bade sie und richte sie her!" Izan schien weder die junge Frau, die sich an seine Hose klammerte, noch deren Verzweiflung wahrzunehmen. „Ich hole sie nachher ab", waren seine Worte, bevor er das Zimmer verließ.

Ihre Mutter weinte hysterisch und hämmerte mit den Fäusten auf den Boden ein.

„Mama?" Dieses kleine Wort schien die verzweifelte Frau aus ihrem Schmerz zu reißen und in die Wirklichkeit zurückzuholen.

Gehetzt schaute sie ihre Tochter an.

„Komm, mach schnell!" Ehe sich Paola versah, hatte ihre Mutter mit ihr das „Hotel" verlassen.

Die beiden rannten durch die schmutzigen Straßen. Immer wieder schaute sich die junge Frau furchtsam um und zog das Kind an ihrem Arm hinter sich her. Nach kurzer Zeit waren beide außer Atem.

Paola weinte. Sie hatte Seitenstiche, ihr Arm schmerzte und ihre Welt war ganz und gar nicht mehr in Ordnung. Sie wusste nicht, wo sie waren, doch ihre Mutter schien ein Ziel zu haben.

„Bitte, ich kann nicht mehr", jammerte sie immer wieder, aber ihre Mutter lief unbeirrt weiter.

Irgendwann riss ihre Mutter die Tür eines Hauses auf und zerrte Paola hinter sich her. Das Kind bekam keine Luft und seine Seitenstiche waren unerträglich. Erleichtert blieb das Mädchen in der Eingangshalle des Gebäudes stehen und hielt seine Hände auf die schmerzenden Leisten.

Während Paola noch nach Luft schnappte und zu keinem Wort fähig war, beugte sich ihre Mutter kurz zu ihr herunter. Sie nahm ihre kleine Tochter in den Arm. „Hier bist du in Sicherheit."

Tränen liefen der Frau über das Gesicht, doch sie schien es nicht zu bemerken. Noch einmal drückte sie Paola an sich, ehe sie sich umdrehte, die Tür erneut öffnete und verschwand.

Paola erinnerte sich genau an diesen Moment, an dem sie ihre Mutter zum letzten Mal sah. Sprachlos und alleine hatte sie in der Halle gestanden.

Alles kam ihr unwirklich vor.

Als sich ihre Mutter umdrehte und für immer aus ihrem Leben verschwand, nahm sie das Geschehen unwirklich wie durch einen Nebel wahr. Die Seitenstiche ließen nach, doch dafür machte sich ein neuer Schmerz in ihrem kindlichen Herzen breit. Sie schaute zur Tür, wartete darauf, dass sie sich erneut öffnete und ihre Mutter zurückkam.

Doch die Tür blieb geschlossen. Ihre Mutter hatte Paola hier in diesem Haus zurückgelassen.

Unbeweglich stand das Kind da und schaute weiterhin zum Eingang. Paola merkte nicht, dass auch ihr irgendwann die Tränen über die Wangen liefen.

Jemand berührte ihre Schultern und sprach zu ihr, doch die Worte drangen nicht bis zu dem Mädchen durch. Sie rührte sich nicht vom Fleck und wartete.

Nur dunkel erinnerte sich Paola an die nächste Zeit. Eine nette junge Frau hatte sich des Mädchens angenommen. Sie nahm das verlassene Kind in den Arm und versuchte, ihr etwas Trost zu spenden. Sie kannte das Drama, das dem Kind widerfahren war, nur zu gut. Auch wenn für Paola gerade ihre Welt zerbrochen war, wusste die junge Frau, dass das Schicksal des kleinen Mädchens zum Alltag in Sucre gehörte.

Paolas Mutter hatte ihre Tochter in der Sozialstation Sucres und damit in staatlicher Obhut zurückgelassen. Was weiter mit dem Kind geschah, würde sich in der nächsten Zeit herausstellen. Es gab Waisenhäuser in Sucre, die jedoch hoffnungslos überfüllt waren. Manche Familien nahmen Kinder zur Unterstützung im Haushalt bei sich auf. Von all dem ahnte das Paola nichts. Die nächsten Tage lebte sie in einem schützenden Kokon des Nebels und der Traurigkeit. Sie wurde im Centro Medical untersucht und geimpft. Die Schmerzen, die die Spritzen ihr verursachten, ließen sie einen winzigen Augenblick den inneren Schmerz, der in ihr tobte, nicht mehr spüren.

Wie viel Zeit sie in der Sozialstation verbrachte, vermochte sie nicht zu sagen. Sie war dort mit einer Gruppe von Kindern zusammen, die ebenfalls darauf warteten, dass über ihren weiteren Verbleib und ihr Schicksal entschieden wurde.

Wenige Tage später wurde sie in einen Raum geführt. Ein Mann und eine Frau standen dort und betrachteten sie wie eine Ware am Marktstand von Sucre, während die junge Frau, die Paola in der Sozialstation betreut hatte, das Mädchen anlächelte.

„Sie ist sehr jung", waren die ersten Worte der fremden Frau. Kalt musterte sie das Mädchen. „Sie wird mir keine große Hilfe sein."

„Wenn sie älter sind, ist es oft schwieriger, sie im Haushalt zu integrieren", erwiderte die Frau der Sozialstation. „Sie ist robust und stark und wird Sie sicher rasch unterstützen können."

Der Mann betrachtete Paola eingehend von Kopf bis Fuß und lächelte leicht. „Lass es uns probieren. Sie wird schon lernen zu gehorchen." Als er sich bei den Worten über die Lippen leckte, sah sich Paola wieder in das Zimmer ihrer Mutter zurückversetzt. Der Mann starrte sie an wie Izar, als er ihrer Mutter befohlen hatte, sie herzurichten.

Verängstigt schaute das Kind zu Boden. Sie wusste von den anderen Kindern der Sozialstation, dass es ein großes Glück bedeutete, in einer Familie als Haushaltshilfe aufgenommen zu werden. Gleichzeitig spürte sie, dass sie bei diesem Paar kein Glück finden würde.

Die drei Erwachsenen sprachen über sie, ohne auch nur ein Wort an das verängstigte Kind zu richten, bis der Mann sie schließlich am Arm packte und nach draußen führte. Zeit, um sich von den anderen Kindern zu verabschieden, ließ man ihr nicht.

Erneut veränderte sich ihr Leben von einer Sekunde zur anderen. Und wieder spürte das Kind, dass irgendwas ganz und gar nicht in Ordnung war.

Das Paar brachte Paola zu einem Auto, das vor der Sozialstation stand. Die Panik, die in ihr aufstieg, kam nicht daher, dass sie noch nie vorher mit einem Auto gefahren war. Alles in ihr schrie danach, dass sie nicht mit dem Mann und der Frau gehen durfte. Etwas in ihrem Inneren sagte dem Kind, dass ihr Leben keine gute Wendung nehmen würde, wenn sie erst einmal in dem Auto des fremden Mannes und der kalten Frau sitzen würde.

Als der Mann die Autotür öffnete und für einen kurzen Augenblick Paolas Arm losließ, wusste sie instinktiv, dass dies vielleicht der einzige Augenblick war, um dieser Situation zu entkommen.

Ohne weiter nachzudenken, rannte sie los. Sie hörte den Aufschrei der Frau, die ihren Mann aufforderte, sie aufzuhalten. Die schweren Schritte des Mannes und sein keuchender Atem schienen immer näher zu kommen. Als sie schon fast meinte, die Finger ihres Verfolgers auf ihrem Arm zu spüren, hörte sie, wie der hastige Atem des Mannes leiser wurde.

Sie war schneller.

Mit letzter Kraft holte sie alles aus sich heraus. Immer wieder rannte sie in ihr unbekannte Gassen hinein. Ihre Lungen glühten vor Schmerz, als sie sich einen kurzen Blick zurück erlaubte. Von ihrem Verfolger war nichts mehr zu sehen. Paola wusste nicht, wie lange sie gelaufen war. Doch anscheinend hatte sie den Mann abgeschüttelt.

Nach Atem ringend ließ sich das Mädchen an der Hauswand auf den Boden gleiten. Ihre Beine dicht an den Körper gezogen schluchzte sie drauflos. Sie vermisste ihre Mutter, wusste nicht, wo sie war und wo sie nun hin sollte. Ihr Körper schien nur aus Schmerz zu bestehen.

Als schließlich ein Schatten auf ihren kleinen Körper fiel, versteifte sie sich, ohne aufzuschauen. Nun hatten der Mann und die Frau sie doch noch gefunden. Aber niemand sprach sie an. Niemand riss sie in die Höhe. Nichts geschah.

Erstaunt merkte sie, wie sich jemand neben sie auf die Erde hockte. Paola blickte nach rechts und sah einen Jungen neben sich sitzen. Der Junge sagte lange kein Wort. Er war einfach nur da. Paola wusste nicht, wie lange sie schweigend nebeneinander gesessen hatten. Irgendwann hielt sie es nicht mehr aus und redete. Sie erzählte von ihrer Mutter, die sie zurückgelassen hatte, von den Tagen in der Sozialstation und davon, dass sie vor dem schrecklichen Mann mit der unsympathischen Frau geflüchtet war.

Dies war der Beginn ihrer Freundschaft zu Fabio und ihr erster Tag auf den Straßen von Sucre. Sie war zu einem der unzähligen Straßenkinder Boliviens geworden.

*

Die Hitze, die noch nicht ihren Höhepunkt für den Tag erreicht hatte, und das gleichmäßige Klackern des Steines machten sie schläfrig. Emilia rührte sich nicht. Gerne hätte sich Paola noch etwas an ihre kleine Freundin geschmiegt und ein wenig die trägen Stunden bis zum Marktende verschlafen.

Doch irgendetwas war anders als sonst. Seitdem Fabio heute Morgen mit dem Laib Brot zu seinen Freunden zurückgekehrt war, wirkte er angespannt. Etwas beschäftigte ihn. Er ließ sie und die anderen Kinder nicht aus den Augen.

Vor irgendwas schien er auf der Hut zu sein. Dass er nicht sagte, was los war, verunsicherte Paola. Die kleine Gruppe war wie eine Familie füreinander da. Sie überlebten gemeinsam auf den Straßen von Sucre, passten aufeinander auf, versorgten und unterstützten sich gegenseitig. Geheimnisse gab es zwischen ihnen nicht. Immer wenn einen von ihnen etwas beschäftigte, sprachen sie miteinander. Dieses Vertrauen und die Offenheit, die in ihrer Clique herrschten, boten ihnen Sicherheit auf den Straßen von Sucre. Zwölf Ohren hörten mehr als zwei und sechs Köpfe brachten bessere Einfälle hervor, als es ein Einzelner tun würde. Ihr unangefochtener Anführer war Fabio. Mit seiner ruhigen und bedachten Art vermittelte er ihnen ein Gefühl von Schutz.

Die anderen schienen Fabios angespannte Atmosphäre nicht zu bemerken. Vielleicht bildete sie sich die ungewohnte Stimmung auch nur ein.

Paola beobachtete ihn. Fabio stand im Schatten an die Hauswand gelehnt. Er hatte sie alle im Blick. Gleichzeitig schien er alle Bewegungen auf der Straße und sämtliche Menschen genau zu registrieren. Fast wirkte es so, als ob er auf etwas warten würde.

Nein, Paola war sich sicher, dass sie sich die eigenartige Stimmung nicht nur einbildete und dass irgendetwas nicht in Ordnung war. Heute Morgen bei seinem Streifzug über den Markt hatte er etwas gesehen oder gehört, was ihn beunruhigte.

Vielleicht hing es mit den Gerüchten zusammen, die die Straßenkinder von Sucre aufgeschreckt hatten. Vor ein paar Tagen sollte ein Junge von ein paar Männern entführt worden sein. Immer wieder geschah es, dass Kinder verschleppt wurden, doch meistens tauchten sie nach wenigen Tagen missbraucht oder misshandelt wieder auf. Dieser Junge war wie vom Erdboden verschluckt. Warum, konnten sich die Straßenkinder nicht erklären. Wer hatte Interesse an ihnen? Sie waren der Abschaum der Stadt, ernährten sich von Müll und der Beute ihrer Diebstähle.

Sie waren wie streunende Hunde. Niemand wollte sie.

Wenn sie krank waren, konnten sie sich im Centro Medical behandeln lassen. Doch wirklich geholfen wurde ihnen auch dort nicht. Sie wurden versorgt, registriert und geimpft. Kurz danach wurden sie erneut hungrig den Straßen von Sucre überlassen.

Doch immer wieder kursierten diese Gerüchte. Manchmal wurde gemunkelt, dass die Straßenkinder als Versuchskaninchen von Pharmaunternehmen oder Kliniken verschleppt würden werden. Dann hieß es, dass das Centro Medical und die Sozialstationen unlautere Geschäfte mit den Straßenkindern betrieben. Es wurde erzählt, dass schon so manches Kind von den Hilfsstationen als Haushaltssklaven verkauft worden sein sollte.

Mit Schaudern dachte Paola an den Tag zurück, als sie dem schrecklichen Mann und seiner Frau entkommen war. Das Ganze schien schon eine Ewigkeit zurückzuliegen.

Paola wusste nicht, was sie von den Gerüchten halten sollte. Immer wieder verschwanden Mädchen und Jungen einfach von den Straßen. Systematisch schien man sie ausfindig zu machen.

Doch sie als Straßenkinder kannten die Kanalisation, alle Verstecke der Stadt. Überleben hieß für sie, sich unsichtbar machen zu können.

Paola fühlte sich sicher in ihrer kleinen Gemeinschaft. Sie würden sich gegenseitig beschützen und aufeinander aufpassen.

Irgendwann schlenderte Paola zu Fabio hinüber.

„Alles in Ordnung?", fragte sie und versuchte, ihrer Stimme einen beiläufigen Klang zu geben.

„Klar", antwortete Fabio, ohne sie anzuschauen.

„Heiß heute", mühte sie sich, weiter ein Gespräch mit ihrem älteren Freund zu beginnen.

Fabio schien in Gedanken versunken zu sein und antwortete nicht.

Paola kannte Fabio lange genug, um zu wissen, dass sie ihn nun besser in Ruhe lassen sollte. Vielleicht war er heute einfach auch nur schlecht gelaunt.

Später am Abend, sie hatten gerade ihr Abendessen, das aus Obst und Brot bestand, beendet, erzählte Fabio dann doch, was ihn bewegte: „Es laufen Männer durch Sucre, die nach einem Mädchen suchen, das Paola heißt." Er war sehr bemüht, seiner Stimme einen beiläufigen, fast schon gelangweilten Klang zu verleihen. Als er sich am Morgen auf dem Markt herumgedrückt hatte, um ein Brot zu klauen, war er gleich von mehreren Straßenkindern angesprochen worden, die ihn von den Männern erzählten, die sich nach Paola erkundigten.

Ihre Freunde warfen ihr verstohlene Blicke zu.

„Hast du was angestellt?", wurde Paola von Manuel gefragt. Der stille Junge mochte keinen Ärger und ging am liebsten jedem Streit aus dem Weg. Prüfend blickte er das Mädchen an.

Paola bekam gleich ein schlechtes Gewissen, obwohl sie sich keiner Schuld bewusst war. Trotzig schob sie ihr Kinn vor. „Nein, was soll ich schon angestellt haben?", fragte sie die anderen.

Dass selbst von Pedro und Julia keine scherzhafte Bemerkung in die Runde geworfen wurde, machte die Situation noch bedrückender.

Paola fühlte sich plötzlich klein und alleine im Kreis ihrer Freunde.

Fabio hob beschwichtigend seine Hand und brachte die Kinder augenblicklich zum Schweigen. „Die Männer haben den Kindern gesagt, sie kämen vom Centro Medical."

Paola schaute Fabio fragend an. Auch die anderen Kinder warfen ihm einen erstaunten Blick zu und warteten gespannt darauf, dass Fabio weitersprach.

Paola war nur selten im Centro Medical gewesen und nur ungern erinnerte sie sich an ihren schmerzenden Oberarm, in den ihr die Ärzte gleich mehrere Impfungen verpasst hatten. Unbewusst rieb sie sich die Stelle, als ob sie den Schmerz immer noch spüren könnte.

„Angeblich soll bei deinen Impfungen etwas schiefgelaufen sein und nun suchen sie dich."

Die Kinder schauten Fabio ungläubig an.

„Du sollst dich dort melden, damit du noch einmal nachgeimpft werden kannst", schloss Fabio seinen Bericht.

Manuel schüttelte den Kopf. „Das ist ja komisch. Die ganze Sache ist doch schon eine ganze Weile her und jetzt fällt ihnen auf, dass sie Mist gebaut haben?"

„Selbst, wenn", mischte sich Pedro ein. „Die würden sich doch niemals die Mühe machen, nach einem einzelnen Mädchen von der Straße zu suchen. Das macht keinen Sinn."

Paola konnte sich nicht erinnern, einen der Zwillinge jemals so ernst erlebt zu haben.

Nur die kleine Emilia schien von der angespannten Stimmung ihrer Freunde nichts mitzubekommen. Sie kauerte nahe bei Paola und spielte mit mehreren kleinen Steinen, die sie immer wieder in andere Muster und Bilder legte.

„Was wollen die von mir?", fragte Paola. Als Straßenkind war man kaum existent. Solange man nicht auffiel, interessierte sich niemand für die Vielzahl der Kinder. Sie galten wie die vielen Hunde als lästiges Übel der Straße. Oft kam es vor, dass sie von den öffentlichen Plätzen der Stadt vertrieben wurden, doch Hilfe bot man ihnen keine an. Das jetzt nach ihr wegen einer falschen Impfung gesucht werden würde, glaubte keines der Kinder.

Die nächsten beiden Tage hörten sich ihre Freunde in den Straßen von Sucre nach den Männern um, während sich Paola mit Emilia versteckt hielt. Normalerweise schlief die Gruppe abends in einem abgelegenen Winkel des Bahnhofs, doch nun mieden sie die Öffentlichkeit und die vertrauten Orte. Es gab einige leerstehende Häuser und Hütten in Sucre, die auf den Abriss warteten. In solch einer Hütte versteckten sich die Mädchen.

Während Paola angespannt auf die Rückkehr der Jungs wartete, langweilte sich Emilia. Als Straßenkind war man tagsüber in Bewegung, suchte nach Essbarem, erledigte kleine Jobs oder erbettelte von Touristen einige wenige Bolivianos. Im Erbetteln von ein wenig Kleingeld waren die beiden Mädchen sehr gut, während die Jungs oft ein paar Münzen bei den Markthändlern verdienen konnten. Untätig zu sein, hieß abends mit leerem Magen schlafen gehen zu müssen. Paola und Emilia wussten, dass ihnen die Jungs etwas Essbares mitbringen würden, doch trotzdem fiel ihnen die aufgezwungene Untätigkeit schwer.

Paola saß da und spähte durch einen Fensterschlitz nach draußen. Sie war froh, wenn sie einen der Jungen erblickte. Gleichzeitig hatte sie Angst, dass die fremden Männer sie finden könnten, bevor sie mehr Informationen gesammelt hatten.

Am dritten Abend war es dann soweit. Die Zwillinge trafen mit ernster Miene als Letzte in ihrem Versteck ein. Sie hatten Gespräche aufgeschnappt, dass immer mal wieder Kinder, die zuvor von Leuten des Centro Medicals untersucht worden waren, gesucht und danach verschwunden seien.

„Aber warum?" Paola war ängstlich und verwirrt. Was hatte das Centro Medical mit dem Verschwinden von Kindern zu tun? Es war bekannt, dass Straßenkinder oftmals zur Prostitution gezwungen wurden oder als Haussklaven rund um die Uhr schuften mussten, doch warum das Centro Medical ausgerechnet nach ihr suchte, konnte sie sich nicht vorstellen. Wenn sie einen Kunden für eines der Straßenkinder hätten, könnten sie aus der Vielzahl der Kinder irgendeines entführen. Warum suchte man ausgerechnet nach ihr?

Es kam ihr der Gedanke, dass der Hotelbesitzer, für den ihre Mutter anschaffte, nach ihr suchen lassen könnte. Niemals würde sie den abschätzenden Blick des groben Mannes vergessen.

„Nein, das ist zu lange her", verwarf Manuel ihren Gedanken. „Zum einen würde er wohl kaum Leute des Centro Medicals schicken und zum anderen hat er dich längst vergessen."

„Angeblich soll es den Männern vom Centro Medical immer gelingen, die entsprechenden Jungs oder Mädchen zu finden", wusste Pedro weiter zu berichten. „Es wird gemunkelt, dass sie den Kindern im Centro Medical irgendwas geben, mit dem sie sie dann später aufspüren können."

Ungläubig schauten sich die Kinder an. Konnte das möglich sein?

„Hast du damals irgendwas von denen bekommen?", fragte Fabio und blickte Paola mit einem durchdringenden Blick ein.

„Nein", stammelte das verunsicherte Mädchen. Sie besaß nur das was sie auf dem Leib trug und da war kein Kleidungsstück dabei, das sie damals schon getragen hätte. „Ich habe nichts von denen erhalten." Ängstlich schaute sie in Gesichter ihrer Freunde. Alle Blicke ruhten auf Paola.

„Lass uns noch mal genau überlegen, was sie damals mit dir gemacht haben", forderte Fabio Paola auf.

„Nichts." Paola war aufgebracht. Die ganze Geschichte war so unsinnig. Doch sie wusste, dass sich ihre Freunde um sie sorgten und ihr helfen wollten. Sie war es ihnen schuldig, mitzuhelfen und die Sache aufzuklären. Das Mädchen atmete tief ein, bevor sie möglichst genau versuchte, sich an die ersten Tage ohne ihre Mutter zu erinnern.

„Meine Mutter hat mich in die Sozialstation gebracht", die ersten Worte kamen leise aus ihrem Mund. Es war nicht üblich, dass sie über ihre Vergangenheit sprachen. Keines der Straßenkinder tat das. Man lebte im Jetzt und bisher hatte sie sich nur Fabio gegenüber geöffnet. Doch bereits nach wenigen Sätzen merkte sie, wie gut es ihr tat, über diese Zeit zu sprechen. Sie erzählte von der Einsamkeit, die sie in der Sozialstation verspürt hatte, von der Wut auf ihre Mutter, die Selbstzweifel und von dem Paar, das sie mitnehmen wollte und vor dem sie geflüchtet war, womit sie ihr Leben als Straßenkind eingeleitet hatte.

Sie redete und ihre Freunde hörten zu. Als sie schließlich endete, fühlte sie sich erschöpft. Ängstlich schaute sie in die Runde und war erleichtert, als Manuel ihre Hand in die seine nahm und leicht drückte. So deutlich wie nie spürte sie, was ihre Freunde ihr bedeuteten.

„Wie war das denn in dem Centro Medical?", fragte Fabio nach. Das Centro Medical schien eine wichtige Rolle zu spielen. Somit wollte Fabio jede Sekunde von Paolas Aufenthalt dort nachvollziehen können.

„Die Frau von der Sozialstation ist mit mir dorthin gegangen", ergänzte Paola umgehend ihren Bericht. „Ich wurde gemessen und gewogen und eine Schwester hat mir einiges an Blut abgenommen. Irgendwer hat mich dann abgehört und in Mund und Ohren geschaut. Zum Schluss bin ich noch gegen alles Mögliche geimpft worden und das war es dann auch schon."

Ratlos schauten sich die Kinder an. Das alles hörte sich normal an.

Julian kam schließlich ein Gedanke: „Kann es sein, dass sie dir mit den Impfungen etwas eingespritzt haben, mit dem sie dich jetzt finden können?"

Fabio schüttelte ungläubig seinen Kopf. „Warum sollten sie so etwas tun?"

Auch die anderen Kinder hatten hierauf keine Antwort.

„Das würde ja heißen, dass sie damals schon geplant haben, mit Paola irgendetwas anzufangen", meinte Fabio.

„Selbst, wenn sie irgendwas mit ihr vorgehabt hätten", setzte Manuel Fabios Überlegungen fort, „warum haben sie dann so viel Zeit verstreichen lassen? Sie wissen doch gar nicht, was aus Paola geworden ist und ob sie überhaupt noch lebt."

Noch lange saßen die Kinder beieinander und sprachen über die ungewöhnliche Situation.

Bevor sie schlafen gingen, beschlossen sie, dass Paola und Emilia auch in den nächsten Tagen die Hütte nicht verlassen sollten. Bei diesem Gedanken seufzte Paola auf. Doch sie wusste, dass sie hier, in der Hütte, ein gutes Versteck gefunden hatten. Die Gegend war einsam und verwahrlost. Nur selten ließen sich hier noch Menschen blicken. Selbst die Hunde hielten sich fern.

Am nächsten Abend kamen kurz hintereinander Fabio und Manuel zurück. Die Kinder warteten gemeinsam auf die Zwillinge. Währenddessen berichteten Fabio und Manuel von dem, was sie gehört hatten. Das Centro Medical schien ein reges Geschäft mit den Straßenkindern zu betreiben. Mit den Impfungen sei den Kindern ein kleiner Sender unter die Haut gespritzt worden. Durch diesen Sender konnten sie die „geimpften" Kinder noch nach Jahren ausfindig machen.

„Warum tun die das?", fragte sich Paola. Wer konnte Interesse an den Straßenkindern haben?

„Das Geschäft mit uns Kindern scheint gut zu laufen", wusste Manuel zu berichten. „Sie verkaufen uns an Bordelle und an gut zahlende Pharmaunternehmen sowie Krankenhäuser. Angeblich sollen manche Kinder für Versuchszwecke oder für andere medizinische Sachen benutzt werden."

„Für was für *medizinische Sachen?*", fragte Paola. Sie wusste nicht, wovon Manuel sprach, doch die Worte „Versuchszwecke" und „benutzt werden" hörten sich nicht gut an.

„Sie verkaufen uns an irgendwelche Leute, die genug dafür zahlen." Paola schüttelte den Kopf. Sie verstand nichts von dem, was ihr Freund erzählte. Es war Manuel anzusehen, dass er nur ungern weitersprach, weswegen er seine Worte vorsichtig wählte. Paola wusste, dass Manuel wenig auf Gerüchte gab und Tratsch nicht mochte. Dass er nun dieses Thema so ausführlich erörterte, unterstrich seine Sorge.

„Wenn ein neues Medikament getestet werden soll, probieren sie es halt an uns Straßenkindern aus. Falls etwas schiefläuft, vermisst uns niemand. Und wenn jemand krank ist und zum Beispiel eine neue Leber braucht, suchen sie ein passendes Straßenkind und entnehmen das benötigte Organ."

Paola wusste nicht, wofür eine Leber oder irgendein anderes Organ nötig waren. „Kann man denn ohne seine Organe leben?", fragte sie ungläubig.

Manuel mied ihren Blick, als er leise antwortete. „Vielleicht, doch es ist die Frage, ob sie das wollen." Langsam verstand Paola, was Manuels Worte für sie bedeuten könnten.

Mit ihrer Hand fuhr sie sich über ihren Oberarm.

Nun ergab alles einen Sinn.

Sie trug einen Sender in sich. Die Männer suchten sie, weil sie irgendeinen Käufer für sie gefunden hatten. Wofür, war ihr nach wie vor nicht klar, doch das Mädchen begriff, dass sie sich in akuter Gefahr befand. Mit einem trotzigen Blick streckte sie ihren Arm in Fabios Richtung aus. „Schneid mir das Ding raus!" Paola wunderte sich selbst, wie fest ihre Stimme klang. Doch eines war für klar. Mit dem Sender im Arm würden die Männer sie leichter finden können, wenn sie in ihre Nähe kamen.

„Paola, ich kann das nicht." Das Entsetzen stand Fabio ins Gesicht geschrieben. „Ich kann dir doch nicht den Arm aufschneiden."

„Doch, kannst du." Paola war fest entschlossen. „Wenn du es nicht tust, werden sie mich finden. Du musst das machen."

„Hört auf, ihr beiden", wurde ihre Diskussion von Manuel unterbrochen. „Fabio hat recht. Wir wissen überhaupt nicht, ob du einen Sender in dir trägst und wo er sitzen könnte." Nachdenklich strich er seine Haare aus der Stirn. „Lass uns morgen nach Dasher suchen. Er wird uns helfen können."

Dasher war ein Gauner. Für Geld konnte man von ihm alles bekommen. Sicher würde er einen Arzt kennen, der ihnen helfen könnte. Doch sie besaßen nichts, was sie ihm als Bezahlung geben könnten. Aber auch wenn sie jetzt kein Geld hatten, könnten sie ihm irgendwann nützlich sein. Dasher war der mächtigste Gangsterboss Sucres. Man munkelte, dass er weitreichende Kontakte zu Politikern, Richtern und Polizisten unterhielt. Ihm gehörte das Spielcasino dieser Stadt. Politiker und viele wichtige Persönlichkeiten Boliviens gingen dort ein und aus. Einige verließen das Casino mit durchaus sehr zufriedenen Gesichtern, sodass man Dasher nachsagte, seinen Einfluss durch Bestechung bereits weit über die Grenzen Boliviens hinaus ausgebaut zu haben. Angeblich sollte er der Drahtzieher weltweiter Drogen- und Waffengeschäfte sein. Die Polizei Sucres ließ ihn gewähren. Dasher kannte jeden wichtigen Menschen dieser Stadt. Er wusste, was vorging, und niemand wagte es, ihm seinen Gehorsam zu verweigern.

„Wo bleiben denn Pedro und Julian?", fragte sich Paola irgendwann. Die drei waren so tief in ihre Unterhaltung vertieft gewesen, dass sie das Fehlen der Zwillinge bisher nicht registriert hatten.

„Es ist bereits dunkel", Fabio stand auf und schaute sorgenvoll durch eine der Fensteröffnungen nach draußen.

„Sie müssten schon längst hier sein." Sie hatten vereinbart, dass alle mit Einbruch der Dunkelheit zu dem verlassenen Haus zurückgekehrt sein sollten. Die Verspätung der beiden konnte viele Ursachen haben. Es war nicht unüblich, dass die Kinder bei Nacht noch unterwegs waren. Sie kannten sich aus und wussten sich zu wehren. Trotzdem wirkten die Freunde auf einmal alle angespannt und besorgt.

„Ich werde nach ihnen sehen." Fabio erhob sich.

„Ich komme mit", tat Manuel kund und stand ebenfalls auf.

Fabio warf ihm einen langen, beschwörenden Blick zu. „Bleib hier und lass die Mädchen nicht aus den Augen." Dass Manuel ohne weitere Einwände bei den Mädchen blieb, verstärkte Paolas Angst.

Schweigen legte sich über die kleine Gruppe, als Fabio das Haus verlassen hatte. Paola saß da und lauschte auf jedes Geräusch. Jegliches Rascheln ließ sie zusammenfahren.

Manuel stand immer wieder auf und spähte durch die Fensteröffnungen in die Finsternis der Nacht, ohne etwas erkennen zu können. Auch er war aufs Äußerste angespannt. Emilia schlief irgendwann auf dem Boden zusammengerollt ein.

Fabio war nun schon eine ganze Weile fort. Auch von den Zwillingen war nichts zu sehen und zu hören. Paola saß da und lauschte.

Still und schwarz war die Nacht. Emilias gleichmäßiges Atmen war das einzige Geräusch in der Hütte. Die Angst und die Anspannung der letzten Tage forderten ihren Tribut. Immer öfter fielen ihr die Augen zu.

Als die Tür aufgerissen wurde und Fabio hektisch schreiend die Hütte betrat, sprang Paola erschrocken auf.

„Macht schnell!", schrie Fabio seine Freunde an.

„Lauft, sie werden gleich da sein." Noch nie hatten sie ihren Freund so panisch gesehen. Schweiß rann ihm über die Stirn. Sein Atem ging schnell und stoßweise.

„Macht schnell!", wiederholte er und riss Emilia hoch, die aus ihrem Schlaf aufgeschreckt und orientierungslos im Raum stand.

„Manuel, kümmere du dich um Emilia." Mit diesen Worten riss er Paola am Arm und zerrte sie zum Ausgang hinter sich her. „Du kommst mit mir."

Paola stellte keine Fragen, sondern rannte los. Fabio war direkt hinter ihr. Nicht weit von ihnen entfernt hörte sie Männer rufen und sah eine Taschenlampe aufleuchten. Es dauerte nur wenige Augenblicke und die Lichtkegel der Lampen hatten sie erfasst. Sie hörte die Männer schreien, konnte die Worte jedoch nicht verstehen.

Paola eilte weiter. Einmal stolperte sie, doch Fabio fing sie auf, bevor sie hinfallen und damit ihren Verfolgern wertvolle Sekunden schenken konnte. Als sie auf die nächste beleuchtete Straße trafen, raste ihr Herz und sie hatte wieder einmal Seitenstechen. „Weiter Paola!", schrie Fabio, der immer noch hinter ihr durch die Nacht drängte. Ihre Verfolger waren nicht mehr zu hören und so gönnte sich Paola einen kurzen Blick über die

Schulter. Sie konnte zwei Männer erkennen, die hinter ihr herliefen. Nach wie vor leuchteten ihre Lampen in ihre Richtung, doch der Abstand schien sich etwas zu vergrößern.

Die Luft brannte in Paolas Lungen. Alles schmerzte.

Vielleicht wäre sie versucht gewesen aufzugeben, wenn nicht Fabio direkt hinter ihr gewesen wäre. Sie ahnte, dass die Männer nicht von ihrem Freund ablassen würden, wenn sie sie in ihrer Gewalt hätten. Sie rannte also nicht nur um ihr, sondern auch um Fabios Leben. Diese Erkenntnis gab ihr noch einmal Kraft.

Der Abstand zu ihren Verfolgern vergrößerte sich immer mehr. Nach einer Weile konnten die Lichtkegel der Taschenlampe sie nicht mehr erfassen. Die Dunkelheit konnte ihnen ein wenig Schutz schenken.

Wenn sie erst einmal die belebteren und verwinkelten Gassen des Centros erreichten, würden die Männer kaum noch eine Chance haben, sie zu erwischen. Zu genau kannten die Kinder die Verstecke der Straße.

Plötzlich stolperte das Mädchen und fiel der Länge nach hin. Fabio riss sie sofort hoch und wollte sie weiterziehen. Erstarrt blieb Paola jedoch stehen. Sie war nicht, wie erwartet, hart aufgeschlagen, sondern weich auf einen Körper gefallen.

Im Dreck der Straßen sah sie Pedro liegen. Kalt und unbeweglich.

„Pedro!", kreischte Paola ungeachtet ihrer Verfolger auf. Sie nahm sein Gesicht in die Hand. Obwohl es dunkel war, wusste sie, was ihre klebrigen Finger bedeuteten. Es war das Blut des Freundes, das an ihren Händen klebte.

„Paola, komm!" Fabio riss sie brutal auf die Füße und zerrte sie am Arm hinter sich her. „Er ist tot. Du kannst nichts mehr für ihn tun." Mechanisch ließ sie es zu, dass Fabio sie mit sich riss. Nur wenige Schritte weiter meinte sie, die Umrisse einer anderen Gestalt auszumachen. Ein weiterer lebloser Körper lag in der dreckigen Gosse. Sie blieb nicht stehen, doch war sie sich sicher, dass es Julian nicht anders ergangen war als seinem Zwillingsbruder.

Paola rannte und rannte. In ihr war Leere. Mechanisch setzte sie einen Fuß vor den anderen. Über ihre Wangen liefen Tränen.

Ihre Freunde waren tot. Wahrscheinlich gestorben, weil sie sich den Männern in den Weg gestellt hatten, die sie, Paola, suchten.

Schon bald näherten sie sich den bewohnten Gegenden Sucres. Nur noch ein kurzes Stück musste sie durchhalten, bis sie sich in den verwinkelten Gassen verkriechen könnten.

Fabio ließ sich etwas zurückfallen.

„Lauf ins Lager", schrie er ihr zu. Paola war in eine winzige Gasse eingebogen, während Fabio gut sichtbar für die Verfolger weiter geradeaus lief.

Das „Lager" war ein kleines Versteck in der Nähe der Cathedral Metropolitana. Auch wenn Straßenkinder in dieser Gegend nicht gern gesehen waren, kam die kleine Gruppe manchmal in diese Gegend. Touristen, die Sucre besuchten, besichtigten die Kathedrale. Oftmals erbettelten Emilia und Paola ein paar Münzen von den Touristen. Die Kinder konnten es sich nicht erklären, aber die Menschen schienen in der Nähe von Kirchen großzügiger zu sein, als an anderen Orten. Ihr „Lager" war ein verlassener Schuppen, der zu einem Haus in der Nähe der Kathedrale gehörte. Ein alter Mann wohnte in dem Haus, verließ es aber nie. Ob er nicht bemerkte, dass die Kinder manchmal seinen Schuppen als Treffpunkt nutzten, oder ob er sie einfach gewähren ließ, wusste die kleine Gruppe nicht. Der Unterschlupf war für Straßenkinder sehr unüblich und somit hatten sich bisher keine anderen Besucher hier eingefunden. Auch wenn die Kinder nur sehr selten hierherkamen, fühlten sie sich geborgen. Manchmal vergruben sie ein paar ihrer erbettelten Münzen in dem Lehmboden und irgendwann bekam der Schuppen seinen Namen.

Alleine saß Paola nun in ihrem Versteck. Die Arme um die Beine geschlungen hockte sie da und ließ ihren Tränen freien Lauf. Fabio war bisher noch nicht eingetroffen. Wie lange sie hier schon saß, wusste das Mädchen nicht. Alles in ihr fühlte sich leer und wund an. Pedro und Julian waren tot. Vielleicht lag auch Fabio schon irgendwo in der Gosse. Das Mädchen hoffte, dass Manuel sich und Emilia hatte retten können, doch auch das war ungewiss. Sie sehnte sich nach ihren Freunden und hätte sich zu gerne bei ihnen verkrochen. Doch auch wenn Paola nicht wusste, warum die Männer hinter ihr her waren, ahnte sie, dass sie sich von ihren noch verbliebenen Freunden fernhalten musste, wenn sie nicht auch deren Leben riskieren wollte.

Kritisch strich sie sich über ihren Arm. Sollte es wirklich möglich sein, dass sie einen Sender in sich trug? Die Haut fühlte sich glatt an. Sie schloss die Augen und strich sich noch einmal behutsam über die Stelle, an der sie den Sender vermutete.

Nichts.

Sollte dieses verräterische Gerät wirklich in ihr sein, war es gut versteckt und über die Jahre hinweg eins mit ihr geworden.

Wütend fing sie an mit den Fäusten auf den Boden zu hämmern. Warum tat man ihr dies an? Was wollte man von ihr?

Plötzlich hielt sie inne. Mit entschlossenem Blick nahm sie einen Stein auf. Rund und glatt lag er gut in ihrer kindlichen Hand.

Ihr Blick auf den Punkt ihres Armes gerichtet, an dem sie sich der Einstiche der Impfungen zu erinnern meinte. Mit dem Stein in der Hand schlug sie auf ihren Oberarm ein. Erst vorsichtig, doch dann immer heftiger. All der Schmerz über ihre verlorenen Freunde, ihre Wut und ihre Angst ließ sie in die Schläge einfließen. Immer heftiger wurden ihre Bewegungen. Das Wimmern wurde zu wütenden Schreien.

„Was machst du denn da?" Behutsam nahm Fabio sie in seine Arme. Durch den Schleier der Tränen erkannte das verzweifelte Mädchen ihren vielleicht noch einzigen Freund und ließ sich an seine Brust ziehen. „Kleine, was machst du da?", fragte er erneut, obwohl er die Antwort kannte. Vorsichtig löste er den Stein aus ihrer Hand und warf ihn zur Seite. All die Anspannung und der Kummer der letzten Stunden brachen aus dem Mädchen heraus. Sie weinte und zitterte an der Brust ihres Freundes. Er ließ sie gewähren und versuchte, ihr Sicherheit und Geborgenheit für einen kurzen Augenblick zu schenken.

Sacht strich er ihr über ihre dunklen Haare. Wissend, dass es keine Sicherheit und Geborgenheit mehr für das Mädchen geben würde.

Viel später waren Paolas Tränen versiegt. Der Schmerz, den sie sich am Arm zugefügt hatte, vermochte nicht die Schmerzen zu übertönen, die in ihrem Inneren wüteten.

„Lass mich mal sehen."

Paola löste sich von ihm und drehte sich ein wenig, sodass Fabio ihren Oberarm betrachten konnte. Der Arm war dick geschwollen und zwischenzeitlich dunkelblau angelaufen. Schwere Verletzungen schien Paola nicht davon getragen zu haben, ebenso wie der Stein es wahrscheinlich nicht vermocht hatte, den Sender zu zerstören.

„Sind sie weg?", flüsterte Paola.

„Ja", antwortete Fabio ein wenig verhalten. „Ich bin sie losgeworden, doch ich befürchte, dass sie uns auch hier aufspüren werden."

Paola sah ihren Freund an. Auch bei ihm konnte sie den Schmerz in den Augen erkennen. Ihre Leben waren noch nie leicht und unbeschwert gewesen, doch nun lag auch die bescheidene Existenz in einem Scherbenhaufen vor ihnen.

„Ich war bei Dasher", berichtete Fabio. Langsam drangen die ersten Sonnenstrahlen des neuen Tages zu ihnen in den Schuppen hinein.

Hoffnungsvoll sah Paola zu ihrem älteren Freund und Beschützer auf. Dasher um Hilfe zu bitten, war eine gute Idee. Wenn ihr jemand helfen konnte, dann er. Angeblich war er vor seinem gewalttätigen Vater als Kind auf die Straßen Sucres geflohen. Über viele Jahre hinweg hatte er sich sein Imperium und seine Macht aufgebaut. Doch seine Jahre als Straßenkind vergaß er nie. Schützend hielt er seine Hand über die Kinder dieser Stadt. Wenn er eines der Kinder in seinen Dienst nahm, hatte man es geschafft, den Dreck der Straßen hinter sich zu lassen und eine Karriere in den Geschäften des Gangsterbosses war in greifbarer Nähe. Paola war sich sicher. Dasher konnte sie zu einem Arzt schaffen, der ihr das Ding aus dem Arm holte.

Wenn der Sender erstmal aus ihrem Arm raus war, würden die Verfolger sie nicht mehr ausfindig machen können. Sie kannte viele Verstecke dieser Stadt und würde eine Weile verschwinden.

Doch zuerst musste der Sender raus.

„Er sagte, du sollst dich ja nicht bei ihm blicken lassen."

Ungläubig starrte sie den Jungen an. Dasher stand doch zu den Straßenkindern dieser Stadt.

„Du scheinst ein paar Leuten einen Haufen Geld wert zu sein. Dasher meint, dass man dich überall in der Stadt sucht. Derjenige, der dich fängt, kann mit einer fetten Belohnung rechnen." Fassungslosigkeit stand ihr erneut ins Gesicht geschrieben.

Was wollten die Leute von ihr? Wem konnte sie so wichtig sein und warum?

Dass man sie zur Prostitution zwingen wollte, schied aus. Die Zuhälter mussten nicht viel Geld in die Hand nehmen, um ein Mädchen zu bekommen. Sie war nicht hübscher als die anderen Mädchen ihres Alters und verfügte weder über besondere Kontakte noch sonstige Eigenschaften, die sie für einen Zuhälter interessant machen könnte.

„Er möchte dich nicht verpfeifen, hat aber auch keine Lust, sich wegen eines Straßenkindes Ärger einzuhandeln." Dass sich Dasher Geld entgehen ließ, ehrte ihn. Er war ein Gauner ohne Skrupel, doch die Straßenkinder beschützte er, soweit es ihm möglich war. Dasher war mächtig. Er hatte seine Augen und Ohren überall in der Stadt. Er würde ihr helfen, indem er sie nicht sah. Paola hätte Dankbarkeit verspüren müssen, doch sie fühlte nur das Entsetzen, welches immer größer zu werden schien.

Sie war allein auf sich gestellt. Wenn Dasher ihr nicht helfen konnte, gab es niemanden mehr, auf dessen Unterstützung sie bauen konnte.

Wo sollte sie hin? Diese Frage stellte sie nun auch ihrem Freund, der ihr in den letzten Jahren immer zur Seite gestanden hatte.

„Vielleicht können wir uns für einige Zeit in den Bergen verstecken", schlug Fabio vor.

„Aber, wenn ich wirklich einen Sender in mir trage, wird man mich auch dort finden", gab Paola zu bedenken.

Fabio strich nachdenklich seine Haare aus der Stirn. „Vielleicht nicht. Das Cordillera de los Frailes ist unwegsam und zerklüftet. Zudem liegt es weit genug weg von der Stadt."

Paola hörte ihm aufmerksam zu.

„Ich hoffe, dass der Sender nur über eine sehr geringe Reichweite verfügt und dass sie uns in den Bergen nicht aufspüren können." Fabio tat seine Gedanken weiter kund. „Wenn der Sender eine große Reichweite hätte, würden die Männer in der Stadt nicht nach dir fragen und dich suchen müssen."

Paola war skeptisch. Ob dieser Plan funktionieren könnte? Selbst wenn sie es unbemerkt bis zu den Bergen schaffen sollten, wovon sollten sie sich ernähren? Wie lange würden sie sich verstecken müssen und wie würden sie wissen, ob sie jemals wieder sicher die Stadt betreten könnten?

Doch das Mädchen wusste, dass Fabio ihr diese Fragen nicht beantworten konnte. Es war keine geniale, aber immerhin eine Idee. Wenn sie erst einmal aus der Stadt heraus waren, konnten sie weitere Pläne schmieden. Mit mehr Zuversicht, als sie verspürte, lächelte sie ihren Freund dankbar an.

Sobald sich die Nacht über Sucre legte, würden sie sich auf den Weg machen.

Schweigend saßen sie beieinander.

Paola kämpfte mit sich. Sie wusste, dass sich Fabio in Gefahr brachte, indem er ihr half. Doch sie konnte sich nicht überwinden, ihn wegzuschicken. Er war der einzige Mensch, den sie noch hatte.

Sie dachte an Julian und Pedro.

Beide waren tot und sie war schuld.

Die Männer waren hinter ihr her. Ihre beiden Freunde waren für sie gestorben. Sie hoffte, dass Manuel und Emilia in Sicherheit und nicht auch in die Fänge der Verfolger geraten waren. Emilia, das kleine Mädchen, das niemandem etwas zu leide getan hatte, und Manuel, ihr stiller und vernünftiger Freund. Manuel war durchdacht und planvoll. Zudem liebte er Emilia wie eine kleine Schwester. Das kleine Mädchen war in guten Händen bei ihm. Paola baute darauf, dass es Manuel geschafft hatte, sie beide vor Paolas Verfolgern in Sicherheit zu bringen.

Resolut versuchte sie, die traurigen Gedanken an ihre Freunde zu verscheuchen. Sie konnte im Moment weder Manuel und Emilia helfen, noch würden Julian und Pedro wieder lebendig vor ihr stehen. Das Einzige, was sie tun konnte, um ihre Freunde zu schützen, war, sich von ihnen fern zu halten. Die Männer waren nur hinter ihr her. Wenn sie jeglichen Kontakt zu Manuel und Emilia vermied, würden die Männer die beiden nicht weiter verfolgen.

Lange schaute sie Fabio an. Mit geschlossenen Augen lehnte er an der Wand. Sein Kopf war etwas zur Seite gesunken. Leise und gleichmäßig klang sein Atem. Er schlief.

Paola saß da und betrachtete ihn. Wenn sie sich jetzt wegschlich, könnte sie vielleicht zumindest sein Leben retten. Doch irgendwas sagte ihr, dass es hierfür bereits zu spät war. Zu lange lebten sie in ihrer kleinen Gemeinschaft zusammen auf den Straßen Sucres. Sah man einen von ihnen, waren die anderen meistens auch in der Nähe. Es war unwahrscheinlich, dass dies ihre Verfolger nicht wussten. xxx

Die Männer würden Fabio wahrscheinlich misshandeln, um herauszubekommen, wo sie war. Es brachte nichts, ohne ihn fortzugehen. Sie waren gemeinsam auf der Flucht und die Berge konnten für ihn genauso die Rettung bedeuten, wie für sie. Außerdem traute sie es sich auch nicht zu, alleine in den Bergen zu überleben. In den Straßen Sucres kannte sie sich aus. Sich in der Wildnis alleine zu verstecken, machte ihr Angst.

*

Als die Dämmerung hereinbrach, verließen die Freunde ihr Versteck. Beide waren froh, sich nun auf den Weg zu machen. Die vergangenen Stunden waren ihnen unendlich lang vorgekommen. Sie waren hungrig, durstig und unausgeschlafen.

Jedes noch so kleine Geräusch ließ sie zusammenfahren. Eine kleine graue Maus hätte die beiden fast in den Wahnsinn getrieben. Während der kleine Nager fleißig umherlief, meinten die Kinder, dass sie von ihren Verfolgern aufgespürt worden seien. Ihre Nerven waren bis aufs Äußerste angespannt und sie waren erleichtert, dass das Herumsitzen und Warten nun beendet sein sollte.

Vorsichtig spähte Fabio um die Hausecke. Paola folgte ihm direkt auf den Fersen. Ängstlich hielt sie den Atem an. Sie war sich sicher, dass ihre Verfolger auf sie warten und gleich erneut das Chaos über sie hereinbrechen würde.

„Komm", flüsterte Fabio und drückte leicht ihre kalten Hände.

Von ihren Verfolgern war nichts zu sehen. Zügig, aber ohne hastig zu wirken, machten sich die beiden Kinder auf den Weg. Paola merkte erstaunt, dass Fabio auf das Zentrum der Stadt zusteuerte. Dem Mädchen wäre es lieber, die Stadt so schnell wie möglich zu verlassen.

„Wohin willst du?", wisperte sie ihrem Freund zu. Immer wieder schauten sie sich um. Ständig meinte sie, näher kommende Schritte in ihrem Rücken zu hören. Ihre Sinne waren aufs Äußerste gespannt und spielten ihr einen Streich nach dem anderen.

„Wir schauen, ob wir noch ein paar Lebensmittel finden", rechtfertigte Fabio den Umweg. Die Straßen wurden stetig belebter.

Paolas Hände zitterten vor Angst. Fabios Idee klang absurd, doch sie war vernünftig. Sie wussten nicht, wann sie wieder etwas Essbares finden würden, und somit machte es Sinn, so viel Nahrung wie möglich mitzunehmen. Mit Einbruch der Dunkelheit schlossen viele der Läden. Die Abfälle des Tages landeten in den dafür vorgesehenen Tonnen. Ein Paradies für die Kinder und Hunde der Straßen und eine gute Möglichkeit für die beiden, noch auf die Schnelle etwas Essbares zu finden. Sie kannten die vielversprechendsten Plätze und eilten darauf zu.

Während Fabio die Tonnen durchforstete, beobachtete Paola die Umgebung. Niemand schien sich für die beiden Kinder zu interessieren. Nach kurzer Zeit fanden sie hinter einer Bäckerei eine umgestürzte Tonne, aus der ein Brot hervorlugte. Ein Hund wollte sich gerade darüber hermachen, doch Fabio verscheuchte das unwillige Tier und hielt Paola das etwas verdreckte Brot entgegen. Nachdem sie noch ein paar unansehnliche Bananen gefunden hatten, beschlossen sie, ihr Glück nicht noch weiter zu strapazieren und die Stadt hinter sich zu lassen.

Je weiter sie sich dem Stadtrand näherten und sich die dichte Bebauung etwas lichtete, umso mehr konnten sie in der Ferne die Umrisse ihres Ziels in der Dunkelheit erkennen: die Berge, die ihnen für die nächste Zeit Sicherheit schenken sollten.

Etwas Zuversicht machte sich in Paola breit. Ihr Ziel lag vor ihnen. Zügig schritten die Kinder aus.

In dieser Nacht würden sie die Berge nicht mehr erreichen, doch sie wollten die Stadt hinter sich lassen und sich dann einen Platz zum Schlafen suchen. Einmal aus der Stadt heraus, würden sie am nächsten Tag ihre Wanderung bei Tageslicht fortsetzen.

Die Kinder näherten sich immer weiter dem Stadtrand. Nur noch wenige und oftmals heruntergekommene Häuser säumten ihren Weg. Auch Menschen begegneten ihnen kaum noch. Sie überquerten einen leeren Parkplatz. Nur ein paar alte Autos standen verlassen da.

Dann hörten sie die Schritte.

„Fabio!", machte Paola ihren Freund auf die Geräusche aufmerksam. Aber auch er schien die Gefahr bereits zu spüren.

Konzentriert suchten sie mit ihren Augen die Gegend ab, soweit dies in der Dunkelheit möglich war.

„Auf dem Dach scheint jemand zu sein", wisperte Fabio ihr zu.

Paola schaute zu dem Gebäude hinüber und auch sie meinte, einen Menschen auf dem Flachdach des Gebäudes in der Nacht ausmachen zu können.

Ein Rascheln hinter ihnen ließ sie herumfahren.

Zwei Männer kamen in der Dunkelheit direkt auf sie zu. Hektisch schauten sich die Kinder um. Ihre Verfolger schienen hier auf sie gewartet zu haben.

„Versteck dich hinter den Autos und dann versuche zu entkommen." Fabios Stimme war kaum zu hören.

„Fabio, ich gehe nicht ohne dich."

„Jetzt mach schon!", unterbrach er seine Freundin. Auch von der anderen Seite des Parkplatzes konnten sie einen Mann in der Dunkelheit wahrnehmen, der auf sie zukam.

„Wir treffen uns in den Bergen." Fabios Stimme klang entschlossen und kalt. „Ich werde sie aufhalten und komme dann nach."

Paola wusste, dass es unsinnig war, hier gemeinsam mit Fabio auf die Männer zu warten. Wenn sie in unterschiedlichen Richtungen zu fliehen versuchten, würden sich vielleicht auch ihre Verfolger aufteilen und leichter abzuhängen sein.

So schnell sie konnte, rannte sie geduckt zu einem der Autos und versteckte sich. Das Auto stand am Rande des Platzes. Gestrüpp und Gras gaben ihr Deckung. Sie glaubte nicht, dass die Männer sie im Blickfeld hatten. Geduckt hinter dem alten verbeulten Auto versuchte sie, Fabio und die Männer in der Dunkelheit auszumachen.

Zuerst war kein Laut zu hören. Fabio stand bewegungslos auf dem Platz. Er schaute den Männern entgegen, die gelassen in seine Richtung schritten. Dann auf einmal rannte er los. Er raste in Richtung der Berge und vergrößerte so die Distanz zu dem Mädchen.

Die Männer blieben stehen. Keine Hast war in ihren Bewegungen. Sie schienen sich ihrer Beute sicher zu sein. In der Dunkelheit glaubte Paola, erkennen zu können, wie einer der Männer die Hand hob und dem Mann auf dem Dach ein Zeichen gab.

Wie in Zeitlupe liefen die nächsten Sekunden vor dem Mädchen ab. Sie sah Fabio, der versuchte, die Männer von ihr wegzulocken, ohne auf seine Deckung zu achten.

Und dann. Ein ohrenbetäubender Knall durchbrach die unwirkliche Stille. Ein Schuss war von dem Dach des Hauses abgegeben worden. Fabio erstarrte in seinen Bewegungen. Er stand da. Einer Statur gleich, bevor er in den Dreck der Straßen von Sucre fiel.

Paola wollte schreien. Ihre Augen entsetzt aufgerissen sah sie, wie ihr Freund zu Boden ging. Beide Hände vor den Mund gepresst war sie wie erstarrt in ihrem Entsetzen.

Ihr Freund lag am Boden. Erschossen von den Männern, die sie suchten. Es fühlte sich an, als ob die Zeit stehen geblieben sei. Paola konnte vier Männer in der Dunkelheit erkennen, die sich umschauten.

Die Männer suchten sie. Paola.

Einer der Männer rief seinen Kumpanen etwas zu. Schreie hallen durch die Dunkelheit, als sie sich verteilten, um sie zu finden. Wie eine Maus in der Falle fühlte sich das Mädchen. Sie wusste, dass sie von diesem Ort verschwinden musste. Gleichzeitig traute sie sich kaum zu atmen, um die Männer nicht auf sich aufmerksam zu machen.

Zentimeter für Zentimeter ließ sie ihren Körper an dem Auto hinabgleiten. Kurz hielt sie inne, als sie meinte, ein Geräusch direkt neben sich zu hören. Doch nach wenigen Sekunden wusste sie, dass sie sich getäuscht hatte.

So leise wie möglich robbte sie schließlich unter das Auto. Wenn sie keinen Laut von sich gab, konnte dieses Versteck in der Dunkelheit ihre Rettung sein. Bewegungslos lag sie da. Den Atem angehalten. Die Stimmen der Männer hörten sich undeutlich verschwommen an, denn ihr Blut pochte und dröhnte laut in ihren Ohren.

Inzwischen waren die Stimmen ihrer Verfolger vollkommen verstummt. Jeder schien nun für sich die Fährte nach dem Mädchen aufgenommen zu haben. Wie Hunde, die einer Spur folgten. Paola fragte sich kurz, ob die Männer sie nicht durch den Sender aufspüren konnten, doch dann schob sie den Gedanken beiseite. Die Frage nach dem *Wie* war im Moment nicht von Bedeutung. Für den Augenblick zählte es nur zu entkommen.

Sie lauschte und konzentrierte sich gleichzeitig auf ihre Atmung. Jederzeit bereit, erneut zu flüchten. Trotz ihrer Anspannung erschrak Paola, als sie plötzlich Schritte in ihrer Nähe vernahm. Schwere Schritte. Einer der Verfolger kam näher. Ein Ast knackste laut, als der Mann auf ihn trat. Vorsichtig drehte sie ihren Kopf in Richtung der Geräusche und versuchte, ihren Verfolger zu entdecken. Doch die Dunkelheit, die sie schützte, verbarg auch den Mann. Sie lauschte, aber auf einmal waren die Schritte nicht mehr zu hören. Der Mann schien stehen geblieben zu sein. Das Geräusch, das sie dann allerdings aus nächster Nähe hörte, ließ das Blut in ihren Adern gefrieren. Obwohl sie noch nie eine Waffe in ihren Händen gehalten hatte, war sie sich sicher, dass der Mann den Abzug seiner Pistole gespannt hatte. Laut klang das metallische Klicken durch die Nacht.

Nun konnte sie auch die schweren Stiefel des Mannes ausmachen. Direkt neben ihr am Wagen, war ihr Verfolger stehen geblieben. Er schien zu lauschen. Paola war sich sicher, dass er ihren Atem hören konnte, und hielt abermals die Luft an. Nun konnte sie auch seinen Atem hören und meinte, ihren Verfolger sogar riechen zu können. Wenn er sich zu ihr hinabbeugte, würde das Auto, das ihr in den letzten Minuten Schutz geboten hatte, zur tödlichen Falle werden. Kalter Schweiß benetzte ihren Körper. Eine Ameise krabbelte über ihren Arm hinweg. All ihre Sinne waren zum Bersten gespannt. Sie stellte sich sein siegessicheres Grinsen vor, wenn er sich zur ihr hinabbeugte und die Waffe auf sie richten würde.

Als er sich dann bewegte und seine Stiefel auf dem Kies knirschten, konnte das Mädchen kaum an sich halten, um nicht laut zu schreien. Ihr Mund war aufgerissen, die Augen entsetzt auf die Schuhe des Mannes gerichtet. Die Spitzen der Schuhe drehten sich in ihre Richtung und sie rechnete damit, jeden Augenblick in die mörderischen Augen und in die Waffe zu blicken.

Es verstrichen nur wenige Sekunden, die Paola wie Stunden vorkamen. Die Ameise war verschwunden.

Nun hörte sie den Mann sprechen, doch sie konnte seine Worte nicht verstehen. Zu sehr war sie auf ihre Atmung und auf die letzten Momente ihres Lebens konzentriert. Die Stimme des Mannes wurde lauter. Vorsichtig versuchte sie, ihre Atmung zu kontrollieren und sich auf die Worte des Mannes zu konzentrieren. Da weit und breit keiner seiner Kumpane zu sehen war, vermutete sie, dass die Männer über Funk miteinander in Verbindung standen.

„Was heißt, sie ist weg?" Seine Stimme klang barsch. „Die kleine Göre kann sich ja nicht in Luft aufgelöst haben." Paola hörte die Worte des Mannes nun deutlich, doch es dauerte einen Moment, bis sie auch den Sinn verstand. Der Mann stand keinen halben Meter von ihr entfernt. Sie konnte seine Worte verstehen und sie glaubte, seinen Geruch wahrzunehmen. Doch trotzdem schien sie vor ihm verborgen zu sein.

Konnte es sein, dass sie doch keinen Sender in sich trug oder der vielleicht nicht richtig funktionierte? Paola lauschte angestrengt. Die kleinen Steine, auf denen sie lag, taten ihr im Rücken weh.

„Warum funktioniert das Scheißding nicht?", hörte sie ihren Verfolger fluchen. Was sein Gesprächspartner antwortete, konnte sie nicht verstehen, doch sie registrierte die unglaubliche Wut in der Stimme des Mannes.

„Das kann doch nicht wahr sein!", schimpfte er. Es war ihm offensichtlich egal, dass seine Worte weit in die Nacht zu hören waren. Aus irgendeinem Grund hatten die Männer sie verloren. Nur wenige Sekunden später setzte der Mann sich in Bewegung. Mit harten Schritten entfernte er sich von dem abgestellten Auto. Weg von Paola, seiner Beute. Das Mädchen konnte nicht glauben, was sie sah. Sie zitterte am ganzen Körper. Ihre Verfolger hatten sie nicht entdeckt und verschwanden in der Nacht.

Sie ahnte nicht, dass das Metall des Fahrzeuges das Aufspüren ihres Senders verhindert hatte. Unter dem alten abgestellten Wagen war sie unsichtbar für ihre Verfolger.

Paola konnte es nicht fassen. Zu nahe waren ihr ihre Verfolger und damit ihr vermeintlicher Tod gewesen. Sie merkte nicht, wie die Tränen über ihre Wangen rannen.

*

Als die Sonne ihre ersten Strahlen in den neuen Tag schickte, lag Paola immer noch unter dem Wagen. Ihr Rücken schmerzte. Seit Stunden hatte sie nicht gewagt, sich zu bewegen. Ihr Körper fühlte sich steif und kalt an.

Kalt durch die Temperaturen der vergangenen Nacht.

Kalt durch das Entsetzen, das in ihrem Inneren herrschte.

Sie wusste, dass sie nicht unter dem Auto hervorkommen konnte, wenn die Sonne endgültig die Nacht vertrieben hatte. Die Morgendämmerung war die Zeit der grauen Katzen. Vor Angst zitternd krabbelte sie aus ihrem Versteck hervor.

Stille umgab sie. Von den Männern war weit und breit nichts zu sehen. Nicht weit von ihr entfernt lag Fabio – ihr Freund und Beschützer. Wie Müll weggeworfen im Staub. Neben ihm befand sich der schmutzige Brotlaib. Der leichte Morgenwind berührte sein Haar.

Paola wusste, dass sie so schnell wie möglich verschwinden musste. Trotzdem brachte sie es nicht übers Herz, ihn ohne einen letzten Gruß zurückzulassen. Sie kniete sich neben ihn und nahm seine Hand in die seine. Sie hoffte, dass er doch noch am Leben sein könnte, doch als sie seine kalte Hand spürte, wusste sie, dass sie auch diesen besonderen Freund verloren hatte. Mit der anderen Hand verscheuchte sie die Fliegen, die sich auf dem Gesicht des Freundes niederließen. Ihre Tränen tropften auf seine kalten Wangen. Sein Blick ging durch sie hindurch.

„Leb wohl, mein lieber Freund", raunte sie mit erstickter Stimme. „Ich hoffe, es geht dir gut, wo immer du nun sein magst."

Langsam stand sie auf und machte sich auf den Weg. Aus welchem Grund auch immer hatten die Männer sie nicht über den Sender in der Nacht gefunden. Doch sie wusste, dass ihr nicht viel Zeit blieb, bis die hungrige Meute erneut ihre Fährte aufnahm.

Im Schatten der Morgendämmerung ging sie los. Zurück in die Stadt.

Ohne Fabio hatte sie keine Chance, in den Bergen zu überleben. Die Berge machten ihr Angst. Die Stadt kannte sie. Ihr Entschluss war gefasst. Sie würde sich in der Stadt verstecken, bis ihre Verfolger von ihr abließen. Sie würde allein bleiben und sich niemandem anvertrauen. Ihre Gedanken wanderten zu Manuel und der kleinen Emilia. Sie hoffte, dass die beiden in Sicherheit und nicht auch in die Hände der Verfolger geraten waren. Stark war der Drang, nach den beiden, den letzten Menschen, die ihr nahestanden, zu suchen. Doch sie wusste, dass sie damit deren Leben aufs Spiel setzte.

Es ging um sie. Nur um sie.

Ihre Freunde schienen ihren Verfolgern nicht wichtig zu sein. Zu achtlos, zu kaltblütig hatten sie die Jungs in der Gosse liegen lassen. In ihrem Inneren brannte ein Gefühl auf, das dem Mädchen fremd war. Sie hatte so viel in den wenigen Jahren ihres Lebens erlebt, doch nie hatte sie dieses Empfinden gehabt, das sich nun in ihr breitmachte: Unbändiger Hass wütete in ihr.

*

Ihr Puls raste. Krampfhaft versuchte sie, ihre Atmung unter Kontrolle zu bringen. Unnatürlich laut schien ihr Atem durch die Nacht zu schallen. In ihren Rücken bohrten sich schmerzhaft die unebenen Steine der Hausmauer, doch sie schenkte dem keine Beachtung. Ihre Augen, angstvoll aufgerissen und unnatürlich glänzend, suchten unruhig die Umgebung ab. Sie war sich nicht sicher, ob es ihr diesmal gelungen war, ihre Verfolger abzuschütteln.

Ihr Arm schmerzte und pochte. Durch den dreckigen Verband, den sie sich selbst angelegt hatte, sickerte langsam das Blut. Nachdem sie vergeblich versucht hatte, jemand zu finden, der ihr den Sender aus dem Arm holte, hatte sie selbst zu einem Messer gegriffen und sich tief in das Fleisch des Oberarmes geschnitten. Genau an der Stelle, an der sie meinte, vor ein paar Jahren die „Impfungen" bekommen zu haben. Einen Stock im Mund, um den Schmerz nicht herauszuschreien. Mehrmals musste sie unterbrechen, zu groß waren die Schmerzen gewesen. Einmal war sie von einer kurzen gnädigen Ohnmacht für wenige Augenblicke erlöst worden. Gefunden hatte sie nichts. Ihre große Hoffnung war, dass sie den Sender vielleicht beschädigt hatte. Der Schmerz und jedes Pochen in ihrem Arm schienen sie jedoch zu verhöhnen. Fiebrig glühte ihr Körper. Trotzdem stand ihr der kalte Schweiß auf der Stirn und sie konnte das Zittern nicht unter Kontrolle bringen, das ihren Körper schüttelte.

Das Mädchen hatte sich in einem Müllberg versteckt. Fauliger Gestank umgab Paola, doch sie schenkte dem keine Beachtung. Den Rücken fest an die Wand gedrückt, versuchte sie, zwischen dem Müll zu verschwinden. Ihre schwarzen Haare und ihre dunkle Haut boten ihr einen guten Schutz in der Dunkelheit. Sie lauschte. In der Nähe konnte sie den nächtlichen Verkehr hören. Ein Motorrad knatterte durch die Nacht. Sie vernahm die Sirenen eines Polizeiautos, doch wusste sie, dass sie von dort keine Hilfe zu erwarten hatte. Die Polizei war nicht der Freund der Straßenkinder. Vor einiger Zeit hatten ein paar Polizisten ein Mädchen von der Straße verschleppt, benutzt und schutzlos in den Bergen vor der Stadt zurückgelassen.

Kurz glaubte sie, einen Atem in der Nähe zu hören. Ihr schien es sogar, als ob sie den feuchten Atem in ihrem Nacken spüren könnte. Die feinen Härchen auf ihren Armen stellten sich auf. Zum Sprung bereit, lauschte sie erneut in die Nacht, bis sie sich nach wenigen Augenblicken etwas beruhigte. Sie war allein. Sie hörte ihr Herz klopfen. Ihr eigener lauter Atem und das Fieber hatten ihr einen Streich gespielt. Ihre Hände hielt sie zu Fäusten geballt.

Sie fühlte sich verloren. Alleine in der großen Stadt, auf deren Straßen sie schon seit Jahren lebte. Fabio war tot. Kaltblütig von den Männern erschossen, die hinter ihr her waren. Auch Julian und Pedro waren tot. Die Kehlen durchgeschnitten, das Blut klebrig kalt, als sie die beiden am Straßenrand fand. Einfach weggeworfen.

Seit Tagen eilte sie durch Sucre. Sie kannte sämtliche Schlupflöcher, die Kanalisation und alle Verstecke dieser Stadt. Doch immer waren ihr die Verfolger auf die Spur gekommen. Unentwegt konnte sie die Schritte der Männer auf dem Asphalt hinter sich wahrnehmen. Sie rannte und der Abstand vergrößerte sich. Sobald sie jedoch glaubte, ihre Verfolger abgeschüttelt zu haben, tauchten sie wie aus dem Nichts wieder auf. Sie schienen zu wissen, wo sie war. Fast schien es, als spielten sie mit ihr. Ein Spiel, das ihr den Atem raubte. Sie hatte Angst. Schreckliche Angst.

Langsam beruhigte sich ihr Atem und sie gönnte sich einen kurzen Augenblick, um ihre Augen zu schließen. Wie ein Film schienen die letzten Tage vor ihrem inneren Auge abzulaufen.

Ein böser Film und sie spielte die Hauptrolle.

Nachdem sie sich von ihrem toten Freund verabschiedet hatte, war sie in die Stadt zurückgeschlichen. In ihrer vertrauten Umgebung fiel es ihr nicht schwer, Verstecke zu finden, von denen sie sicher war, dass man sie dort niemals suchen und finden würde.

Sie kannte Winkel der Kanalisation, in die sich sonst nur die Ratten wagten. Die ersten beiden Nächte hatte sie sich dort versteckt. Es stank bestialisch. Die Ratten waren nicht erfreut über ihre neue Mitbewohnerin und so musste Paola manchen Biss einstecken. Doch dann trieb sie der Hunger wieder hinauf in die Stadt. Es gelang ihr hier und da, etwas Essbares zu erbeuten. Doch kaum war sie kurze Zeit in der Stadt unterwegs, schienen die Männer ihre Verfolgung erneut aufzunehmen.

Unter der Erde fühlte sie sich sicherer, doch dort konnte sie auf Dauer nicht überleben. Niemand wagte es, sie zu verstecken. Der Tod ihrer Freunde hatte sich rumgesprochen und die meisten Leute, die sie von ihrem Leben auf der Straße kannte, gingen ihr aus dem Weg.

Doch auch wenn ihr niemand einen Unterschlupf gewährte, so bekam sie doch manchen frühzeitigen Hinweis und es gelang ihr, den Fängen ihrer Häscher auszuweichen. Auch steckte ihr hin und wieder eines der anderen Straßenkinder etwas Essbares zu, bevor sie sich schnell wieder von ihr zurückzogen. Paola war auf sich gestellt und dankbar für jede gut gemeinte Geste.

Fast eine Woche war nun seit Fabios Tod vergangen, doch ihre Verfolger hatten nicht aufgegeben. Gerade noch rechtzeitig hatte sie vorhin den Mann ausgemacht, der ihren Zugang zur Kanalisation beobachtete und offensichtlich auf sie wartete. Ihr letztes Versteck war also auch gefunden worden und sie konnte nicht dorthin zurück. Nun saß sie hier in diesem Müllberg und wusste nicht mehr weiter. Ihre so sicheren Verstecke in der Stadt waren allesamt aufgeflogen.

Sie wusste nicht mehr, wohin. Ihre Freunde waren tot oder hielten sich von ihr fern. Sie war am Ende. Allein mit ihrer Trauer, ihrer Verzweiflung und mit den Schmerzen in ihrem Herzen und ihrem Arm. Sie hatte alles versucht, was in ihrer Macht stand, um sich von dem Sender zu befreien. Sie war sogar bereit gewesen, ihren Körper zu verkaufen. Doch niemand wollte ihr helfen. Die Männer, die hinter ihr her waren, schienen mächtig zu sein. Wer immer sie auch waren, die Leute hatten Angst vor ihnen und niemand wollte sich ihnen in den Weg stellen.

Manuel und Emilia hatte sie nur einmal aus der Ferne gesehen. Sie musste an sich halten, um die beiden nicht auf sich aufmerksam zu machen oder zu ihnen zu laufen. Wenigstens wusste sie nun jedoch, dass die beiden noch lebten und es ihnen gut zu gehen schien. Die beiden waren ihre einzigen noch verbliebenen Freunde und sie hatte kein Recht, sie auch noch in Gefahr zu bringen.

So saß sie da. Ihren Körper in dem Müllberg verborgen.

Die Anstrengung der letzten Zeit und das Fieber forderten ihren Tribut. Immer wieder fielen ihr für kurze Augenblicke die Augen zu. Sie wusste, dass sie wachbleiben musste. Der Müllhaufen war kein sicheres Versteck und es war nur eine Frage der Zeit, bis man sie hier aufspüren würde. Doch sie war mit ihren Kräften und auch mit ihren Nerven am Ende. Sie brauchte eine Pause, um neue Kräfte zu schöpfen und sich ein neues, sicheres Versteck zu suchen.

*

Sie musste eingeschlafen sein. Wie lange konnte Paola nicht sagen. Nichts schien sich verändert zu haben. Die Geräusche der Stadt und der Straße drangen bis zu ihrem Versteck vor und auch der Gestank des Mülls stach ihr nach wie vor unangenehm in die Nase.

Trotzdem, irgendetwas hatte sie aus ihren Schlaf gerissen.

Alle ihre Sinne waren bis auf Äußerste gespannt. Sie lauschte in die Dunkelheit.

Sie meinte, an der Hausmauer einen Schatten auszumachen. Sie konzentrierte sich auf diesen Punkt, doch nichts regte sich. Sie schien Gespenster zu sehen. Dann raschelte es am Rande des Müllhaufens, in dem sie sich versteckt hielt. Im letzten Moment konnte Paola einen entsetzten Aufschrei verhindern. Zitternd hielt sie die Fäuste vor das Gesicht und starrte in die Richtung, aus der sie das Rascheln vernommen hatte.

Als sie die Ratte sah, die sich an ihrem Versteck zu schaffen machte, wäre sie beinahe in ein hysterisches Lachen ausgebrochen. Welch einen Schreck hatte ihr der Nager eingejagt. War das Tier noch so widerlich, so ging von ihm keine Gefahr aus. Das Tier war hungrig wie sie selbst. Mit einem selbstmittleidigen Lächeln sah sie der Ratte bei der Futtersuche zu. Sie hatte mittlerweile mehr Ähnlichkeit mit diesem Tier, als mit einem Menschen. Man ging ihr aus dem Weg, mied sie wie eine Ratte. Wo sie auch auftauchte, versuchte man, sie zu verjagen oder zu töten.

Mitten in der Bewegung hielt die Ratte plötzlich inne. Sie streckte das Näschen in die Luft und schnüffelte. Irgendetwas schien ihre Aufmerksamkeit mehr zu erregen als die Nahrung, die vielleicht in dem Müll zu finden war. Ihr Schwanz zitterte kurz und peitschte durch die Nacht, bevor sie lautlos verschwand. Paola schaute in die Dunkelheit und versuchte zu erkennen, was die Ratte verscheucht haben könnte.

Dann sah sie ihn. Der Schatten bewegte sich und kam die Gasse entlang. Langsam mit vorsichtigen Schritten. Geräuschlos und doch stetig kam er in ihre Richtung. Falls es einer ihrer Verfolger war, schien er es nicht eilig zu haben. Entweder war er sich seiner Beute sicher oder er wollte Paola nicht auf sich aufmerksam machen.

Sie wusste nicht, was sie tun sollte. Vielleicht handelte es sich nur um jemanden, der sich in die Gasse verirrt hatte, oder genau wie sie, in der Nacht verschwinden wollte. Das Kind hielt die Luft an.

Selbst der schwache Wind verebbte für einen Moment. Die Luft schien vor Spannung zu knistern. Die Nacht wurde klarer. Die Konturen, die sonst in der Nacht zu einer schwarzen Masse zerflossen, zeigten ihre Ecken und Kanten. Klar konnte Paola den Mann erkennen, der sich in Richtung ihres Versteckes bewegte. Nach wie vor schien er es nicht eilig zu haben. Schritt für Schritt kam er ihr näher.

Paola versuchte, noch weiter in dem Müll zu versinken, ohne dabei ein Geräusch zu verursachen. Die Ratte war längst weg. Das Tier hatte einen sicheren Unterschlupf gefunden.

„Komm raus!" Leise klangen diese beiden Wörter zu ihr in ihr Versteck. Zwei Worte, die weder bedrohlich noch angsteinflößend klangen. Sie waren selbstverständlich und standen für das Ende einer langen Verfolgung. Sie klangen so, als wenn ein Vater zu seinem Kind sprach.

Doch dies war nicht ihr Vater und die Worte waren für Paola ganz und gar nicht selbstverständlich. Der Mann blieb in der Dunkelheit stehen. Er schien auf sie zu warten. Tief atmete das Kind ein und versuchte, die restlichen verbliebenen Kräfte in sich zu sammeln. Im nächsten Moment sprang sie auf und rannte los. Weg von dem Mann. Tiefer in die Gasse hinein. Ihr Arm pochte.

Von ihrem Verfolger war nichts zu hören.

Sie hatte sich vielleicht zwanzig Meter von dem Müllberg entfernt und traute sich, einen kurzen Blick hinter sich zu werfen. Der Mann stand weiterhin am selben Fleck. Ruhig stand er da.

Im nächsten Moment wurde Paolas Flucht jäh gebremst.

Den zweiten Mann, der in der Dunkelheit auf sie wartete und der ihr den Weg versperrte, hatte sie nicht gesehen. Sie rannte mitten in ihn hinein. Paola hatte sich so sehr auf den ersten Verfolger konzentriert, dass nicht bemerkt hatte, wie ihr Fluchtweg bereits versperrt gewesen war. Der Mann packte sie am Arm und hielt sie fest. Mit letzter Kraft versuchte sich das Mädchen loszureißen, doch die Hand des Mannes war stark. Der Mann sprach kein Wort und auch Paola vergeudete keine Kraft mit Schreierei. Sie wehrte sich und versuchte, sich aus dem Griff zu lösen.

Kurz darauf war der andere Mann bei ihnen. Die Männer hielten das Kind fest.

Das Letzte, was Paola in dieser Nacht fühlte, war ein Stich in ihrem Oberarm. Der Stich schmerzte wie damals als sie die „Impfungen" bekam. Ihr wurde schwindelig. Die Männer und die Gasse verschwammen und drehten sich um sie, bevor sich die Dunkelheit nun vollends über sie senkte.

*

Stimmengemurmel. Alles fühlte sich unwirklich an. Gleißendes, grelles Licht blendete Paola. Schnell schloss sie die Augen wieder. Gerne hätte sie die Hände schützend vor das Gesicht gehalten, doch sie vermochte sich nicht zu bewegen. Ihr Körper fühlte sich herrlich leicht an. Sie schien zu schweben, leicht glitt sie durch das gleißende Licht, zu leicht, um sich zu bewegen. Federn wurden durch den Wind getragen. Paola wartete auf den Wind, der sie aus dem gleißenden Licht hob.

„Sie ist wach." Eine barsche Männerstimme holte sie ein Stück in die Wirklichkeit zurück. In ihren Ohren rauschte es. Sie schaute sich um. Ihre Umgebung schien seltsam verzerrt, die

Konturen verschwammen. Eine Person stand ein Stück weit von ihr entfernt. Sie konnte sie nur schemenhaft erkennen, doch es war ihr klar, dass die unfreundliche Stimme zu ihr gehören musste. Eine zweite Person befand sich an ihrem Kopfende. Sie konnte die Person nicht erkennen. Nur ein weißer Kittel, der sehr nahe neben ihr stand.

„Warum können Sie das Ding nicht richtig betäuben", meckerte eine grobe unfreundliche Stimme.

Das grelle unwirkliche Licht stammte von einer großen Lampe, die direkt über ihr angebracht war. Paola lag auf einer Liege oder in einem Bett. Der Raum, in dem sie sich befand, schien zu schwanken. Das Mädchen konnte ein gleichmäßiges Brummen ausmachen. Immer mehr erwachte sie aus dem seltsamen Schlaf und ihr Blick schärfte sich. Ihr Körper fühlte sich nach wie vor wie aus Watte an und wollte ihr nicht gehorchen. Sie versuchte, ihre Hand zu heben, doch nichts geschah.

„Wir können sie nicht über die ganzen Stunden betäuben. Der Flug dauert gut zehn Stunden." Die zweite Stimme klang ruhig und weniger unfreundlich.

„Der Kunde wird schon nicht begeistert sein, dass wir sie wegen der Blutvergiftung mit Antibiotika vollgepumpt haben." Die zweite etwas freundlichere Stimme gehörte einer Frau.

„Wenn wir sie jetzt noch mit zu viel Anästhetikum versorgen, wird sie nicht mehr zu gebrauchen sein."

Der Mann mit der groben Stimme gab einen mürrischen Laut von sich, warf sich in einen der Sitze und blickte Paola genervt an. Der Raum sackte für einen winzigen Augenblick weg und schien sich immer wieder leicht zu schütteln. Auch das Brummen schwoll zwischendurch zu einem Dröhnen an. Der Nebel und die Leichtigkeit wichen einem unangenehmen Pochen in ihrem Kopf. Sie hatte schreckliche Angst.

„Wo bin ich?", versuchte sie zu sprechen, doch ihre Worte klangen selbst in ihren Ohren verschwommen und undeutlich. Weder der Mann noch die Frau gaben ihr eine Antwort. Die Frau im weißen Kittel nahm kurz ihre Hand in ihre und streichelte sacht über Paolas Haut. Ein Schlauch war an ihrem Handrücken befestigt. Um ihren Oberarm hatte man ihr einen dicken Verband angelegt.

Das Mädchen sah, wie die Frau im weißen Kittel eine Spritze zur Hand nahm. Zu gut kannte sie das unangenehme Gefühl, wenn das Metall der Nadel sich in ihre Haut bohrte. Ängstlich versuchte sie, sich von der Frau fortzudrehen, doch nach wie vor wollte ihr Körper ihr nicht gehorchen. Erleichtert sah sie, wie die Frau im weißen Kittel eine Flüssigkeit in einen Beutel spritzte, der mit dem Schlauch an ihrem Handgelenk verbunden war.

Kurz darauf merkte sie, wie ihre Umgebung erneut in der Unwirklichkeit verschwand.

Immer wieder versuchte Paolas Geist, durch den Nebel, der sie umgab, zu dringen. Manchmal gelang es ihr, bis in den seltsamen Raum mit dem Mann und der Frau zurückzukehren. Meistens jedoch nahm sie nur das weiße grelle Licht um sich herum wahr. Einmal beugte sich die Frau über Paola und das Mädchen glaubte, in das Gesicht ihrer Mutter zu schauen. Das weiße Licht umhüllte sie weich. Sie fühlte sich wundervoll leicht und träumte von ihrer Mutter. Sie war wieder das kleine Mädchen und ihre Mutter hob sie hoch in die Luft. Löste sich jedoch der wunderbare Nebel auf, kehrte sie in den dröhnenden Raum zu den beiden Menschen zurück. Ohne den schützenden Nebel war dort nur die unerträgliche Spannung zu spüren, die die Luft erfüllte. Angst machte sich in ihr breit und sie war froh, wenn sie wieder in ihre helle Welt zurückkehren konnte.

Das Dröhnen wurde lauter und erlaubte Paola nicht, länger in ihrer weichen weißen Welt zu träumen. Die Liege, auf der sie lag, wurde unangenehm geschüttelt. Ein leises Stöhnen kam über ihre Lippen. Sie wünschte sich, erneut ins Licht zu dürfen, doch stattdessen schlug sie langsam die Augen auf. Der schreckliche Mann saß wieder in dem Sitz und stierte mürrisch zu ihr sowie der Frau im weißen Kittel hinüber.

„Das Fieber ist gesunken", hörte sie die Frau sagen.

„Sehen Sie zu, dass sie zu gebrauchen ist", schnauzte der Mann aus seinem Sitz heraus. „Wir haben schon viel zu viel Geld in die Göre gesteckt. Wenn sie jetzt abkratzt, bekommen wir keinen Cent."

Paola verstand die Bedeutung der Worte nicht, doch es war ihr klar, dass sie nichts Gutes bedeuteten.

„Noch dreißig Minuten bis zur Landung", knarzte eine unwirklich klingende Stimme.

„Es kann losgehen", sagte die Frau und beugte sich zu Paola hinunter.

„Gleich hast du es geschafft", hauchte die Frau Paola ins Ohr und strich sachte mit dem Finger über die Wange des Mädchens. Dann nahm sie eine Maske zur Hand und stülpte sie dem Mädchen über das Gesicht. Paola wollte ihr Gesicht von der Maske wegdrehen, doch ihr Körper war wie gelähmt.

Die Stimmen schienen sich zu entfernen. Paola wartete auf das helle Licht, doch es kam nicht.

Noch einmal sah sie das Gesicht ihrer Mutter vor sich, die sie anlächelte und ihr die Hand entgegenstreckte. Dann wurde es dunkel um sie. Tiefe Finsternis umfing sie, die alles andere ausschloss. Keine Stimmen, kein Licht.

Der Vater

Paul Broscheid schloss leise die Haustür hinter sich und streckte erst einmal ausgiebig seinen schmerzenden Körper. Zum zweiten Mal in dieser Woche hatte er auf der Baustelle aushelfen müssen, weil einer seiner Angestellten erkrankt war. Mit seinen 45 Jahren war er zwar körperlich noch ziemlich fit, aber sein Rücken signalisierte ihm doch deutlich, dass die Zeit der harten Arbeit auf dem Dach zu Ende ging.

Broscheid war Inhaber eines florierenden Dachdeckerbetriebes mit zehn Angestellten. Der Betrieb war spezialisiert auf komplexe Dachkonstruktionen sowie -sanierungen und hatte in der lokalen Baubranche den Ruf, pünktliche und exzellente Arbeit abzuliefern. Vor drei Wochen hatte er den Auftrag angenommen, das Dach eines ehemaligen Bauernhofes aus dem 18. Jahrhundert neu einzudecken. Die Konstruktion war nicht allzu anspruchsvoll, aber die Denkmalschutzauflagen, verbunden mit einem immensen Zeitdruck, bereiteten ihm Kopfschmerzen.

So war er schon immer gewesen: akribisch und detailversessen, entschlossen, das Beste aus jeder Sache herauszuholen. Dieser Wesenszug zog sich durch sein gesamtes Erwachsenenleben. Ein guter Realschulabschluss, eine Lehre als Dachdecker mit einem anschließenden Meistertitel hatten ihm den Weg zu einem auskömmlichen Leben geebnet. Mit dreißig der gewagte Schritt in die Selbstständigkeit, dann die Heirat mit seiner Jugendfreundin Senta.

Als er vierunddreißig war, kam sein Sohn Frederic „Freddi" zur Welt. Nach Broscheids Gefühl hatte Freddi in seinen ersten drei Lebensmonaten nur gebrüllt und er hatte sich mehr als gewundert, wie eine so kleine Lunge so laute Geräusche erzeugen konnte. Nach dem „Pflichtstudium" der einschlägigen Bücher für Eltern wechselten sie sich nächtelang dabei ab, ihren Sohn zu trösten, zu beruhigen, zu füttern, zu wickeln und ENDLICH zum Einschlafen zu bringen.

Nahezu von einem Tag auf den anderen endete diese Episode und Freddi schlief abends wie auf Kommando ein und die Nacht durch. Im Nachhinein bereute Broscheid seine Entscheidung, die Kinderbetreuung überwiegend seiner Frau überlassen zu haben. Er hatte nur noch spärliche Erinnerungen an die Zeit, bevor sein Sohn über das Kindergartenalter hinaus war. Die ersten Schritte, die ersten Worte – nichts davon hatte er mitbekommen.

Aber die Situation als selbstständiger Unternehmer forderte zwangsläufig ihren Tribut. Hier gab es keinen nine-to-five-job. Wenn ein Auftraggeber rief, musste er springen. Er durfte nur noch fragen: „Wie hoch?" Und außerdem log er sich vor, mit einem Säugling oder Kleinkind sowieso nichts anfangen zu können.

Als Freddi in die Grundschule kam, änderte sich das Verhältnis zwischen Vater und Sohn abrupt. Plötzlich war da ein aufgewecktes Kind, das nicht mehr laut brummend Spielzeugautos herumschieben wollte, sondern das ihn intellektuell forderte, Geschichten und Erklärungen nur so aufsaugte und mit wachen Augen durch die Welt ging. Broscheid blühte auf als Vater, nahm Freddi mit in seinen Betrieb, manchmal auch auf Baustellen, obwohl das aus seiner Sicht nicht ungefährlich war. Aufs Dach durfte Freddi allerdings erst im vergangenen Jahr, also mit zehn Jahren. Das auch nur in einem Rohbau, wo man mit Leitern die Geschosse innen verband und nicht von außen klettern musste.

Und dann stand der Schulwechsel an. Die Schulempfehlung war eindeutig: Gymnasium. Die Broscheids platzten nahezu vor Stolz – jemand, der später würde studieren können!

Ihre Lebensplanung basierte auf einem soliden Finanzierungssockel. Die Broscheids wohnten in einer einfachen achtzig Quadratmeter großen Wohnung im Obergeschoss des Betriebsgebäudes. Sie gönnten sich wenig Urlaub – das brachte erzwungenermaßen auch die Selbstständigkeit mit sich – und hatten nie einen ausschweifenden Lebensstil gepflegt.

Für die Altersversorgung besaßen sie ein großzügiges schuldenfreies Zweifamilienhaus, dessen Hälften jeweils an eine solvente Familie vermietet waren. In der Baubranche war so etwas einfacher: Vieles konnte in Eigenleistung erbracht werden und für besondere Gewerke hatte man befreundete Betriebe. Eine Hand wäscht halt die andere. Und es hielt die Schulden in Grenzen.

Spätestens mit sechzig wollte Broscheid sich zur Ruhe setzen. Der Plan war, aus der „Dachdeckerei Broscheid" die Dachdeckerei „Broscheid & Sohn" zu machen und dann später „Dachdeckerei Broscheid jr." oder wie auch immer sein Sohn die Firma nennen wollte. Freddi hatte schon frühzeitig signalisiert, dass ihn ein Studium des Bauingenieurwesens und ein Einstieg in den väterlichen Betrieb interessieren würden. Und zeitlich passte das wie die berühmte Faust aufs Auge. Dann würde das Mehrfamilienhaus verscherbelt werden, eine Harley würde vor der Tür stehen und sie würden endlich einmal etwas von der Welt sehen können. Auch wenn Broscheid wusste, wie klischeehaft das klang: Es war halt der Traum eines Menschen, der sein halbes Leben handwerklich hart gearbeitet hatte. Das mit der Harley gehörte noch einmal überdacht. Eigentlich war Broscheid nicht der Typ Mann, der schwindende Manneskraft mit dröhnenden PS auf zwei Rädern zu kompensieren gedachte.

Wie auch immer, vor zwei Monaten war dieser Traum zusammengeschnurrt wie ein schrumpeliger Ballon, aus dem die Luft entwichen ist:

Dilatative Kardiomyopathie.

Zuerst hatte Freddi über Schmerzen im Knie geklagt. Niemand hatte sich sonderlich darüber Gedanken gemacht. Freddi spielte Handball in einem Verein, er war ein sehr guter Kreisläufer und dieser ruppige Sport brachte es mit sich, dass man stürzte und sich die eine oder andere Verletzung zuzog.

„Ein Dachdecker kennt keinen Schmerz!", hatte Broscheid geulkt. Seine Frau hatte ihn böse angesehen, während sie ihrem Sohn entzündungshemmende Salbe auf das Knie aufgetragen hatte. Tatsächlich waren die Schmerzen langsam zurückgegangen, aber es schlich sich langsam und zunächst unbemerkt eine Leistungsschwäche bei Freddi ein.

Manchmal bat Broscheid seinen Sohn, kurz im Betrieb bei körperlich leichten Arbeiten auszuhelfen. An jenem denkwürdigen Freitag kam – total verspätet – ein LKW mit Baumaterialien auf den Betriebshof gefahren. Alle Angestellten waren bereits im Wochenende und Broscheid und Freddi halfen dem Fahrer, den Wagen zu entladen. Freddi beschränkte sich dabei auf kleinere Utensilien wie Eimer mit Bitumen oder Werkzeug. Nach einer

Viertelstunde ließ er sich erschöpft auf zwei Zementsäcke fallen. Schweiß floss ihm in die Augen und sein Puls raste.

„Du solltest nicht so viel mit deiner Konsole daddeln!", frotzelte Broscheid und brachte die Arbeit mit dem Fahrer allein zu Ende.

Am Abend wurde der Vorfall dann in der Familie diskutiert. Broscheid tat den Schwächeanfall immer noch als Lappalie ab, aber seine Frau bestand darauf, mit Freddi am darauffolgenden Montag zum Kinderarzt zu gehen. Dieser vermutete einen grippalen Infekt, überwies den Jungen aber zur Bestätigung seiner Diagnose an ein Kinderkrankenhaus, um eine Sonografie und eine Laboruntersuchung durchführen zu lassen.

Das Gespräch mit dem Kinderkardiologen des Krankenhauses, das seine Frau und er gemeinsam führten, hatte sich tief in Broscheids Gehirn gebrannt.

„Nein, ein grippaler Infekt ist es nicht. Es ist leider etwas gravierender."

„Wie meinen Sie das?" Broscheid schaute ihn irritiert an.

„Nun, die Ultraschalluntersuchung zeigt Anzeichen für eine Herzmuskelentzündung. Die Blutuntersuchungen in unserem Labor haben das leider bestätigt. Das ist nicht ungefährlich, aber machen Sie sich bitte jetzt nicht zu viele Sorgen. Wir werden uns bemühen, das Problem medikamentös in den Griff zu bekommen. Es gibt da heute wahre Wundermittel: Betablocker, ACE-Hemmer, Aldosteronantagonisten, Kortikoide …", dozierte der Arzt. Broscheid wurde schwindelig.

„Ein Pfleger ist gerade auf dem Weg. Er holt die Sachen aus unserer Krankenhausapotheke. Ihr Sohn ist grundsätzlich in guter körperlicher Verfassung, aber jetzt braucht er Ruhe, damit sich sein Herz nicht zu sehr anstrengen muss. Wir werden ihn noch nicht stationär aufnehmen. Es ist besser, wenn er in seiner gewohnten Umgebung ist. Bis auf die Einnahme der Mahlzeiten und Toilettengänge bitte ich Sie aber, auf strenge Bettruhe zu achten. Und kommen Sie mit ihm bitte täglich in die Klinik, damit wir seinen Zustand lückenlos screenen können"

Zum ersten Mal in seinem Leben hatte Broscheid das Gefühl, ihm werde der Boden unter den Füßen weggezogen. Sein Unterbauch krampfte sich zusammen, als ob sich ein Durchfall ankündigen würde, und ihm wurde leicht schwindelig. All seine Lebenspläne rasten wie ein wild gewordenes Kaleidoskop durch seinen Kopf. Er beugte sich vornüber.

„Was heißt, noch nicht stationär aufnehmen?", erkundigte er sich, wobei er „noch" betonte. „Bitte sagen Sie uns: Was ist das Schlimmste, das passieren kann?"

„Nun, es besteht eine fünfzigprozentige Chance, dass die Medikamente anschlagen. Wenn das der Fall ist, wird er für den Behandlungszeitraum zu Hause bleiben können."

„Und wenn nicht?" Broscheid griff zögerlich nach der Hand seiner Frau.

„Wenn zu viel Zeit seit der Infektion vergangen ist, das wissen wir natürlich nicht, werden die Medikamente eventuell nicht wirken. Dann werden wir über einen PM ..., ähm ... einen Herzschrittmacher nachdenken müssen. Das ist eine bewährte Behandlungsmethode und geht voraussichtlich nicht einmal zu Lasten der Lebensqualität Ihres Sohnes."

„Herr im Himmel! Noch einmal: Was ist das Schlimmste, das passieren kann?" Broscheid wollte es eigentlich gar nicht hören.

„Leider gibt es Verdachtsmomente, die auf eine ausgedehnte Schädigung schließen lassen. Im Extremfall muss eine Transplantation erwogen werden. Von den Daten Ihres Sohnes her hat er die Blutgruppe AB. Das wäre ein sehr anspruchsvolles Unterfangen." Die Stimme des Arztes war ernst und schonungslos.

Die Nachricht hatte die Wucht einer Abrissbirne und Broscheids Welt implodierte augenblicklich.

*

„Du kommst fast jeden Tag später." Die Worte seiner Frau rissen ihn aus seinen Gedanken. Vorwurfsvoll und mit heruntergezogenen Mundwinkeln sah sie ihn an. Ihre Augen waren rot und verquollen. „Du weißt, was ich hier mit Freddi durchmache. Ich kann das allein nicht mehr lange durchhalten", jammerte sie vorwurfsvoll. Das dunkelblonde offene Haar, das er früher an ihr immer gemocht hatte, wirkte zottelig und ungewaschen.

„Der Werner liegt mit Grippe im Bett und wenn ich auf der Baustelle nicht aushelfe, können wir den Übergabetermin nicht halten, das habe ich dir schon tausendmal gesagt! Wenn der Bauherr uns das Dach nicht abnimmt, gibt's kein Geld. Das weißt du genau!" Säuerlichkeit schlich sich in seine Stimme.

Er steuerte auf die Wohnzimmerbar zu, um sich vor der Dusche noch schnell einen Ouzo zu genehmigen. Seit ihrem letzten Urlaub, der nun auch schon drei Jahre zurücklag, war das sein Lieblingsgetränk zum Entspannen geworden.

Gott, war es schön in Griechenland gewesen! Familienurlaub vom Feinsten. Sein damals achtjähriger Sohn hatte es genossen, unter einem Sonnenschirm im feuchten Sand Spielzeugautos durch selbstgegrabene Tunnel und Gänge zu schieben. Seine Frau Senta hatte den halben Tag unter demselben Sonnenschirm einen Pilcher-Roman nach dem anderen verschlungen. Broscheid selbst hatte oft mit Stavros, dem Wirt der Hotelbar, zusammengesessen. Nachmittags war noch nicht viel los gewesen, die Gäste brieten alle in der Sonne und der Grieche hatte ihm die Geheimnisse des Tavli nahe gebracht. Am Ende des Urlaubs hatte Broscheid dieses dem Backgammon verwandte Brettspiel in allen seinen drei Varianten schon passabel beherrscht, sodass es ihm sogar gelungen war, Stavros einmal zu besiegen …

Das war lange her und die Spielregeln hatte er längst wieder vergessen.

Er goss sich zwei großzügige Fingerbreit ein und ging in die Küche, um das Glas mit Wasser aufzufüllen.

Wütend stapfte seine Frau hinter ihm her. „So bewältigst du also deine, unsere, Probleme! Dir den Arsch abzuarbeiten, anstatt hier zu Hause bei deinem Sohn zu sein! Wenn du gegenüber Freddi nicht immer den starken Mann markiert hättest, säßen wir jetzt vielleicht nicht in dieser Scheiße!"

Er wusste, wenn sie Schimpfwörter benutzte, würden gleich die Tränen laufen. Es war wie ein platzendes Ventil. Immer. In zwei großen Zügen stürzte er das Glas hinunter.

„Du weißt, dass das Blödsinn ist! Niemand hat die Krankheit voraussehen können und mit dem ‚starken Mann', wie du es nennst, hat das nun wirklich nichts zu tun. Stell dir vor, ich würde den ganzen Tag an seinem Bett sitzen, er würde doch denken, was für ein Weichei sein Alter geworden ist."

Oops, jetzt hatte er sich selbst widerlegt, aber die Worte waren nicht mehr zurückzunehmen. Er wusste, dass sie es gemerkt hatte. Sie schwieg, verschränkte die Arme und presste die Lippen aufeinander.

Er widerstand dem Drang, sich einen zweiten Drink zu nehmen und steuerte stattdessen auf die Balkontür zu, um eine Zigarette zu rauchen. Kurz vor der Tür stoppte er, drehte sich um und versuchte, sie in die Arme zu nehmen.

„Vergiss es, du stinkst nach Schweiß und Teer! Und deine albernen Argumente kannst du dir da hinstecken, wo niemals die Sonne scheint!" Das Wort „Argumente" unterstrich sie mit zwei Anführungszeichen mit den Fingern in der Luft. Mit herunterhängenden Schultern schlurfte sie in die Küche, um ihre Tränen vor ihm zu verbergen.

Broscheid öffnete die Balkontür, fingerte eine Zigarette aus der Packung, zündete sie an und inhalierte tief. Auch er konnte nicht verhindern, dass er weinte.

Eine halbe Stunde später saß er am Bett seines Sohnes. Die heiße Dusche hatte ihn wieder beruhigt und die Rückenschmerzen hatten etwas nachgelassen, aber der Kloß hing immer noch in seinem Hals.

„Hi, Dad! Wie war die Arbeit?" Freddi war ein freundliches und ausgeglichenes Kind, wie Broscheid selten eines erlebt hatte. Keine Wutausbrüche, die üblichen kleinen Heimlichkeiten eines Elfjährigen, nichts, was einem Vater irgendwelche Sorgen machen sollte, aber die Pubertät würde ja noch kommen. Im Gymnasium würde er für ein Ingenieursstudium mit seinen Noten noch etwas nachlegen müssen. Aber da er aufgrund seiner Krankheit ohnehin das erste Gymnasial-Schuljahr wiederholen müsste, würde sich das schon richten – wenn es denn eine Pubertät und ein Abitur für ihn geben sollte …

„Hi, Freddi, alles bestens. Ich musste allerdings heute wieder aufs Dach und meinem Rücken gefällt das überhaupt nicht mehr." Die Worte „Ich werde zu alt für den Scheiß!" verkniff er sich. Broscheid setzte eine zuversichtliche Miene auf. „Und du? Was hast du heute so getrieben?" Broscheid bereute seine Frage augenblicklich. Der Tagesablauf seines Sohnes war im Moment nicht von allzu viel Abwechslung geprägt.

Freddi unterbrach ein auf seinem Bildschirm laufendes Spiel und legte den Controller seiner Konsole auf den Nachttisch. „Mama hat heute leckeren Bohneneintopf gekocht. Willst du mal hören?" Er blickte seinen Vater schalkhaft an und lüftete die Bettdecke.

„Danke, es wird ohne gehen." Broscheid verzog sein Gesicht und wedelte mit einer Hand übertrieben vor seiner Nase herum. „Nein, im Ernst. Wie geht es dir im Moment?" Er wusste, dass sein Sohn keine konkreten Schmerzen hatte.

„Na ja, eigentlich wie immer. Ich habe das Gefühl, nicht so gut Luft zu bekommen, aber es geht schon." In Broscheids Erinnerung schlich sich so etwas wie Dyspnoe ein, das der Arzt einmal erwähnt hatte: Kurzatmigkeit. Er selbst begann, immer flacher zu atmen.

Freddi schaute betrübt aus dem Fenster. „Nils war heute hier. Wir haben eine Partie Schach gespielt."

Broscheid war froh, dass Freddis Freunde ihn fast täglich besuchten. Er hoffte, dass das seinem Sohn das Gefühl gab, weiter dazu zu gehören.

„Nein, doch! Es gibt etwas. Schau mal auf meine Beine." Freddi zog die Bettdecke hoch.

Broscheid erschrak heftig, als er sah, dass die Haut um Freddis Knöchel stark angeschwollen war. Der Arzt hatte ihnen gesagt, dass das ein ernsthaftes Zeichen der fortschreitenden Krankheit war.

Er zitterte und stand abrupt auf, um das vor seinem Sohn zu verbergen. „Das kommt nur davon, dass du liegen musst. Sobald du aufstehen kannst, wird sich das schnell wieder geben", log er.

„Ich sehe später wieder nach dir. Und sag Bescheid, wenn jemand das Zimmer lüften soll. Du stirbst mir sonst noch an einer Gasvergiftung. Und was wird dann aus der Firma Broscheid jr.?"

Er zwinkerte seinem Sohn zu und verließ fluchtartig das Zimmer. Im Flur lehnte er sich gegen eine Wand, da ihn neben dem Zittern wieder Schwindel überkam. Es war soweit, sie mussten etwas tun! Er ging erneut an die Wohnzimmerbar, um seine Nerven mit einem weiteren Ouzo zu beruhigen. Danach suchte er seine Frau und fand sie in dem gemeinsamen Arbeitszimmer vor ihrem Computer.

Senta hatte sich im Laufe der Zeit zu einer „Expertin" in Sachen Kardiomyopathie entwickelt. Sie saugte alles auf, was das Internet zu dieser Krankheit hergab. Gerade schob sie etwas fahrig ihre Lesebrille hoch und machte sich handschriftliche Notizen.

„Na, wieder ein Forum über Wunderheiler entdeckt? Und hast du seine Beine gesehen?", stieß er ein wenig zu verächtlich hervor. Ihm kam regelmäßig die Galle hoch, wenn er sie schwad-

71

ronieren hörte über die Seiten, die Genesung versprachen durch pures „Handauflegen eines erhellten Gurus" oder spezielle Ernährung bestehend aus gemahlenen Käfern oder irgendwelchen Teilen von anderen toten Tieren oder exotischem Gemüse.

„Nein, nein, schau mal!" Wie immer, wenn sie stark aufgeregt war, hatte sie rote Flecken im Gesicht. „Hast du schon einmal etwas von der Privatklinik ‚Am Wald' gehört oder gelesen? Hier steht …", sie deutete auf den Bildschirm, „spezialisiert auf Transplantationen – Erfolgsquote einhundert Prozent! … Und ja, ich habe seine Beine gesehen!"

Broscheid schob seine Frau unsanft zur Seite und klickte sich selbst durch die Homepage. Die Seiten waren ansprechend in hellen Farben gestaltet, allerdings etwas oberflächlich. Man lobte sich selbst in den höchsten Tönen. Ehemalige Patienten schwärmten nur so über Qualität der Arbeit und des Personals. Der Inhaber, ein Dr. Lorenz, wandte sich in einem kurzen Video an den Betrachter. Er machte einen soliden, geerdeten Eindruck, als ob er nur für seine Patienten leben würde.

Broscheid notierte sich die Telefonnummer.

„Ich ruf da morgen an. E-Mail bringt nichts, wer weiß, wie lange das bis zu einer Antwort dauert, Freddi ist jetzt ein Notfall!"

*

In den folgenden Tagen hatten sich die Ereignisse überschlagen. Broscheid hatte für das Erstgespräch in der Klinik ‚Am Wald' alle verfügbaren Unterlagen der Ärzte, die Freddi vorher betreut hatten, besorgt. Ein Arzt der Klinik, dessen Name ihm inzwischen wieder entfallen war, führte daraufhin eine der umfangreichsten Untersuchungen an seinem Sohn durch, die

Broscheid je erlebt hatte: Blut-, Urin-, Stuhlproben, MRT-, CT-, Röntgenuntersuchungen, ein vorsichtiges Belastungs-EKG bei ständiger Anwesenheit des Arztes ...

Als Letzteres abrupt abgebrochen wurde und Freddi von einer Schwester namens Charlotte vorsichtig von den Anschlüssen befreit wurde, brach Broscheid sofort wieder der Angstschweiß aus. Schwester Charlotte half seinem Sohn auf eine Krankenliege und zupfte ihm die Elektroden vom Körper. Als sie ihm die Klebstoffreste mit einem Einmalhandtuch vom Oberkörper rieb und überall rote Stellen zurück blieben, hörte er, wie sie – anscheinend bewusst beiläufig – meinte: „Jetzt schau dich einmal an: So sieht man aus, wenn einen ein Karatemeister einmal kräftig durch die Mangel gedreht hat."

Freddi lachte. Es klang ein wenig gequält. Natürlich war dem Jungen klar, dass der Abbruch einer Leistungsuntersuchung kein gutes Zeichen war.

Dann ging es Schlag auf Schlag: Dr. Lorenz, der Leiter der Klinik, eröffnete Broscheid, dass sein Sohn sofort stationär in der Klinik aufgenommen werden müsste, damit sein Zustand so weit wie möglich stabil gehalten werden könne.

Sein Sohn bekam ein riesiges Einzelzimmer mit Blick auf den nahen Wald. Ein Fernseher mit Anschlussmöglichkeit für seine Spielkonsole stand auf einer kleinen Kommode. Schwester Charlotte kümmerte sich rührend um ihn.

Als Selbstständiger hatte Broscheid eine private Krankenversicherung und Frau und Sohn waren natürlich ebenfalls dort versichert. Ein kurzer Anruf dort hatte die Kostenübernahme der stationären Aufnahme geklärt. Über die einzelnen Behandlungsschritte müsse man allerdings in Kontakt bleiben. Wenigstens eine Sorge weniger. Sorgen bereiteten ihnen allerdings die etwas seltsamen Gespräche mit Dr. Lorenz. Auf der einen Seite registrierten die Broscheids eine gewisse Betroffenheit, auf der anderen Seite strahlte Dr. Lorenz eine Zuversicht aus, die sie sich nicht erklären konnten.

Sie hatten es sich zur Gewohnheit gemacht, freitags nach der letzten Visite der Woche das Gespräch mit Dr. Lorenz zu suchen. Am letzten Freitag hatte dieser die Katze aus dem Sack gelassen.

Die Chancen, legal an ein Transplantat zu kommen, seien verschwindend gering, aber es gäbe – dank seiner umfangreichen Verbindungen – Möglichkeiten … Das allerdings koste einiges … Die Krankenversicherung würde dafür nicht eintreten … damit dürfe man nicht hausieren gehen … Wenn das für sie infrage käme … 320.000 Euro! Und Eile sei geboten. Er druckste noch etwas herum, als ob ihm die ganze Geschichte mehr als peinlich wäre, dann war das Gespräch zu Ende.

Wie betäubt fuhr Paul Broscheid nach Hause. Senta und er sprachen während der Fahrt kein einziges Wort miteinander und eigentlich wussten beide im Nachhinein nicht, welchen Weg sie genommen hatten. Im Wohnzimmer holte Broscheid sich einen Ouzo aus der Bar. Der Flaschenhals klapperte leise am Glas, als er sich einschenkte. Seine Frau hatte sich auf ihren Lieblingssessel gesetzt, umringt von ihrem Strickzeug, das sie in letzter Zeit allerdings mehr als vernachlässigt hatte. Er füllte in der Küche Wasser zum Ouzo und setzte sich auf das Sofa. Wie von selbst trommelten seine Finger auf den Oberschenkeln herum.

Seine Frau blickte traurig aus dem Fenster, das auf den trostlosen Betriebshof führte.

„Was denkst du?", fragte er.

Senta schreckte auf. Sie sammelte sich. Ihr Blick irrte orientierungslos durch das Zimmer und fand schließlich seine Augen. „Ich glaube, uns wurde da gerade etwas absolut Illegales angeboten."

Broscheid nickte stumm.

Nach einer Weile stand er auf. „Ich glaube, ich will eine rauchen." Er öffnete die Balkontür und griff sich den Aschenbecher vom Klapptisch. Er schloss die Tür wieder, fingerte eine Zigarette aus der Packung vor sich und zündete sie an.

„Entschuldige, aber ich brauche das jetzt. Ich weiß nicht, ob einer der Leute noch unten ist. Ich glaube, es ist besser, wenn uns jetzt keiner hört. Deswegen will ich nicht auf den Balkon gehen."
Er inhalierte tief und stieß den Rauch mit einem klagenden Laut wieder aus. Eigentlich hatten sie vereinbart, dass er nur draußen rauchte.

Senta schien das aber im Augenblick egal zu sein, sie reagierte nicht. Langsam drehte sie ein Papiertaschentuch zwischen ihren Fingern.

„Du weißt, wir haben das Geld. Mit 250.000 können wir locker das Doppelhaus beleihen und der Notgroschen müsste sich ungefähr auf 70.000 belaufen." Mit *Notgroschen* meinte Broscheid das Bargeld, das sich in dem kleinen eingemauerten Tresor hinter seinem Nachttisch im Schlafzimmer befand. Es gab immer den einen oder anderen Auftrag, der ohne Rechnung ausgeführt wurde.

Er lachte bitter in sich hinein: Endlich hatte er einen Grund gefunden, warum er die Kohle über lange Zeit gehortet hatte.

„Wo kommt das Herz denn so plötzlich her, wenn nicht über diese High-urgency-Liste, von der der Lorenz gesprochen hat?" Senta wirkte plötzlich wie aufgeschreckt. „Wem wird es vorenthalten? Lassen wir jetzt jemand anders sterben?"

Broscheid drückte unwirsch die Zigarette aus und stieß den letzten Rest Rauch heftig aus der Lunge. „Was wollen wir jetzt? Mutter Theresa fragen, ob sie uns ein Herz schenkt, oder das Schicksal von Freddi selbst in die Hand nehmen, wenn wir das denn können?", stieß er ärgerlich hervor.

„Du weißt selbst, wie sehr Freddi mir am Herzen liegt." Sie zögerte, als ihr die unfreiwillige Komik der Wortwahl auffiel, konnte dann aber nicht darüber lachen. „Aber was ist, wenn es noch viel schlimmer ist? Wenn wir keinem anderen Empfänger das Herz wegnehmen, sondern wenn jemand getötet wird, damit Freddi ein neues Herz bekommen kann. Ich habe vor einiger Zeit darüber gelesen. Organ-Mafia und so." Senta wirkte mehr als unglücklich. Auf ihrem Schoß lag inzwischen ein Häuflein zerfaserter Papiertaschentücher.

„Papperlapapp! Du glaubst doch nicht im Ernst, dass eine renommierte Klinik mitten in Köln sich auf derart illegale Machenschaften einlässt. Ja, vielleicht wird diese ominöse Liste ein bisschen zurechtgerückt ... und ja, vielleicht wandert Freddi jetzt von Platz 25 auf Platz 1 dieser Liste. Aber wer weiß denn, ob der Mensch, der das Herz, das jetzt Freddi bekommt, nicht ein paar Tage später ein anderes erhält? Warum malst du den Teufel gleich an die Wand? Was willst DU eigentlich?"

Die weißen Papierfetzen stoben in die Luft, als sie wie von einer Feder angetrieben aus ihrem Sessel schoss.

„Ich will, ich will ..." Hilflos war sie verstummt. Ihre Hände legten sich eng um ihre Brust, so, als wollte sie sich selbst umarmen. Tränen rannen an ihren Wangen hinunter, fanden ihren Weg durch die Furchen, die sich im Laufe der letzten Monate neben ihrem Mund eingegraben hatten, und vereinigten sich wieder unter ihrem Kinn. Ihre weiße Bluse war bereits nass. Sie weinte, ohne einen Laut von sich zu geben.

Broscheid wusste nicht, was er tun sollte. In seiner Not ging er wieder an die Bar, um sich einen Ouzo einzuschenken. Das würde seine Nerven beruhigen. Zwei Finger breit taten immer gut.

„Ich mach dir einen Vorschlag: Morgen gehe ich zu Linde und frage mal, was wir mit dem Haus machen können. Danach sehen wir weiter." Er kippte den Ouzo in einem Zug hinunter.

Linde, Matthias Lindemann, war der Leiter der Sparkassen-Filiale in ihrem Stadtteil. Die Familien kannten sich, seitdem Broscheid in die Selbstständigkeit gegangen war. Es war ein seltsames Verhältnis zwischen ihnen. Sie waren nie dicke Freunde geworden, aber es gab ein eigentümliches Vertrauen zwischen ihnen. Linde hatte zu Beginn der Selbstständigkeit von Broscheid ein paar riskante Überbrückungskredite gewährt. Broscheid hatte, ohne zu murren, heftige Zinsaufschläge gezahlt, nachdem die entsprechenden Außenstände bei ihm eingegangen waren. Auf diversen Feierlichkeiten traf man sich und war nach einiger Zeit zum Du übergegangen, ohne jedoch allzu vertraulich zu werden.

Am nächsten Tag rief Broscheid bei Linde an. „Ich muss dich mal kurz sprechen, es geht um das Zweifamilienhaus."

Linde hatte sofort zugestimmt, es passte noch am selben Vormittag. Sie saßen sich in seinem kargen Sparkassenbüro gegenüber und tranken dünnen Sparkassenkaffee.

„Ich brauche kurzfristig 250.000 Euro. Über das Haus ist das doch sicher machbar, oder?"

„Wenn ich noch richtig informiert bin, ist das Haus schuldenfrei und fest vermietet, oder?" Die Rückfrage von Linde wirkte ein wenig lauernd.

Broscheid nickte. „Ich hatte vor drei Monaten in einer anderen Sache mit einem Bausachverständigen zu tun und habe ihn dabei nach einer groben Hausnummer gefragt. Er hat den Verkehrswert auf circa eine halbe Million geschätzt. Plus, minus." Er machte eine abwägende Handbewegung.

Linde setzte seine Tasse ab und schüttelte sich leicht, als ob er die Plörre besser in seinem Magen verteilen wollte. „Das sollte kein Problem werden. Aber wir müssen zum Notar. Die Revision reißt mir den Kopf ab, wenn ich ohne verbriefte Sicherheit zweihundertfünfzig Mille raushaue, selbst bei einem Premiumkunden, wie du einer bist." Er zuckte entschuldigend mit den Schultern und legte den Kopf leicht schief. „Wenn du willst, telefonieren wir gleich mit Dr. Landwein. Hast du deine nächsten Termine im Kopf?"

„Nein, aber im Handy. Lass uns einen vorsorglichen Termin machen, ich muss allerdings noch mit Senta sprechen. Sie muss mit. Ihr gehört das Haus zu fünfzig Prozent."

Dr. Landwein war der Haus-Notar der Sparkasse und sie vereinbarten für zwei Tage später einen Termin.

„Ach, noch was: Ich brauche das Geld nicht sofort, sondern auf Abruf und zwar cash."

Linde verzog keine Miene. Broscheid hatte nicht einmal nach den Zinskonditionen gefragt und jetzt auch noch Bargeld? „Klar, da benötige ich aber einen Tag Vorlauf. So viel Geld haben wir nicht im Tresor. Aber wenn es damit ausgestanden ist ..."

Broscheid konnte sich auf den letzten Satz keinen Reim machen. Wenn *was* damit ausgestanden war?

Sie verabschiedeten sich voneinander mit der Bitte, die Frau des jeweils anderen herzlich zu grüßen. Noch auf dem Nachhauseweg grübelte Broscheid über die letzte Bemerkung von Linde nach. Plötzlich fiel der Groschen erbarmungslos. Ihr letztes Treffen war auf dem Stadtteilfest gewesen. Sie hatten sich zu viert zufällig abends an der mobilen Bar des „Kubaners" getroffen. Es war warm gewesen und sie hatten schon mehr als einen Caipirinha intus, als die beiden Männer anfingen, über die Pläne der Stadt abzulästern, ein weiteres Spielcasino genehmigen zu wollen. Dabei hatte Broscheid gestanden, dass er als junger Mensch gern in Casinos gegangen war, um den Nervenkitzel zu genießen. Fünfzig Mark auf Rot, rien ne va plus!

Linde dachte, Broscheid müsse mit dem Geld Spielschulden begleichen!

Na denn, sollte er nur! Bei seinem Job war auf seine Diskretion auf jeden Fall Verlass.

*

Zu Hause traf Broscheid seine Frau im Arbeitszimmer an. „Ich habe einmal das Thema ‚Organmafia' gegoogelt. Ich glaube nicht, dass du die Ergebnisse lesen willst ..." Sie drehte sich zu ihm um und sah ihn mit traurigen geröteten Augen an. Sie hatte wieder geweint.

„Das Thema hatten wir doch schon ausgiebig!" Broscheids Bauch fing an zu grummeln. „Wollen wir das noch einmal durchkauen? Wir wissen überhaupt nicht, ob das etwas mit Freddis Fall zu tun hat, und wenn du es genau wissen willst: Ich habe auch kein Interesse daran, das zu klären. Gehen wir doch einfach davon aus, dass an der high-urgency-Liste ein wenig getrickst wird und damit ist es gut!"

Er wusste ganz genau, dass er bei dieser Frage den Kopf in den Sand steckte, aber so war er halt gestrickt: Augen zu und durch! „Selbst, wenn es so wäre", seine Stimme wurde ein wenig versöhnlicher, „willst du dich wirklich gegen Freddi und für einen ...", ihm fiel kein passender Begriff ein, „... Fremden irgendwo in – vielleicht – Südamerika entscheiden?"

„Du weißt, dass uns eine solche Entscheidung nicht zusteht." Sie drehte und knetete wieder Papiertaschentücher in ihrem Schoß. „Du bist nicht Gott und ich bin es auch nicht! Das Einzige, das ich wahrnehme, ist, dass du komplett die Augen zumachst!" Broscheid hatte inzwischen durchaus erkannt, dass diese Streiterei zu keinem Ergebnis führen würde, und lenkte weiter ein. „Ich mache dir einen Vorschlag: Ich werde Dr. Lorenz bei unserem nächsten Gespräch die Pistole auf die Brust setzen. Entweder, er rückt mit der Sprache heraus, wie er das Ding deichselt, oder ..." Er stockte.

Ja, oder was?

Bleiernes Schweigen breitete sich aus. Sie wussten nicht, wie lange es gedauert hatte, bis Senta sich umdrehte, den Computer herunterfuhr und aufstand. Sie wandte sich ihm wieder zu. Tränen rannen ihr Gesicht hinunter.

„Hol dir das Geld!" Ihre Stimme klang heiser und grimmig.

Eine Woche später waren die Formalitäten erledigt, das Geld stand mit dem vereinbarten Vorlauf bereit. Vonseiten der Klinik passierte allerdings längere Zeit nichts. Dr. Lorenz vertröstete die Broscheids von Mal zu Mal. Dabei wurde er allerdings nie konkret. Es hieß nur immer, dass ein geeigneter Spender wegen der seltenen Blutgruppe von Freddi nicht zur Verfügung stünde.

Dann, an einem verregneten Mittwoch im November, kam der Anruf aus der Klinik, den Broscheid einerseits herbeigesehnt, andererseits gefürchtet hatte. Dr. Lorenz bat dringend um ein persönliches Gespräch und nein, Freddis Zustand sei unverändert, man könne aber demnächst die vereinbarte neue Behandlungsmethode anwenden. Bei Telefongesprächen blieb Lorenz bei diesem Thema nicht nur im Diffusen, er sprach immer sehr hektisch, als ob er Angst hätte, das Gespräch würde abgehört oder mitgeschnitten.

Einen Tag später trafen sich Broscheid und Lorenz in Lorenz' Sprechzimmer. Senta Broscheid hatte ihren Mann zwar in die Klinik begleitet, war aber dann bei Freddi geblieben, weil sie Angst hatte, dass ihr bei einem Gespräch mit Lorenz die Nerven durchgehen würden. Dr. Lorenz hatte die Broscheids gebeten, nicht mit Freddi über die neue Entwicklung zu reden. Theoretisch wäre es möglich, dass solche Überraschungen sein geschädigtes Herz überfordern könnten, insbesondere, wenn es kurzfristig doch noch unerwartete Änderungen gäbe.

81

„Die gute Nachricht hatte ich Ihnen ja schon am Telefon angedeutet. Wir haben es geschafft." Lorenz wirkte aufgeräumt. „Wenn wir vorher die … ähm … wirtschaftlichen Aspekte abwickeln können, steht einer Operation am Folgetag nichts im Wege. Ich benötige Ihre … ähm … Gegenleistung einen Tag vorher – in der besprochenen Form."

Obwohl es im Zimmer kühl war, brach Broscheid der Schweiß aus und sein Bauch meldete sich wieder aus lauter Nervosität. Er steckte seine Hände in die Hosentaschen, um das Zittern zu verbergen. Er baute sich vor Lorenz' Schreibtisch auf. „Sie meinen also, Sie wollen am Donnerstag 320.000 EUR in bar von mir. Soll ich es in einem Aktenkoffer bringen oder einer Plastiktüte von einem Discounter? Treffen wir uns hier in Ihrem Behandlungszimmer oder auf einer verschwiegenen Parkbank? Soll ich ein besonderes Kennzeichen tragen? Eine Rose am Revers?"

Er war plötzlich furchtbar erschrocken über seine Angriffslust. Was sollte das denn jetzt? Monatelang hatten die Broscheids gebangt und gehofft und Angst vor ihrer Zukunft gehabt. Jetzt entwirrte sich das Knäuel und eine Lösung nicht nur für ihren Sohn, sondern auch für sie selbst zeichnete sich ab. Und was machte er? Er blaffte den Mann an, der für diese Lösung gesorgt hatte und seinen Sohn bald mit geöffneter Brust auf dem OP-Tisch liegen haben würde.

Lorenz behielt die Nerven. „Herr Broscheid, bitte. Wir sind hier nicht im Kino. Machen Sie bitte einen Termin mit meiner Sekretärin für Donnerstagvormittag. Sie bringen doch bei Ihren Besuchen immer Wechselwäsche für Ihren Sohn mit. Unterwäsche, Jogginghose, T-Shirts und so. Bitte packen Sie Ihre … ähm

… Leistung in die entsprechende Tasche und kommen Sie zu dem Termin hierher. Ich erwarte Sie. Und noch eine weitere gute Nachricht: Aufgrund besonderer Umstände fällt Ihre erforderliche Leistung um 10.000 Euro niedriger aus, als ursprünglich vereinbart. Da können Sie sich im kommenden Jahr mit Frau und Sohn einen besonderen Urlaub gönnen."

Broscheid schluckte schwer. Er wusste, dass es nichts brachte zu hinterfragen, um welche besonderen Umstände es sich handelte, die ihm 10.000 Euro einsparten. Aber jetzt angesichts der bevorstehenden OP einen Urlaub im kommenden Jahr zu planen, empfand er als grotesk.

Die nächsten Tage verliefen unspektakulär. Broscheid telefonierte mit Linde und kündigte sein Erscheinen für den kommenden Mittwoch an, um das dann bereitstehende Geld abzuholen. Die Kommunikation zwischen ihm und seiner Frau beschränkte sich in dieser Zeit auf das Nötigste. Beide ahnten, nein, sie wussten, dass sie hier etwas absolut Unmoralisches, Illegales und Strafbares ins Rollen gebracht hatten; aber sie wollten es sich gegenseitig nicht richtig eingestehen. Sachliche Pros und Contras waren ausgetauscht, also gab es nichts mehr zu sagen. Abends saßen sie stumpf vor dem Fernseher und schauten eine banale Quiz-, Promi- oder Musikshow nach der anderen. Nicht nur einmal schlief Broscheid dabei ein, um sich dann später mit Ouzo-schweren Beinen ins Schlafzimmer zu schleppen. Und nicht nur einmal fand er seine Frau dort vor, die im Bett lag und mit leeren Augen an die Decke starrte, als wäre sie tot. Richtigen Schlaf gab es in diesen Nächten selten und so lagen beide lange wach und fürchteten den nächsten Tag. Um den Alkoholnebel aus seinem Kopf zu vertreiben, duschte Broscheid dann morgens so heiß, dass er noch am

Frühstückstisch krebsrot im Gesicht war. Lustlos frühstückten sie und gingen anschließend ihrer Tagesarbeit nach. Senta Broscheid verabschiedete sich in das Büro, um das Kassenbuch der Firma auf den aktuellen Stand zu bringen und Paul Broscheid suchte eine Fahrstrecke heraus, um die aktuellen Baustellen nacheinander anzufahren und den Fortgang der jeweiligen Arbeiten zu kontrollieren. Dann trennten sich ihre Wege für den Tag.

Es war seltsam: Ihr Sohn hatte durch das Angebot von Dr. Lorenz eine reelle Chance bekommen, dass sein Leben in absehbarer Zeit wieder in halbwegs normalen Bahnen verlief, sie beide aber dümpelten in ihren Köpfen vor sich hin, als würde Freddi demnächst sterben.

*

Dann kam der Mittwoch.

Broscheid kaufte auf dem Weg zur Sparkasse in einem Ramschladen einen billigen Tagesrucksack. Einerseits kam er sich vor wie ein Verbrecher auf der Flucht, andererseits wie ein Kino-Geheimagent, der auf dem Weg war, die Welt – *seine* Welt! – zu retten. Auf jeden Fall spürte er einen Elan in seinem Körper wie seit Wochen nicht mehr.

Er hoffte auf die hochgewachsene Auszubildende mit den knallrot lackierten Fingernägeln, die ihm die Geldscheine vorzählen sollte. Dann war es aber doch nur ein kleiner Tischapparat, der vor Linde und ihm stand und mit einem leisen Surren sowie einem permanenten *Schlipp-Schlipp-Schlipp* seine Arbeit verrichtete. Währenddessen tranken sie einen Sparkassenkaffee und plauderten mehr oder weniger gezwungen über Gott, die Welt und den neusten Tratsch in der Stadt.

Auf dem Heimweg kam es Broscheid ein wenig so vor, als würde er ein Schild hochhalten mit der Aufschrift „Schaut mal, Leute, hier ist richtig was zu holen!" und dabei auf den Rucksack auf seinem Rücken deuten. Man trägt halt nicht alle Tage 250.000 Euro in bar durch Köln spazieren. Natürlich passierte nichts und der Rucksack wanderte eine halbe Stunde später wohlbehalten in den häuslichen Safe.

Kurz danach kam seine Frau vom obligatorischen Krankenhausbesuch zurück und Broscheid wagte es seit vielen Tagen, Senta wieder einmal in den Arm zu nehmen.

„Hast du das Geld bekommen?"

„Yes, Ma'm! Mission accomplished!" Diesen Spruch eines ehemaligen amerikanischen Präsidenten hatte er früher immer gebraucht, wenn ihm irgendetwas Besonderes gelungen war, wie die Fertigstellung eines Großauftrages oder so. Lange hatte er nicht mehr daran gedacht. „Ich lege morgen früh noch 60.000 aus dem Notgroschen dazu und dann geht's ab zu Lorenz. Mit seiner Sekretärin habe ich schon gesprochen. Wir treffen uns um halb elf." Er machte eine Pause, holte tief Luft und ließ die Schultern fallen.

„Und nächste Woche ist der Horror hoffentlich vorbei! Komm, setz dich eine Minute zu mir." Broscheid wirkte aufgeräumt wie lange nicht mehr. Er fühlte sich, als ob ihm der berühmte Stein, nein, ein ganzes Gebirge vom Herzen gefallen wäre. Auch jetzt sprachen sie nicht miteinander, aber die Atmosphäre wirkte wie verwandelt. Broscheid nahm langsam die Hand seiner Frau in seine und spürte, wie sie den Druck sanft erwiderte. Tränen liefen über sein Gesicht, aber diesmal waren es nicht

Tränen der Traurigkeit oder der Frustration, sondern es war einfach nur eine Art von Hoffnung.

Am Tag darauf fuhren sie gemeinsam in die Klinik. Senta ging direkt in Freddis Zimmer. „Sprich mit ihm nicht über die OP. Ich will erst wissen, was Lorenz dazu sagt."

Seine Frau winkte über die Schulter zustimmend zurück.

Broscheid steuerte auf Lorenz' Büro zu.

„Sie können direkt hineingehen, Herr Broscheid. Herr Dr. Lorenz erwartet Sie bereits." Die Sekretärin öffnete ihm die Tür. „Kaffee? Tee? Oder etwas Kaltes?"

„Danke, nein. Ich habe gerade gefrühstückt." Die Tür wurde kommentarlos hinter ihm geschlossen.

„Herr Broscheid! Schön, dass Sie da sind. Wie geht es Ihnen?" Lorenz kam ihm mit zur Begrüßung erhobenen Händen entgegen. Auch er wirkte auf irgendeine Weise erleichtert. „Jetzt hat das Warten endlich ein Ende. Der Zustand Ihres Sohnes ist unverändert kritisch, aber die kurze Zeit wird er die Situation fraglos noch meistern." Er ging zurück hinter seinen Schreibtisch und sah auf den Bildschirm.

„Die OP ist laut Plan angesetzt auf neun Uhr dreißig. Schon am Vortag wird Ihr Sohn vorbereitet. Bei Kindern empfehle ich, dass mindestens ein Elternteil am Morgen der OP ins Krankenhaus kommt, um den Stress und die Aufregung des Patienten in Grenzen zu halten. Da Freddi nach der OP an diesem Tag nicht mehr ansprechbar sein wird, können Sie dann wieder nach Hause fahren. Sie können aber auch bleiben, das bleibt ganz Ihnen überlassen. Ich informiere Sie auf jeden Fall nach erfolgreicher Operation. Entweder persönlich oder telefonisch. Es wird allerdings bis weit in den Nachmittag dauern."

Broscheid hatte sich in der Zwischenzeit gesetzt und den Rucksack auf den Tisch gestellt. Im letzten Moment verkniff er sich den Satz „Wollen Sie nicht nachzählen?". Das wäre wahrscheinlich nicht angemessen. Überhaupt hatte er noch nichts Substantielles zu der Konversation beigesteuert. Ihm saß ein Kloß im Hals und er hatte feuchte Hände. Er fühlte sich in seine Kindheit zurückversetzt. Es war Weihnachten kurz vor der Bescherung. Gleich würde es etwas Wundervolles geben …

„Herr Broscheid, haben Sie mich verstanden?"

Erschrocken kehrte er in die Wirklichkeit zurück. „Ja, äh, natürlich."

„Andererseits wollen wir es ein wenig wie Routine aussehen lassen, was es natürlich nicht ist. Aber auch das senkt den Stresspegel des Patienten nicht unerheblich."

Lorenz fingerte irgendwelche Papiere aus einer Schublade. „Jetzt müssen wir uns leider noch ein paar Formalitäten widmen. Ich gebe Ihnen hier zwei Einverständniserklärungen. Eine für die Anästhesie und eine für die eigentliche OP. Bitte lesen Sie und Ihre Frau sich das zu Hause durch. Sie werden dazu eine Unmenge Fragen haben. Die beantworte ich Ihnen gerne. Bitte machen Sie dafür wieder einen Termin mit meiner Sekretärin. Ich brauche die Erklärungen spätestens am OP-Tag von Ihnen unterschrieben zurück. … Ach ja, und noch etwas: Freddi weiß noch nichts von dem OP-Termin. Ich habe mir gedacht, dass er sich freut, wenn er es von seinen Eltern erfährt."

Nachdem er die tröstenden Banalitäten wie „Das wird schon" und „Kopf hoch" nicht mehr länger ertragen konnte, verabschiedete sich Broscheid von Lorenz und marschierte in Richtung von Freddis Krankenzimmer. Die Einverständniserklärungen hatte er im Gepäck.

Lorenz hatte den Rucksack keines Blickes gewürdigt.

Da er in den vergangenen zwei Tagen wieder auf einer Baustelle hatte aushelfen müssen, hatte er seinen Sohn seit letztem Sonntag nicht mehr gesehen.

Er erschrak heftig, als er die Tür öffnete.

Sein Sohn machte einen erbarmungswürdigen Eindruck: blass, verschwitztes Gesicht, angeschwollene Beine. Senta versuchte gerade, ihn mit ein paar Scherzen aufzumuntern. Sie wirkte angestrengt und aufgesetzt witzig. Freddis Bewegungen waren nur müde und unkonzentriert.

Gerade erzählte sie einen Flachwitz: „Sagt ein Schneemann zum anderen: Lustig! Ich rieche auch Karotten!"

Freddi lachte gekünstelt. Wahrscheinlich wollte er seiner Mutter nicht zeigen, dass der Witz nur mäßig zündete. Zum Glück sah Broscheid nun konkretes Licht am Ende des Tunnels. Lange hätte er diese Tortur nicht mehr durchgestanden.

„Hi, Dad! Schön, dass du da bist!" Selbst diese Worte wirkten träge.

„Hallo Sohn, wie geht's dir?" Immer dieselben leeren Floskeln. Broscheid wusste, wie es Freddi ging. Hätte sich etwas verändert, hätte er es von Lorenz bereits erfahren.

Freddi antwortete nicht.

„Und ich habe zwei Nachrichten für dich. Eine gute und eine schlechte. Welche willst du zuerst hören?"

„Die schlechte."

Broscheid beobachtete, wie sich die Hände seines Sohnes in die Bettdecke krampften. Diese alberne Wortspielerei war wohl doch keine so gute Idee gewesen.

„Ich kann morgen wieder nicht kommen. Muss aufs Dach." Freddi entspannte sich sichtlich. „Ist okay. Und die gute?"

„Nächsten Mittwoch ist Schluss mit lustig. Du wirst operiert!"

Zuerst schossen Freddi die Tränen in die Augen. Broscheid und seine Frau folgten zehn Sekunden später. Alle drei umarmten sich mehrere Minuten lang fest.

*

Die nächsten Tage vergingen wie im Flug. In Bezug auf die bevorstehende OP gab es für die Broscheids nichts Besonderes zu tun. Ab Freitag begleitete Broscheid seine Frau auch wieder bei den Krankenhausbesuchen.

Die Einverständniserklärungen hätten in einer fremden Sprache abgefasst sein können. Sie verstanden kaum etwas von den Risiken, denen ihr Sohn ausgesetzt sein würde. Senta Broscheid gab auch das Googeln nach den Fachbegriffen schnell auf. Wenn Fachbegriffe durch Fachbegriffe erklärt wurden, war das für sie nicht hilfreich. Beide unterschrieben blind die Formulare und gaben sie am Tag darauf in der Klinik ab, ohne einen neuen Termin mit Lorenz gemacht zu haben.

Es gab eh keine Alternative.

Dann kam der entscheidende Mittwoch.

Im Gegensatz zu den Tagen davor hatten die Broscheids einmal wieder schlecht geschlafen. Mit verquollenen Augen gab es ein hektisches Frühstück. Alle Termine waren schon lange abgesagt, beide wollten so schnell wie möglich ins Krankenhaus.

Broscheid entschied sich für einen kostenlosen Parkplatz in der Wohngegend, die das Krankenhaus umgab, da er kein Vermögen für den Bezahlplatz direkt neben dem Gebäude ausgeben wollte. Denn – selbstverständlich – blieben sie bis nach der OP in der Nähe ihres Sohnes.

Freddi wirkte etwas lethargisch, aber aufgeräumt, als sie einander begrüßten. Ihm war bereits ein leichtes Sedativum verabreicht worden.

„Schickes Outfit. Sollen wir ab jetzt Frederike zu dir sagen?", alberte Broscheid. Freddi trug bereits das typische OP-Hemdchen und eine weiße Schutzhaube auf dem Kopf.

„Ha, ha! Habt ihr mir was zu essen mitgebracht? Ich schiebe seit gestern Kohldampf ohne Ende."

„Na, da wirst du wohl noch etwas warten müssen." Allen drei war anzumerken, dass sie durch Frotzeleien versuchten, die ungewohnte Situation zu überbrücken. Jeder war froh, dass der desolate Zustand von Freddi zu Ende ging, aber niemand wusste genau, was folgen würde. Lorenz hatte sich zwar Mühe gegeben, ihnen zu erklären, wie es weitergehen würde:

Lebenslang Medikamente, keine körperlichen Höchstleistungen, erhöhtes Krankheits-, auch Sterblichkeitsrisiko, aber ein ungemeiner Gewinn an Lebensqualität. Jedoch was hieß das wirklich?

Mit einem Poltern ging die Tür des Krankenzimmers auf. „Oh, das war wohl etwas hektisch!", entschuldigte sich Schwester Charlotte. „Guten Morgen, Herr und Frau Broscheid!" Sie war mit dem Transportbett gegen die geschlossene Tür geschlagen.

„So, junger Mann, alle warten schon unten, nur die Hauptperson fehlt noch. Kannst du allein rübersteigen oder soll ich dir helfen?"

„Geht schon." Mit wackeligen Beinen hievte Freddi sich mühsam aus seinem Bett hinüber auf das Transportbett.

Senta küsste ihren Sohn auf die Stirn. „Bis später!" Sie unterdrückte mühsam die Tränen.

Paul Broscheid gab ihm eine Fünf gegen die schlaffe rechte Hand. Sagen konnte er nichts, aber das war auch nicht nötig.

„Und Abflug!" Schwester Charlotte schob das Bett auf den Flur. „Ich schau später noch nach Ihnen. Sie wollten ja hier bleiben."

Mit einem satten Ton schlug die Tür zu. Die Broscheids waren allein. Bleierne Stille lastete plötzlich über dem Zimmer und über ihnen.

Die Krankenschwester

Sehr geehrter Herr Dr. Lorenz,

auf Ihre Stellenanzeige im Kölner Stadt-Anzeiger hin bewerbe ich mich als examinierte Krankenschwester. Ich bringe die gewünschten Fähigkeiten sowie Erfahrungen mit und würde gerne in Ihrem Krankenhaus arbeiten.

Sie erwarten neben der Bereitschaft zum Schichtdienst insbesondere Selbstständigkeit und Verantwortungsbewusstsein. Ich bin überzeugt, Ihre Ansprüche erfüllen zu können. Die beigefügten Zeugnisse bestätigen diese Eigenschaften.

Es war ihr klar, dass ihre Zeugnisse auch andere Eigenschaften bestätigen würden, die mit Sicherheit nicht den Erwartungen von Dr. Lorenz bezüglich einer pflegeleichten Krankenschwester entsprachen. Aber daran ließ sich jetzt leider nichts mehr ändern.

Meine Ausbildung zur Krankenschwester habe ich 2002 erfolgreich abgeschlossen. In den folgenden Jahren konnte ich vielfältige und umfassende Berufserfahrungen in den Bereichen Innere Medizin, Chirurgie, Neurologie und Intensivmedizin sammeln. Mein Lebenslauf gibt Ihnen darüber genauere Informationen.

Ohne Zweifel, sie hatte eine erstklassige Ausbildung genossen, aber ihr Lebenslauf war neben den Zeugnissen ihr zweites Handikap. Es gab sicherlich nicht viele Krankenschwestern mit einer ähnlich langen Liste verschiedener Arbeitsstätten.

Die Intensivstation der Städtischen Klinik Ratkum, auf der ich zurzeit eingesetzt bin, wird in den nächsten Monaten zahlreiche Stellen abbauen.

Der Begriff „zahlreich" war dehnbar und ob der Abbau tatsächlich stattfinden würde oder eher eine hilfreiche Umschreibung für ihre fristlose Kündigung war, würde für Herrn Dr. Lorenz nicht so leicht zu durchschauen sein. Versuchte sie, sich zumindest zu beruhigen.

Obwohl ich mich hier sehr wohlfühle, ergreife ich bewusst die Initiative und möchte mich gerne einer neuen Herausforderung erfolgreich stellen.

Wenn sie einmal angefangen hatte, die Wahrheit wunschgemäß zu verdrehen, konnte sie ruhig damit fortfahren. Von sich „sehr wohlfühlen" war nun wahrlich nicht die Rede.

Oberschwester Gertrud war eine ganz besondere Spezies von Krankenschwester, für die die Titulierung „Götter in Weiß" eine naturgegebene Tatsache war. Krankenschwestern hatten Ärzten und Patienten zu dienen, wobei die Rangfolge keine Fragen offenließ. Eigenständiges und kritisches Verhalten wie Charlotte es für selbstverständlich hielt und dass ein Arzt sich erst seinen Respekt verdienen musste und nicht gottgegeben war, kam Oberschwester Gertrud Blasphemie gleich.

Schon vom ersten Arbeitstag an zeichnete sich ab, dass die Zusammenarbeit mit Oberschwester Gertrud nicht gutgehen konnte. Aber ihr war nichts anderes übriggeblieben und so war es nur eine Frage der Zeit gewesen, bis sie sich wieder auf Stellungsuche begeben musste.

Über Ihre Einladung zu einem Vorstellungsgespräch würde ich mich sehr freuen.

Mit freundlichen Grüßen

Charlotte Winkelmann

Und nun zum schwierigen Teil ihrer Bewerbung: der Lebenslauf. Sie würde ihn einfach runterschreiben, Schönfärbereien und Wahrheitsdehnungen wie im Anschreiben waren hier leider nicht so einfach möglich. Dies hatten ihr die letzten Jahre gezeigt: Ungenauigkeiten im Lebenslauf blieben selten unentdeckt und hatten bisher immer unangenehme Folgen gehabt.

Wie sie zehn verschiedene Arbeitsstellen in den letzten zwölf Jahren bei einem eventuellen Vorstellungsgespräch erklären sollte, wusste sie nicht. Also würde ihr auch hier wieder einmal ihre Spontaneität helfen müssen. Aber bisher war sie mit dieser Taktik ja oft gut gefahren.

Sie würde die Bewerbung sofort rausschicken. Oberschwester Gertrud hatte ihr noch eine Gnadenfrist bis zum Ende des Monats gewährt und jegliches Hinauszögern war zwecklos. Miete, Raten etc. und die ausufernden Wünsche einer 13-Jährigen ließen ihr keine andere Wahl, als schnellstmöglich eine neue Arbeitsstelle zu finden.

Was war es diesmal gewesen, dass sie es nicht schaffte, länger als sechs Monate auszuhalten bzw. ausgehalten zu werden? Sie hatte sie sich doch so fest vorgenommen, ihr loses Mundwerk zu zügeln und ein gewisses Maß an Respekt gegenüber den Ärzten zu zeigen.

Sogar gegenüber Dr. Bäuerle, einem Ausbund an Arroganz und Unfähigkeit, konnte sie lange Zeit eine gewisse Form von Respekt wahren. Aber es half nichts, fast schien es so, als würde jede Faser von ihr nach Unabhängigkeit und Gerechtigkeit schreien. Seine Unfähigkeit ging so weit, dass nur durch ihr beherztes Eingreifen Schlimmeres verhindert wurde. Als er sich dann noch erdreistete, seine Fehler auf sie abzuwälzen, war ihr der Kragen geplatzt und sechs Monate lang aufgestaute Wut bahnte sich ihren Weg.

Dass sie mit älteren Brüdern aufgewachsen war, deren Schimpfworte sie schon als kleines Mädchen faszinierten, machte die Sache auch nicht leichter. Wie sagte ihre Freundin Frederike immer wieder, „Charlotte, man sollte nicht meinen, dass im Kopf eines Mädchens mit so einem hübschen Namen solch vulgäre Ausdrücke vorkommen"?

Charlotte wusste, dass Frederike recht hatte und es sicherlich nicht hilfreich gewesen war, Dr. Bäuerle als beknackten Vollidioten zu bezeichnen. Einmal angefangen, hatte sich der Sturzbach an Schimpfworten nicht mehr aufhalten lassen. Auch hatte der Streit mit Sandra am Vorabend sicherlich dazu beigetragen, dass sie unfähig gewesen war, gegenüber Dr. Bäuerle Contenance zu bewahren.

Oberschwester Gertrud hatte ihr triumphales Grinsen kaum verbergen können, als sie ihr das Kündigungsschreiben aushändigte.

Und was Sandra betraf, da nickte Charlottes Mutter nur immer nachdenklich, wenn sie sich bei ihr über das stetig frecher werdende Verhalten ihrer Tochter beschwerte. „Weißt du …", pflegte sie dann jedes Mal zu sagen, „man bekommt immer das, was man verdient."

Es war wahr: Sandras aufmüpfiges Verhalten gegenüber Lehrern und ihre Affinität zu gefährlichen Jungs, erinnerte sie nur allzu sehr an ihre eigene Jugend. Und dass sie sich selber gebührend gegenüber Respektspersonen (oder zumindest sogenannten Respektspersonen) verhielt, davon konnte die lange Liste ihrer Arbeitsverhältnisse auch nicht zeugen.

Aber in letzter Zeit machte ihr Sandras Verhalten immer mehr Sorgen. Selbst für ihre Verhältnisse waren Sandras Abenteuer zu gewagt und zu nah am Rande des Gesetzes. Vor dem nächsten Elternsprechtag graute es ihr dermaßen, dass sie manchmal überlegte, ob sie überhaupt hingehen sollte.

Und dann war da noch die Sache mit dem Modeschmuck: Sandra hatte Ohrringe im Wert von 3,96 Euro mitgehen lassen. „Mama, die waren so schön und die haben absolut super zu meinem neuen T-Shirt gepasst und nächste Woche ist doch die Fete bei Ben. Sascha kommt auch dahin, da kann ich unmöglich in den ollen Klamotten hingehen und sowieso du sagst doch auch immer, die ganzen Konzerne gehörten betrogen, weil die den einfachen Bürger nur ausbeuten würden und die paar Euros jucken die doch gar nicht…"

Den Gedankengang konnte sie ja nachvollziehen, doch hätte sie ihrer Tochter zustimmen und nur erklären sollen, dass sie sich halt nicht hätte erwischen lassen dürfen?

In ihrem Innersten wusste sie nur zu deutlich, dass Sandra genau das machte, was sie selber am liebsten tat. Sich jeglichen Autoritäten widersetzen und ihren Bedürfnissen nachgeben. Hörte sich wirklich sehr erwachsen an. Aber genau so hatte sie selber ihr Leben geführt: Es brauchte bloß jemand die magischen Worte „Das macht man nicht" auszusprechen und schon war sie dabei gewesen. Sie hatte sich halt nie erwischen lassen und es hätte ewig so weitergehen können, wäre sie nicht unverhofft schwanger geworden.

Als sie Sandra das erste Mal in den Armen hielt, konnte sie nicht genau sagen, was überwog: die Freude über das kleine Wunder in ihren Armen oder die Angst davor, was auf sie zukommen würde. Denn dass sie ihr bisheriges Leben nicht einfach so weiterführen könnte, war ihr nur allzu klar gewesen. Wie sie es schaffen sollte, Verantwortung für das Leben ihrer Tochter zu übernehmen, wo sie doch nicht einmal ihr eigenes Leben verantwortungsvoll in die Hand nahm, das war ihr damals schon nicht klar gewesen. Und manchmal schien es so, als ob es ihr heute noch nicht klar wäre, denn wie anders sollte sie ihren erneuten Rauswurf erklären.

*

Dr. Lorenz schien sympathisch und locker zu sein und eine Oberschwester Gertrud hatte sie auch noch nicht erblickt. Er war eben zu einem Notfall gerufen worden. Insofern hatte sie jetzt Zeit, das Vorstellungsgespräch Revue passieren zu lassen.

Als sie die Einladung zum Gespräch aus dem Briefkasten herausgeholt hatte, konnte sie ihr Glück kaum fassen. Bisher hatte sie nur Gutes über die Klinik herausgefunden. Das Arbeitsklima sei hervorragend, die Vergütung großzügig und die Ausstattung der Klinik exzellent. Eine Anstellung schien ihr wie ein Sechser im Lotto. Deswegen traute sie sich in den ersten Tagen gar nicht daran zu denken, doch je näher der Vorstellungstermin rückte, umso mehr hatte sie auf Erfolg gehofft und um ihr Versagen gebangt.

Aber bisher schien alles wunderbar zu laufen. Dr. Lorenz zeigte sich von ihren Fähigkeiten begeistert und auch ihre kecke Art stieß nicht auf Missfallen. Ihre Erklärung für den häufigen Stellenwechsel schien er ohne Argwohn hinzunehmen. Wo war der Haken? Konnte es sein, dass sie diesmal endlich das große Los gezogen hatte und ihre Pechsträhne beendet war?

Sie wäre fast vom Stuhl gefallen, als Dr. Lorenz wieder den Raum betrat. Sie war so in ihre Gedanken versunken gewesen, dass sie sein höfliches Räuspern nicht gehört hatte.

„Oh, ich hoffe, ich habe Sie nicht aus irgendwelchen süßen Träumen gerissen." Naja, die Bemerkung hätte er sich sparen können. „Aber wo waren wir stehen geblieben, ach ja, Ihr Lebenslauf. Sie scheinen ja weit herumgekommen zu sein."

Oh nein, bitte nicht, was sollte sie jetzt nur sagen! „Ach wissen Sie, meine Mutter meinte auch immer, ich sei eine Herumstreunerin (Oh Gott, wie bescheuert klang das denn). Aber jetzt mittlerweile denke ich doch, dass ich gerne längerfristig an einer Stelle bleiben möchte."

„Ach ja, und was genau verstehen Sie unter *längerfristig?* Verstehen Sie mich bitte nicht falsch, Ihre beruflichen Qualifikationen sind hervorragend, auch sind Sie mir äußerst sympathisch, aber für einen geregelten klinischen Ablauf benötige ich verlässliches Personal."

Ihr rutschte das Herz in die Hose. Ruhig, ganz ruhig bleiben, jetzt nichts übereilen und nicht übertreiben. Sollte sie ihm die Wahrheit sagen, ganz einfach so, ohne groß zu überlegen und zu taktieren? Mein Gott, wie sehr wünschte sie es sich, einmal nur sie selbst zu sein, nicht ständig auf der Hut, wie andere reagieren würden und welche Auswirkungen dies auf ihr Leben haben könnte. Wäre das möglich, einfach zu sagen: *Wissen Sie, ich bin einfach zu frech, kann meine Klappe nicht halten und auf unfähige Ärzte reagiere ich einfach nur allergisch.*

Er schaute sie an, als ob er ihre Gedanken lesen könnte oder hatte sie vielleicht laut ausgesprochen, was ihr im Kopf herumging?

„Also wissen Sie, wenn ich ehrlich sein soll ... Ich weiß nicht, wie ich es ausdrücken soll ... aber ... Ich kann meine Klappe nicht halten und unfähige Ärzte finde ich einfach zum Kotzen." Gott stehe ihr bei, das hatte sie doch jetzt nicht wirklich gesagt!

Dr. Lorenz fiel vor lauter Lachen fast vom Stuhl. „Na endlich, ich hatte schon gedacht, Sie rücken nie mit der Wahrheit raus."

Charlotte schaute ihn verwundert an, was wollte er damit sagen?

Dr. Lorenz sah sie schmunzelnd an und fuhr fort: „Oberschwester Gertrud ist eine gute Bekannte von mir, oder vielmehr meiner Mutter. Ich hatte mir erlaubt, sie anzurufen und mich nach Ihnen zu erkundigen. Nun, Sie können sich denken, in welchem Ton sie von Ihnen gesprochen hat."

Also hatte sich das jetzt auch erledigt. Wenn er mit Oberschwester Getrud gesprochen hatte, konnte sie sich das Ganze hier abschreiben. Dr. Lorenz schien von ihrer Verzweiflung nichts mitzubekommen und fuhr fort: „Das hat mich wirklich neugierig auf Sie gemacht und wissen Sie was, nach Ihren ausgezeichneten Qualifikationen haben Sie meine Hoffnungen nicht enttäuscht." Von welchen Hoffnungen sprach er, was meinte er, wovon redete er überhaupt?

Dr. Lorenz lächelte sie verschwörerisch an und meinte dann nur lakonisch: „Ganz unter uns, ich konnte Oberschwester Gertrud noch nie leiden und nachdem sie so schlecht über Sie geredet hatte, dachte ich mir, dass Sie doch ganz bestimmt hervorragend in unser Team passen würden."

Charlotte war völlig sprachlos, das konnte doch gar nicht sein. Sie wusste gar nicht, was sie entgegnen sollte.

Dr. Lorenz lächelte sie an und schien auf eine Erwiderung zu warten. Als diese nicht kam, zuckte er nur mit den Schultern und meinte: „Ich hatte halt nur gehofft, dass Sie mit der Wahrheit rausrücken, und nachdem Sie auch diesem Wunsch entsprochen haben, würde ich mich sehr freuen, wenn Sie mein Angebot annehmen würden."

War das ein Traum? Nachdem er sich, immer noch lachend, von ihr verabschiedet hatte, suchte sie das Personalbüro auf, um dort nachzufragen, was sie noch alles zu erledigen hatte. Anschließend fuhr sie nach Hause und immer noch im Freudentaumel ignorierte sie ihr leeres Portemonnaie und ging mit Sandra ins Kino. Es war unglaublich, aber gerade ihre freche Art, die bisher ein Garant für kurze Arbeitsverhältnisse gewesen war, hatte ihr diesmal zu einem Job verholfen. War es möglich, dass sie endlich eine wirklich gute passende Arbeitsstelle gefunden hatte?

*

Die ersten Wochen waren vergangen und noch immer konnte sie ihr Glück nicht fassen. Die Stimmung im Team war hervorragend, eine Oberschwester Gertrud gab es wirklich nicht und keiner der Ärzte kam auf die Idee, ihre Kompetenzen anzuzweifeln oder irgendwelche Sonderbehandlungen zu erwarten. Im Gegenteil, unter Dr. Lorenz Ägide wurde keinerlei Dünkel seitens der Ärzteschaft geduldet. Er erwartete qualifizierte Arbeit, ein hohes Engagement und kollegiales Verhalten zwischen Ärzten und Pflegepersonal.

Einmal hatte sie erlebt, wie er einen jungen Assistenzarzt zusammenstauchte. Dieser hatte sich erdreistet, Lernkrankenschwester Gabi anzuraunzen, sie solle ihm doch einen Kaffee bringen.

„Was bilden Sie sich eigentlich ein, glauben Sie wirklich, Schwester Gabi hat nichts Wichtigeres zu tun, als Sie zu bedienen? Holen Sie sich Ihren Kaffee gefälligst selber und belästigen Sie nicht die Krankenschwestern. Bis Ihre Arbeit genauso wertvoll ist, wie die der Schwestern, wird wohl noch einige Zeit vergehen. Und bis dahin hoffe ich, haben Sie kapiert, dass es hier auf jeden Einzelnen ankommt und keine Sonderbehandlungen geduldet werden."

Der junge Assistenzarzt lief dermaßen rot an, dass er ihr schon fast leidgetan hatte, allerdings nur fast.

Sie hatte sich schnell eingelebt und konnte sich schon nach kurzer Zeit rühmen, immer wieder anerkennende Blicke von den Ärzten zu erhalten. Ja wirklich, ihre Arbeit wurde geschätzt und ihre Art akzeptiert. Es konnte nicht besser sein.

Wäre da nicht Sandra. Gestern Abend stand schon wieder eine Mitteilung im Schulplaner. „Sandras Verhalten gegenüber den Lehrern ließ in letzter Zeit zum wiederholten Male sehr zu wünschen übrig." Wobei das Wörtchen „sehr" gleich mehrfach unterstrichen war. Sie hatte versucht mit ihr zu reden, versucht zu erklären, dass sie sich mit ihrem aufmüpfigen Verhalten nur Schwierigkeiten einhandeln würde. Aber außer ein „Ach lass mich doch in Ruhe, du verstehst das doch nicht. Die sind alle total bescheuert" und einem lauten Türknallen hatte sie nichts erreicht.

Charlotte konnte Sandra nur zu gut verstehen, wie hatte sie selber die Schule gehasst, wusste einfach nichts anzufangen mit all dem Unsinn, den sie lernen sollte. Wofür und für wen? Wen interessierte es schon, wo, wann und über wen die Hugenotten herfielen, und was zum Teufel hatte sie mit dem Zitronensäurezyklus anfangen sollen? Aber so war sie nun mal, unsere Welt: Individualität und eigenständiges Denken waren nicht gefragt.

Sie wollte es gerade noch einmal versuchen, in Ruhe mit Sandra zu reden, als sie entdeckte, dass Sandra sich wieder an ihrem Computer zu schaffen gemacht hatte. Sämtliche Alarmglocken gingen gleichzeitig los und bevor sie sich versah, stand sie schon laut hämmernd an Sandras Zimmertür und brüllte unkontrolliert los: „Wie oft soll ich es noch sagen, dass du an meinem Computer nichts verloren hast. Ich habe dort wichtige Mails und du gehst da zum Teufel nochmal nicht dran. Hast du mich verstanden?"

Also war wieder eine Chance vertan, mit Sandra in Ruhe zu reden. Erneut beschwichtigte sie sich damit, dass alles schon wieder in Ordnung käme, dass es nur eine Phase sei.

*

Angelikas Schreibtisch spiegelte genau ihren Charakter wider, aufgeräumt, akkurat, elegant und effizient. Sie hätte auch als Model durchgehen können: Toppfigur bei einer Größe von 1,78 m und dermaßen gestylt gekleidet, dass man sich neben ihr sogar in seinem schicksten Outfit wie Klein Erna vom Lande vorkam.

Als Charlotte Angelika das erste Mal begegnet war, fielen ihr sofort sämtliche Klischees ein, die zu einer Chefsekretärin gehörten. Dass Angelika sich hochgeschlafen hatte, stand für sie ebenso fest wie die Tatsache, dass sie außer Maniküre und Modezeitschriften nichts weiter im Kopf haben konnte. Jedoch weit gefehlt: Angelika war genauso effizient wie intelligent, akkurat wie freundlich gegenüber den Kolleginnen und dass sie mit den Chefs geschlafen haben sollte, schien Charlotte mittlerweile schier unvorstellbar. Mit ihrer emanzipatorischen Einstellung konnte Angelika selbst neben Alice Schwarzer bestehen.

Jetzt saß sie also an Angelikas Schreibtisch und musste die Telefonanlage überwachen. Es wurde ein wichtiger Anruf erwartet, aber Angelika litt an einer ihrer seltenen Migräneanfälle und hatte sie gebeten, sie kurz zu vertreten. Zuerst glaubte Charlotte an einen Scherz, da es unvorstellbar schien, dass Angelika sie an ihren Schreibtisch ließ.

Aber diesmal waren die Umstände so unglücklich zusammengekommen, dass Angelika sie um das Unmögliche gebeten hatte und ihr ihren Schreibtisch überlassen hatte. Nicht ohne ihr vorher genau die Telefonanlage zu erklären. Wäre Angelika nicht so akkurat gewesen, hätte sie sich vielleicht vorstellen können, dass nicht jeder solche Dinge so wichtig nahm wie sie und leider gehörte Charlotte zu diesen „Jedermännern". Alles, was nur irgendwie mit Elektronik zu tun hatte, war ihr ein Graus und so hatte sie nur mit halbem Ohr zugehört, als Angelika ihr die Telefonanlage erklärte. Verschiedene Gespräche hatte sie schon an Dr. Lorenz weitergeleitet, auch wenn es etwas länger gedauert hatte, bis sie die richtige Tastenkombination eingetippt hatte.

Gerade hatte sie einen Herrn Broscheid ins Besprechungszimmer geleitet, hatte gefragt, ob sie etwas zu trinken reichen solle und eiligst wieder das Zimmer verlassen, um sich schnellstmöglich wieder ans Allerheiligste zu setzen. Dabei musste sie irgendeinen Knopf an der Sprechanlage berührt haben, denn auf einmal konnte sie jedes Wort, das nebenan fiel, mithören. Sie würde nicht sagen, dass sie neugierig wäre, sondern sich eher als wissbegierig bezeichnen und normalerweise hätte sie auch versucht wegzuhören, aber irgendetwas hielt sie davon ab.

Herr Broscheid schien so verzweifelt gewesen zu sein und Dr. Lorenz war allzu sehr darauf bedacht gewesen, dass sie das Zimmer verließ. Und als Herr Broscheid nach den Kosten der Operation fragte, wurde ihre Neugier dann doch geweckt. Ihr war schon klar, dass man als Chefarzt einer Privatklinik etwas mehr verdiente als sie, aber der SUV, der vor der Tür stand und insbesondere die Armbanduhr von Patek Philippe, die Dr. Lorenz seit Neuestem trug, machten sie mehr als neugierig.

Ihr Großvater hatte schon immer ein Faible für Uhren gehabt und hatte sie als kleines Mädchen mit auf Auktionen genommen. Zuerst hatte sie sich jedes Mal gewundert, wieso ihr Großvater die ausgestellten Uhren nur ansah und nie welche ersteigerte. Als sie älter wurde, begriff sie dann, dass solche Uhren niemals in finanzieller Reichweite ihres Großvaters waren.

Sie hing immer noch ihren Gedanken an ihren Großvater nach, als sie Dr. Lorenz sagen hörte: „Nun, unter den gegebenen Umständen können Sie sicher verstehen, dass eine solche Operation und die besonderen Vorbereitungen für diese natürlich ihren Preis haben. Wegen der Unwägbarkeiten kann ich Ihnen keine genaue Kostenaufstellung angeben. Aber ich denke, dass Sie bei dieser Operation und sämtlichen weiteren Posten mit Kosten im mittleren sechsstelligen Bereich rechnen müssen."

Himmel, Arsch und Zwirn – mittlerer sechsstelliger Bereich, hatte sie sich verhört? Welche Operation konnte bitte schön so viel kosten? Und was meinte er mit besonderen Vorbereitungen und Unwägbarkeiten.

„Leider verzögert sich die Lieferung zurzeit etwas. Das benötigte Material liegt uns im Moment nicht mehr vor", hörte sie Dr. Lorenz fortfahren. „Es ist da zu Unpässlichkeiten gekommen. Aber ich bin mir sicher, dass meine Partner eine schnelle Lösung finden werden, bisher war immer auf sie Verlass."

Als Dr. Lorenz schwieg, wartete sie gespannt, was Herr Broscheid erwidern würde. Lange Zeit war es still im Nebenzimmer. Plötzlich räusperte sich Herr Broscheid und fragte: „Soll denn Freddi die ganze Zeit in der Klinik bleiben oder kann er zwischendurch auch einmal nach Hause kommen?" Als er weitersprach, konnte sie an seiner Stimme hören, wie angespannt er war: „Er ist mit seinen elf Jahren zwar sehr tapfer, aber daheim ist es natürlich immer am besten."

Dr. Lorenz antwortete rasch und entschieden: „Es tut mir leid, aber wegen der Unwägbarkeit der Lieferung ist es absolut erforderlich, dass Freddi in der Klinik bleibt. Die Natur der Sache macht dies unbedingt notwendig. Sobald das Material eintrifft, muss sofort operiert werden. Hier zählt wirklich jede Minute."

Schon wieder Unwägbarkeit der Lieferung. Sie machte wöchentlich die Liste der notwendigen Nachbestellungen. Hier war nichts unwägbar, sämtliche Lieferanten waren äußerst zuverlässig und die Lieferungen immer einwandfrei. Sie hatte sich schon oft gewundert, welchen Unterschied es zwischen öffentlichen und privaten Kliniken gab. Wären sie in einer öffentlichen Klinik, hätte sie die Probleme bei Bestellungen bestätigen können, aber hiervon konnte bei der Klinik ‚Am Wald' nun wirklich nicht die Rede sein.

„Ich bin mir sicher, dass wir möglichst schnell einen Spender finden … äh, ich meine natürlich, die notwendige Lieferung erfolgen wird. Machen Sie sich keine Sorgen, Freddi wird es bald wieder gut gehen und er wird mit seinen Freunden Fußball spielen können …"

Spender? Wovon sprach Dr. Lorenz?

*

Also war es jetzt auch mit dieser Arbeitsstelle vorbei. Sie saß wie erstarrt vor ihrem Computer, keine Kraft, keine Freude, völlig erschöpft, konnte sich nicht erinnern, wann sie das letzte Mal ruhig durchgeschlafen hatte. Auch letzte Nacht hatte sie stundenlang wachgelegen, sich hin und her gewälzt, die Gedanken rasten nur so durch ihren Kopf.

Zuerst war ihr klar gewesen, dass sie sofort zur Polizei gehen musste, keine Sekunde hatte sie gezweifelt, dass etwas gegen dieses Unfassbare getan werden musste. Wenn sie es so hinnehmen würde, dann würde sie sich selber schuldig machen. Charlotte hatte sich überhaupt keine Gedanken über sich oder Sandra gemacht, welche Konsequenzen sie zu tragen hatte, wenn sie ihren Chef bei der Polizei anzeigte. Das Ganze war so unfassbar gewesen, dass sie am liebsten sofort zum Telefon gegriffen hätte.

Doch irgendetwas hatte Charlotte zögern lassen und abends war sie nur erschöpft ins Bett gefallen. Sollte sie doch lieber eine Nacht darüber schlafen, wie sie am besten handeln sollte? Vielleicht würde man ihr ja nicht glauben, so unfassbar schien ihr alles. Bei der Polizei anzurufen und ihre Geschichte zu erzählen, schien ihr auf einmal nicht mehr so einfach. Würde man ihr glauben, hatte sie Beweise, schließlich konnte ja alles doch eine ganz normale Erklärung haben. Organhandel – sicher würde man sie fragen, ob sie nicht zu viele Krimis gesehen hätte. Schlaf wollte sich nicht einstellen und langsam wich ihre erste Entschlossenheit der Sorge um ihre Zukunft.

Dies war die erste Stelle, bei der sie vollkommen zufrieden, ja glücklich war. Die Arbeit machte ihr Spaß, mit ihren Kollegen verstand sie sich prächtig und Dr. Lorenz hatte ihr schon mehrfach zu verstehen gegeben, dass er äußerst zufrieden mit ihrer Arbeit war. Dr. Lorenz, dieser kompetente, freundliche Mann, unmöglich konnte er etwas mit der Sache zu tun haben. Sie musste etwas falsch verstanden haben, sicherlich gab es eine vernünftige Erklärung für die ganze Situation.

Doch so sehr sie auch suchte, es existierte keine vernünftige Erklärung. Sie hatte sich umgehört. Der kleine Freddi lag auf Station V und war der besondere Liebling von Schwester Doris. Diese konnte stundenlang von ihm erzählen, was für ein reizender Kerl er war und dass er es nicht mehr lange machen würde, wenn er nicht rechtzeitig ein Spenderherz bekäme. Da würde selbst das ganze Geld, das seine Eltern besäßen, nichts nützen.

Auf Charlottes Frage hin, ob es öfter vorkäme, dass reiche Patienten plötzlich mit Spenderorganen versorgt wurden, hatte Doris sie nur komisch angesehen. Rashid, ein Pfleger, hatte laut gelacht und gemeint, es wäre schon komisch, wenn er jetzt genau darüber nachdenken würde, hätte er den Eindruck, dass dies wirklich zuträfe. Zurückblickend wären es eher die Reichen gewesen, bei denen es in letzter Sekunde dann doch mit einem Spenderorgan geklappt hätte.

Doris war erbost rausgelaufen und hatte ihr noch zugerufen, was Charlotte sich denn anmaßen würde. Dr. Lorenz würde außergewöhnliche Arbeit leisten und es wäre unglaublich, was sie da von sich gäbe. Sie solle vorsichtig sein und nicht unnötig Dr. Lorenz hervorragenden Ruf ruinieren. Hätte Doris ruhiger reagiert, dann hätte Charlotte sich selber gesagt, dass ihr Verdacht ungeheuerlich wäre. Aber so! Doris' heftige Reaktion hatte sie mehr verunsichert als Rashids Bemerkung.

Sterns – sie würde Sterns eine Mail schreiben! Eigenartig, wie sich alles fügte.

Als sie ihn vor ein paar Monaten im Café im Einkaufscenter plötzlich vor sich stehen sah, kurz nachdem sie ihre neue Stelle angetreten hatte, hatte sie es kaum fassen können: Peter Sternberg, der Haudegen Peter aus der Parallelklasse.

Sie hätte ihn beinahe nicht wiedererkannt. Nicht, dass er sich sehr verändert hatte, schlampig angezogen war er schon immer gewesen. Aber so vergammelt und abgewrackt wie er jetzt vor ihr gestanden hatte, da hätte sie beinahe an ihm vorbeigeschaut. Jedoch seine Augen ließen sie stutzen, dieser traurige Blick und diese Verzweiflung, die aus jeder Pore drang. So etwas sah man nicht alle Tage, deswegen hatte sie genauer hingesehen und dann hatten sich alle Erinnerungen in ihrem Kopf zusammengefügt und das Wort „Peter" hatte sich geformt und war schneller ihrem Mund entsprungen, als sie denken konnte.

Schnell hatte er ihr klargemacht, dass ihn niemand mehr Peter nannte, dass er eigentlich nur noch auf den Namen Sterns hören würde.

Bei seinem Erscheinungsbild hatte sie anfangs gar nicht glauben können, dass er bei der Polizei gelandet war. Aber schließlich hatte er ihr seinen Polizeiausweis gezeigt und sie durchlöcherte ihn mit ihren Fragen über seine Arbeit. Er hatte nicht gerade den Eindruck auf sie gemacht, als wäre er in heller Begeisterung über ihr Treffen. Aber so war sie nun mal, hätte er nicht gar so deutlich sein Desinteresse bekundet, indem er immer wieder auf sein Handy schielte, hätte sie ihn wohl in Ruhe gelassen. Schließlich hatten sie in der Schule ja auch kaum etwas miteinander zu tun gehabt, wieso sollten sie sich dann jetzt bombig verstehen. Aber sein überdeutliches Desinteresse stachelte sie geradezu an, ihn ständig weiter zu belabern und ihm zu zeigen, dass man eine Charlotte Winkelmann nicht einfach abblitzen ließ.

Letztendlich hatte er es dann doch geschafft, einen dringenden Anruf seines Chefs vorzutäuschen und war so schnell abgehauen, als ob der Teufel hinter ihm her gewesen wäre. Gott sei Dank hatte sie es noch gedeichselt, ihm seine E-Mailadresse abzuschwatzen, als wäre es ein Wink des Himmels.

Also Sterns eine Mail schreiben? Wie würde er reagieren? Sicherlich wäre er genervt und würde denken, sie versuche, sich an ihn ranzumachen. Was natürlich totaler Quatsch war, dieses Lonesome-Cowboy-Getue machte sie überhaupt nicht an. Egal, irgendwie musste sie einen Anfang machen und etwas anderes fiel ihr nicht ein.

Hallo Sterns,

sorry, dass ich dir schreibe. Bei unserem letzten Treffen warst du ja von meinem Anblick nicht so begeistert. Aber ich weiß nicht, an wen ich mich sonst wenden soll.

Ich hatte dir doch von meiner neuen Stelle erzählt, die ich bekommen hatte, obwohl Dr. Lorenz (mein neuer Chef) meine Oberschwester von der alten Stelle kannte. Oder vielmehr weil er sie kannte. Wahnsinn, dass mir diese Zimtzicke zu einer Stelle verholfen hat. Egal, ich schweife ab.

Also ich hatte die neue Stelle angetreten und es lief wirklich alles super. Die Kollegen sind spitze, Bezahlung super und Dr. Lorenz ist der beste Chef, den ich je hatte.

So dachte ich zumindest bis vor ein paar Tagen. Ich weiß nicht, wie ich es sagen soll, aber ich glaube, Dr. Lorenz betreibt Organhandel. Nein, hör jetzt nicht auf, weiter zu lesen, wirklich. Sterns, ich weiß nicht, an wen ich mich wenden soll. Ich gelte nun wirklich nicht als Ausbund der Tugend, aber glaube mir, irgendetwas läuft da total schief in der Klinik.

Also falls du bis jetzt gelesen hast, hoffe ich, dass du auch den Rest weiterlesen wirst.

Letzten Mittwoch rief mich Angelika, Lorenz' Sekretärin, zu sich und bat mich, ob ich sie für einen kurzen Moment vertreten könnte. Ich habe mich dann also an ihren Schreibtisch gesetzt und den Telefondienst gemacht und irgendwie muss ich bei der Weiterleitung eines Gespräches an irgendwelche Knöpfe gekommen sein, sodass ich das Gespräch in Dr. Lorenz' Zimmer mit dem Vater eines Patienten mitbekommen habe. Und ich sage dir, die haben über Organhandel geredet. Der Junge hat ein schwaches Herz und er muss dringend ein Spenderherz bekommen, sonst macht er es nicht mehr lange. Aber Spenderherzen wachsen nicht wie Obst an Bäumen und erst recht nicht Kinderherzen. Außerdem ist die Motorradsaison vorbei und dann gibt es sowieso nur vermehrt Männerherzen. Ach Gott, egal.

Sterns, du kennst mich, ich komme immer vom Hölzchen aufs Stöckchen, aber wirklich ich habe ganz deutlich gehört, wie Dr. Lorenz dem

Vater mitgeteilt hat, dass die OP 350.000 Euro kosten soll und dass sie bald einen Spender finden würden, dann hat er gestutzt und etwas von Lieferung geredet, als ob er sich versprochen hätte und dass sie zur Zeit Lieferschwierigkeiten hätten.

Glaube mir, diese Privatklinik weiß gar nicht, wie das Wort „Lieferschwierigkeiten" geschrieben wird. Hier läuft alles nach Plan, deswegen kam ich ja auch ins Stutzen, weil zuerst dachte ich, ich hätte mich verhört und da wäre nicht von 350.000 Euro und Herz-OP die Rede gewesen. Aber als er von Lieferschwierigkeiten sprach, da wurde ich hellhörig. Ich bin hier für die Bestellungen zuständig und so einen Top-Service der Lieferanten mit allem, was das Herz begehrt, das erlebst du bei öffentlichen Krankenhäusern nicht, das kannst du mir glauben. Ich weiß, wovon ich rede.

Ich war völlig fertig, als Angelika wiederkam und ich wieder auf meine Station ging. Das Ganze war so unglaublich, dass ich mich überhaupt nicht getraut habe, irgendjemandem irgendetwas zu sagen. Ich bin dann nach meiner Schicht auf die Station gegangen, wo der Junge liegen musste. Und es trifft alles zu: Der Junge braucht dringend ein Spenderherz und die Liste ist ewig lang. Bis er an die Reihe kommt, da ist er schon längst gestorben.

Schwester Doris, die sich ganz besonders um den Jungen kümmert, war ganz verzweifelt. Sie sagt, er macht es nicht mehr lange und wie verzweifelt die Eltern seien. Die scheinen wohl ziemlich viel Geld zu haben, denn Doris hat mir erzählt, wie die Mutter des Jungen ihr einmal gesagt hätte, sie würde alles hergeben, wenn nur ihr Junge wieder gesund werden würde.

„Mama, wann kann ich denn endlich an den Computer? Du hängst schon seit Stunden dran."

„Sandra, jetzt nicht, lass mich!"

„Aber ich muss für morgen noch mein Geschi-Referat fertig machen."

„Sandra, jetzt nicht. Hörst du mich nicht?"

Also Sterns, ich habe mich dann ein bisschen umgehört und dabei herausgefunden, dass es immer wieder mal vorkommt, dass Patienten, die ganz verzweifelt auf ein Spenderorgan gewartet haben, plötzlich eins bekommen haben, und dabei handelte es sich meistens um reiche Patienten. Rashid, ein Pfleger, meinte, ja, anscheinend wäre wirklich was dran an dem Sprichwort: „Der Teufel scheißt immer auf den dicksten Haufen."

Sterns, glaub mir, das kann kein Zufall sein. Ich habe keine genauen Beweise, aber mein Gefühl sagt mir, dass hier ganz eindeutig was schiefläuft. Bitte melde dich, meine Handynummer hast du ja. Gruß Charlotte.

So, sie hatte sich die Mail jetzt hundert Mal durchgelesen. Sehr konfus, aber so war sie nun mal. Sie würde sich jetzt noch einen Kaffee holen, ihn in Ruhe trinken, dann würde sie die Mail losschicken. Es musste sein. Sie wäre dann zwar wieder ohne Job, aber es ging nicht anders. Sonst könnte sie sich nicht mehr im Spiegel ansehen.

Die Küche war ein Chaos. Unglaublich, wie schafft Sandra es nur, innerhalb kürzester Zeit alles in Unordnung zu bringen? Oh Gott, der Kaffee schmeckte fürchterlich, na ja war ja schließlich auch noch von heute Morgen.

Sollte sie die Mail wirklich losschicken? Ihren Job würde sie in diesem Fall verlieren, keine Frage. Egal, ob jetzt nun wirklich was an der Sache mit dem Organhandel dran war oder nicht. Wenn nicht, dann wäre das Vertrauensverhältnis zu Dr. Lorenz dermaßen zerbrochen, dass er sie auf keinen Fall weiterbeschäftigen konnte. Und sollten ihre Verdächtigungen zutreffen, wäre es mit der Klinik eh früher als später zu Ende.

Gestern hatte sie Sandra noch erzählt, dass sie es sich dieses Jahr wohl leisten könnten, in den Sommerferien nach Mallorca zu fliegen. Sandra war ihr vor Freude um den Hals gefallen, etwas, was sie schon seit Monaten nicht mehr getan hatte. Sie hatten auf dem Sofa gesessen und sich ausgemalt, wie sie beide den ganzen Tag an den Strand gehen und sich abends schick machen würden, um dann das köstliche Buffet zu genießen. Ihre aufmüpfige Sandra hatte sich an sie gekuschelt und nach langer Zeit war wieder etwas von ihrer alten Vertrautheit da gewesen, so wie früher, als sie noch stundenlang miteinander gequatscht hatten.

Das wäre dann auch wieder vorbei. Sie konnte sich genau vorstellen, wie erbost Sandra sich vor sie stellen würde und ihr vorwerfen würde, sie würde immer alles versprechen und nichts halten. Sie wäre ja keinen Deut besser als all die anderen Erwachsenen, die immer nur reden würden, auf die man sich aber nie verlassen könnte.

Vielleicht sollte sie doch noch etwas abwarten. Sie müsste vielleicht noch mal in den Unterlagen nachsehen, ob es wirklich so auffällig war, dass immer für reiche Patienten plötzlich Organspender gefunden wurden. Außerdem war der Junge sehr nett, es wäre jammerschade, wenn ausgerechnet er kein Spenderherz bekäme.

Mein Gott, was dachte sie da? Natürlich wäre es schlimm, wenn er sterben müsste. Aber was war mit der Person, von der er das Herz bekäme? Wie gesagt, Spenderorgane wuchsen nicht auf Bäumen, die mussten ja irgendwo herkommen.

Gut, sie würde die Mail heute noch nicht losschicken, sondern morgen erst etwas Recherche im Computer betreiben. Schließlich konnte sie eine ganze Klinik ruinieren, wenn sie mit falschen Beschuldigungen zur Polizei ging. Da mussten noch ein paar Beweise her, bevor sie etwas unternehmen konnte. Sie würde die Mail unter Entwürfe speichern und dann später losschicken. Ganz sicher.

Sandra saß am Computer.

„Was machst du da? Ich hatte eine wichtige Mail geschrieben!"

„Keine Sorge Mama. Ich muss jetzt wirklich dringend das Referat schreiben. Und die Mail habe ich schon abgeschickt."

*

Manchmal fragte sie sich schon, was die Nachbarn von ihnen dachten. Das Gebrüll, das Sandras Mitteilung, sie habe die Mail schon verschickt, gefolgt war, musste nicht nur die unmittelbaren Nachbarn aufgeschreckt haben. Sicherlich war es weithin hörbar gewesen. Aber Charlotte war dermaßen erschrocken, dass sie nachdem sie anfänglich keinen Ton herausgebracht hatte, ihre ganze Angst über das, was sie losgetreten hatte, in einem Wortschwall ergoss, den selbst Sandra sprachlos hinnahm. Und dies sollte etwas heißen, denn was immer man Sandra nachsagen konnte, auf den Mund gefallen war sie sicher nicht. So kam es, wie es kommen musste: Tränen, lautes Türenknallen und von der Idee, endlich das Geschichtsreferat zu beenden, würde wohl nur wieder der Vorsatz bleiben.

Der Schock saß Charlotte gewaltig in den Knochen. Zuerst überlegte sie, sofort eine Mail hinterher zu schicken. Dies schien ihr jedoch zu auffällig. Lieber erst einmal abwarten und sehen, wie Sterns reagieren würde.

Nachdem er sich nach einer Woche immer noch nicht gemeldet hatte, beruhigte sie sich ein wenig und hoffte, dass alles im Sande verlaufen würde. Denn eines war ihr klar geworden: Eine Heldin war sie wahrlich nicht.

Ihre erste Reaktion auf Sandras Handeln war eindeutig: Rückzug auf ganzer Linie. Panik trat auf und es wurde überhaupt kein Gedanke daran verschwendet, dass ein Unrecht aufgeklärt werden musste. An erster Stelle stand die Sorge um ihre Anstellung und den drohenden finanziellen Verlust. Wie sollte sie sich weiter um Sandras Ausbildung kümmern, wenn sie wieder arbeitslos und ohne Aussicht auf eine Anstellung wäre? Denn gewiss war eines, egal, ob die Anschuldigungen zutrafen oder nicht, niemand würde ihr je wieder einen Job anbieten. Sie hatte den heiligen Gral beschmutzt. Einen Arzt anzugreifen galt in diesen Kreisen als Frevel, dafür bedurfte es keiner Oberschwester Gertrud.

Aber Sterns meldete sich nicht und manchmal erschrak sie geradezu über ihre Erleichterung, dass er sich nicht rührte. Meistens redete sie sich einfach nur ein, dass sie sich eine hohe Moral einfach nicht leisten konnte. Auch erschien es ihr eigentlich undenkbar, dass dieser nette, integre Dr. Lorenz zu so einer Untat fähig war. Außerdem, wie sollte er so etwas organisieren? Dazu gehörte schließlich mehr als nur der operierende Arzt. Ein ganzes OP-Team musste eingeweiht sein, das Sekretariat musste instruiert werden. Eben, es gab doch die offiziellen Spenderlisten. Wie wollte man die umgehen, die Organe konnten ja nicht einfach aus heiterem Himmel auf dem OP-Tisch landen.

Wie funktionierte das eigentlich, die ganze Transplantations-Organisation? Gab es irgendwelche Listen, eine zentrale Vergabestelle? Wer stand hinter der Organisation und nach welchen Kriterien wurden die Organe vergeben? Wer konnte ihr wohl darauf eine Antwort geben? Nein, nein so ein Blödsinn, sie würde einen Teufel tun und sich weiter mit diesem Thema beschäftigen! Sterns hatte sich nicht gemeldet und wenn schon nicht der Schock auf Sandras Verhalten, so war dann doch seine Ignoranz ein klarer Hinweis darauf, dass sie dieses Thema nicht weiterverfolgen sollte, sondern sich schön brav in den Krankenhausalltag einfügen musste.

Schön brav, gut, nicht wirklich eine ihrer hervorstechendsten Eigenschaften. Aber diesmal war sie wirklich zu weitgegangen und konnte sich glücklich schätzen, mit einem blauen Auge (wenn überhaupt) davongekommen zu sein. Nein, diesmal würde sie nichts tun. Der Job war prima, selten hatte sie so nette Kollegen gehabt, und ihre finanziellen Probleme waren im Begriff, sich aufzulösen. Je mehr sie darüber nachdachte, umso klarer wurde ihr, dass wieder einmal ihre Fantasie mit ihr durchgegangen war und im Krankenhaus sicherlich alles mit rechten Dingen ablief.

Dann kam Sterns Anruf.

„Hallo, Charlotte, na, wie geht's? Stör ich gerade oder hast du einen Moment?"

„Hallo, Sterns, ach weißt du, im Moment ist es gerade nicht so günstig."

„Okay, macht nichts. Vielleicht kann ich dich ja nachher nochmal anrufen?"

„Ja, ja, mach das."

Panik, damit hatte sie jetzt nun gar nicht mehr gerechnet. Er hatte sie aus dem Halbschlaf geholt. Der Tag war anstrengend gewesen und sie hatte sich nur kurz etwas hinlegen wollen und war wohl eingenickt. Ihr wurde speiübel. Ihre Gedanken rasten wie eine Achterbahn durch ihren Kopf.

Was sollte sie ihm bloß sagen? Wie wurde sie ihn jetzt wieder los? So wenig Ahnung sie hatte, wie sie ihn wieder abschütteln sollte, so genau wusste sie, dass sie mit der ganzen Sache nichts mehr zu tun haben wollte. Egal, was in dem Krankenhaus auch vor sich gehen mochte, ihr war absolut klar, dass nichts und niemand sie dazu bewegen konnte, irgendetwas in dieser Sache zu unternehmen.

Gut, ihre Entscheidung war gefasst, sie würde Sterns mitteilen, dass dies alles ein riesiger Irrtum gewesen sei und es ihr total peinlich wäre, solch einen Wirbel gemacht zu haben. Ja, wirklich, er müsse sich doch daran erinnern, welche Chaotin sie immer gewesen sei und dass ihre Fantasie immer mit ihr durchgegangen war.

*

So hatte sie es sich fest vorgenommen. Aber dann saß sie ihm doch drei Stunden später im Café gegenüber.

„Hey, Charlotte, komm spuck's aus! Lass deiner Fantasie freien Lauf. Du bist zu gar nichts verpflichtet, das ist hier ein ganz informelles Gespräch. Wir zwei unterhalten uns ein bisschen und du musst dir überhaupt keine Gedanken machen. Das bleibt alles zwischen uns beiden Hübschen."

Als er sie nach einer Stunde wieder angerufen hatte, hatte er so lange nicht lockergelassen, bis sie einverstanden gewesen war, sich mit ihm im Café zu treffen. Und nun saß sie hier.

Ihre anfänglichen Versuche, ihm zu erklären, dass alles ein Missverständnis gewesen sei und ihre Fantasie mal wieder mit ihr durchgegangen sei, hatte er wie einen Krümel vom Tisch gewischt. Irgendetwas ließ ihn sich wie ein Pitbull an der Sache festbeißen, als wenn das Wort „Organhandel" etwas in ihm ausgelöst hätte. So sehr er versucht hatte, sie bei ihrem letzten Treffen zu ignorieren, so sehr war er jetzt auf sie fixiert. Alle Aufmerksamkeit galt allein ihr. Sogar sein Handy, welches er letztes Mal immer wieder herausgeholt hatte, ignorierte er trotz ständigen Klingelns komplett.

„Hör mal, Charlotte, ich versteh ja, dass du dir Sorgen machst, aber wirklich, es kann doch nichts dabei sein, wenn du mir einfach noch mal alles erzählst, was du mir eh schon geschrieben hast. Ich denke, ich kann am besten beurteilen, ob du dir da ein Schauermärchen ausgedacht hast oder ob da ein Körnchen Wahrheit drinsteckt."

„Warum bist du auf einmal so angefixt, ich versteh das nicht. Das letzte Mal konntest du nicht schnell genug von mir wegkommen."

Sterns wurde langsam ungeduldig. Aber er musste aufpassen, Charlotte war nicht dumm und sie hatte völlig recht, wenn sie von seiner Fixierung auf Organhandel sprach. *Bleib ruhig, Junge, wenn du sie bedrängst, kommst du überhaupt nicht weiter.*

„Gut, hör zu, ich hab Probleme auf der Arbeit, mein Chef ist zurzeit nicht so gut auf mich zu sprechen, weil … egal. Also angefixt auf Organhandel ist eher er und wenn ich diesbezüglich etwas vorbringen kann, dann beruhigt er sich vielleicht wieder."

Könnte das klappen? Zu leugnen, er wäre auf das Thema „Organhandel" angesprungen, würde nichts bringen. Damit käme er nie durch, aber wenn er den Fokus von sich weglenken würde, dann vielleicht.

„Warum interessiert sich dein Chef denn so sehr für Organhandel?"

„Keine Ahnung, war wohl was in der Familie. Irgendeine Tochter von 'ner Tante oder 'nem Onkel war anscheinend herzkrank und stand auf der Warteliste für Spenderherzen. Aber das hat nicht geklappt und diese Cousine ist dann gestorben. Liste war sicher zu lang."

Ruhig, bleib ruhig, Sterns.

„Alles fing damit an, dass ich Angelika vertreten musste ..."

Charlotte merkte, dass es ihr guttat, sich alles von der Seele zu reden. Was sollte es auch schaden, wenn sie ihm einfach alles erzählen würde, was sie ihm eh schon geschrieben hatte? Außerdem war er ein aufmerksamer Zuhörer und durch seine Fragen gelang es ihm, dass sie sich an noch viel mehr erinnerte, als sie für möglich gehalten hätte.

Nicht nur was er fragte, vor allem wie er fragte, führte dazu, dass ihr sorgfältig aufgebauter Schutzwall langsam, aber sicher in sich zusammenbrach. Hatte sie bis zu diesem erneuten Treffen versucht, sich einzureden, dass sie falsch lag, dass alles nur ihren wilden Fantasien entsprang, so kamen ihr langsam wieder Zweifel. Vielleicht war es ja doch kein Hirngespinst.

Je länger sie mit Sterns redete, umso mehr kam sie zu dem Schluss, dass es durchaus möglich sein könnte, dass in der Klinik nicht alles so sauber war, wie es schien. Es war auffällig, dass reiche Patienten immer wieder in letzter Sekunde ein Organ bekamen. Sie hatte Dr. Lorenz über Spender und dann schnell sich korrigierend über Lieferungen reden hören. Und bitte, welche OP kostete 350.000 Euro und welcher Patient musste im Voraus bezahlen?

Aber sie wollte es nicht glauben. Was würde passieren, wenn dies wirklich zutraf, was würde mit ihr und Sandra geschehen, wenn sie dabei half, alles auffliegen zu lassen? Sterns schien ihre Gedanken lesen zu können.

„Mach dir keine Sorgen um dich, ich passe schon auf, dass dir nichts passiert. Und wenn der Laden wirklich zusammenbricht, dann lasse ich meine Beziehungen spielen und du hast ganz schnell eine neue Stelle."

Welche Beziehungen er spielen lassen wollte, darüber würde er sich später Gedanken machen. Er musste hier weitermachen. Er spürte förmlich, wie wieder etwas Lebensenergie in ihn floss. Ihm war Charlotte völlig egal, es ging ihm ganz allein darum, etwas gegen diese Götter in Weiß zu unternehmen, die seine geliebte Ruth elendig verrecken lassen hatten.

Dass er selber sofort auf ein Angebot der Organmafia angesprungen wäre, war ihm völlig klar, aber es war ihm egal. Wie ihm alles egal war, seitdem Ruth gestorben war. Alles, bis auf die Möglichkeit, Rache zu nehmen, weil er hoffte, dadurch etwas von seinem Schmerz zu verlieren.

„Hör zu, Charlotte, für mich hört sich das alles andere als nach irgendeinem Hirngespinst an. Wenn man die Tatsachen zusammenführt, dann passt alles: Die plötzliche Lieferung von Organen, die hohen Beträge. Wir müssen das natürlich nur irgendwie untermauern. Irgendwelche Beweise haben."

„Was meinst du genau?", fragte Charlotte bestürzt.

Sterns lächelte sie aufmunternd an: „Kontoauszüge, wenn man z. B. sehen könnte, dass kurz vor OPs riesige Summen auf das Konto von Dr. Lorenz ..."

„Moment mal, was meinst du damit? Wie zum Teufel soll ich denn an Kontoauszüge von Dr. Lorenz kommen, spinnst du?"

Sie war kurz davor, fluchtartig das Café zu verlassen. Sich einmal alles von der Seele zu reden, war eine Sache, aber auch nur ansatzweise die Möglichkeit zu erörtern, sie könne irgendwie in den Unterlagen von Dr. Lorenz herumkramen, war dermaßen absurd, dass sie sich fragte, ob Sterns noch ganz bei Sinnen war.

Aber er ließ nicht locker. Umwarb sie, schmeichelte ihr, spielte die Gefahr herunter. „Was ist schon dabei? Du gehst einfach in das Büro von dieser Angelika, guckst in die Unterlagen und wenn plötzlich jemand reinkommt, dann sagst du, du hättest das letzte Mal was liegen gelassen oder so. Ist doch kein Problem. Um Ausreden warst du doch noch nie verlegen."

Er fixierte sie dabei so sehr, dass sie förmlich gefesselt war. War es wirklich so einfach oder machte er ihr etwas vor? Was war los mit ihm, dass er wie ein Süchtiger auf dieses Thema ansprach? War sein Job vielleicht in Gefahr?

Aus dem kurzen Treffen waren drei Stunden geworden. Sie war vollkommen fertig, als sie das Café verließ, und fühlte sich wie fremdbestimmt.

*

Wenn es nach Sterns gegangen wäre, dann war das Ganze ein Kinderspiel: in Angelikas Büro gehen, wenn niemand drin war, die Schranktür öffnen, den Aktenordner herausnehmen. „Charlotte, komm, da steht hinten auf dem Rücken drauf, was drin ist, musst dir einfach nur den Bankordner nehmen, so viele wird er ja wohl nicht haben, und mit deinem Handy Fotos von den Kontodaten machen."

Beim nächsten Treffen sollte sie ihm die einfach zeigen und er würde seine Kollegen von der Wirtschaftskriminalität drauf ansetzen. Anrufen oder eine E-Mail schreiben sollte sie auf keinen Fall, von jetzt an alles nur noch mündlich. Sie würden einfach so tun, als ob sie Gefallen aneinander gefunden hätten, was dann weitere Treffen erklären würde.

Also doch alles nicht so harmlos! Warum konnte sie ihn nicht einfach anrufen und die Kontodaten durchgeben. Sie wollte ihn nicht noch mal treffen. Je mehr sie darüber nachdachte, um so widersprüchlicher kam ihr sein Verhalten vor. Einerseits redete er die ganze Zeit davon, dass alles absolut ungefährlich sei, aber dafür sollte sie ein paar zu viele Sicherheitsmaßnahmen treffen.

„Okay, pass auf, dass dich wirklich keiner sieht, wenn du an seinen Schrank gehst. Wenn doch, dann tu auf keinen Fall erschrocken, das ist sofort verdächtig. Reagier so, als ob es das Selbstverständlichste der Welt wäre, dass du an den Schrank gegangen bist. Am besten überlegst du dir vorher schon genau, was du sagen willst. Jetzt komm, guck nicht so erschrocken, du warst doch noch nie um Ausreden verlegen."

Dann, als sie schon beim Rausgehen waren, fiel ihm plötzlich noch etwas ein. Wie ein zerstreuter Columbo raufte er sich die Haare und fragte so ganz nebenbei: „Hör mal, mir kommt da gerade so ein Gedanke. Lassen sich nicht anhand der Krankenakten und OP-Pläne irgendwelche Unregelmäßigkeiten feststellen? Kannste die nicht mal auf einen USB-Stick ziehen, das ist doch auch nur eine Sache von wenigen Augenblicken."

Sie war so verdutzt, dass er schon längst verschwunden war, bevor sie überhaupt reagieren konnte. Mal eben zig Gigabytes auf den USB-Stick ziehen, wie stellte er sich das vor. Sie war Stationsschwester und nicht Sekretärin. Wenn sie plötzlich ewig am Computer rumhantierte, würde das jedem auffallen. Jeder auf der Station wusste, dass sie lieber zehn Nachttöpfe leerte, als die Patientendaten in den Computer einzugeben.

Jetzt waren schon einige Tage seit ihrem Treffen im Café vergangen und es hatte sich immer noch keine Gelegenheit ergeben, die Kontodaten in die Finger zu kriegen, geschweige denn die OP-Pläne und Krankenakten zu kopieren. Sie wurde immer unruhiger und unkonzentrierter. Rashid hatte sie schon mehrfach gefragt, ob bei ihr alles in Ordnung sei. Zum Glück brauchte sie dann nur Sandras Namen zu nennen und ihre Augen zu verdrehen. Rashid reagierte mit einem wissenden Lächeln und verständnisvollem Blick.

Aber ewig konnte das so nicht weitergehen, irgendwann würde jedem auffallen, dass sie nicht ganz bei der Sache war und irgendetwas nicht stimmte. Angelika wunderte sich auch schon, wieso sie ständig zu ihr kam. Irgendwie musste Charlotte es schaffen, in Angelikas Zimmer zu gehen, wenn diese nicht anwesend war.

Gut, sie würde es heute erneut versuchen. Wenn es wieder keine Gelegenheit gäbe, dann würde sie das Ganze abblasen, Sterns sagen, dass er seinen Kram alleine erledigen sollte. Schließlich war sie nicht für seine Schwierigkeiten im Büro verantwortlich. Sie hatte genug eigene Probleme.

Als wenn der Teufel mit im Spiel wäre, lag Angelika heute krank im Bett und Dr. Lorenz hatte sie wieder gebeten, den Telefondienst zu übernehmen. Eine bessere Möglichkeit würde sich ihr nicht mehr bieten. Aber anscheinend wollte der Teufel sie ärgern. Dr. Lorenz marschierte den ganzen Nachmittag ständig von seinem Zimmer ins Vorzimmer und jedes Mal, wenn sie sich erhoben hatte, um an den Schrank zu gehen, dann kam er plötzlich ins Zimmer gestürzt.

Dreimal hatte sie schon mit ihrem Handy vor dem geöffneten Schrank gestanden, und allmählich schaute er schon etwas verwundert, wenn er sie nicht hinter dem Schreibtisch sitzend, sondern vor dem geöffneten Büroschrank stehend anfand.

Zumindest hatte sie den Bankordner entdeckt, unterste Reihe ganz links. Gerade war er in ein Telefonat mit Dr. Wagner vertieft. Sie stand auf, öffnete zum wiederholten Male den Schrank und holte den Ordner raus. Mein Gott, wie viele Konten hatte der denn? Ihre Hand zitterte so stark, dass sie kaum fähig war mit ihrem Handy anständige Fotos zu machen. Sogar ein Schweizer Nummernkonto hatte sie entdeckt, zumindest nahm sie an, dass es sich um ein solches handelte, da sie einen Kontoauszug der Credit Suisse fand, auf dem kein Name, aber dafür eine lange Nummer stand. Geschafft, alles fotografiert jetzt Ordner wieder rein und die Schranktür zu.

„Kann ich Ihnen irgendwie behilflich sein?"

Sie stieß vor lauter Schreck einen Schrei aus.

Dr. Lorenz stand direkt hinter ihr, wieso hatte sie ihn nicht gehört? „Mein Gott, Sie haben mich aber erschreckt."

„Das tut mir ja leid, aber was zum Teufel haben Sie mit dem Bankordner vor?"

„Ich, ähm ..., ach wissen Sie .." *Charlotte, wo ist deine Schlagfertigkeit, sag was, irgendwas.*

Rashid rettete sie, als er reingestürmt kam und mitteilte, dass es dem kleinen Robert nicht gut ginge und Dr. Lorenz sofort kommen solle.

Ihre Hände zitterten derart, dass sie nicht fähig war, den Telefonhörer ruhig in der Hand zu halten. Dr. Wagner hatte wieder angerufen und wollte Dr. Lorenz spreche. Nur mit Mühe brachte sie hervor, dass Dr. Lorenz gerade bei Robert Müller auf Zimmer 368 sei. Die nächste Stunde war Dr. Lorenz beschäftigt. Robert bedurfte intensivster Betreuung, der Teufel war ihr anscheinend wieder wohlgesonnen. Aber was sollte sie Dr. Lorenz nur sagen, weswegen sie den Bankordner in den Händen gehalten hatte?

Dr. Lorenz ließ sich auch bis zu ihrem Dienstschluss nicht mehr blicken. Sie hatte also eine Gnadenfrist bis zum nächsten Tag, um sich eine Ausrede einfallen zu lassen. Allerdings schien Dr. Lorenz doch keinen Verdacht geschöpft zu haben, denn die nächsten Tage sprach er sie auf die Sache nicht mehr an. Angelika war wieder da und Charlotte machte einen riesigen Bogen um das Zimmer.

Jetzt also nur noch die OP-Pläne und Krankenakten kopieren. Das konnte sie Gott sei Dank vom Zimmer der Krankenschwestern aus, also eigentlich keine große Sache. Eigentlich! Denn immer war irgendjemand zugegen. Nie konnte sie in Ruhe die Daten kopieren. In einer halben Stunde hatte sie Dienstschluss, wenn sie bei der Übergabe im Besprechungszimmer kurz den Raum verlassen würde, dann hatte sie Gewissheit, dass alle dort versammelt waren. Sie würde einfach ganz banal sagen, dass sie dringend auf Toilette müsse und Rashid die Übergabe alleine machen solle.

Das Schwesternzimmer war leer. Sie nahm Sandras USB-Stick, den diese schon seit Tagen suchte, aus ihrer Tasche und steckte ihn in den Computer. Die Krankenakten und OP-Pläne waren schnell aufgerufen, nur das Kopieren dauerte ewig. Immer wieder schaute sie auf den Flur, ob auch wirklich niemand kam. Die Patienten schienen ebenfalls auf ihrer Seite zu sein, keiner klingelte. Erst achtzig Prozent kopiert, mein Gott, wie lange dauerte das noch – fünfundachtzig Prozent, neunzig Prozent.

Dr. Wagner bog um die Ecke, entdeckte sie im Zimmer und kam auf sie zu.

Sie merkte, wie sie knallrot wurde.

„Na, Schwester Charlotte, was machen Sie denn hier? Haben Sie nicht Übergabe?"

„Ach, ich musste dringend mal und jetzt habe ich schon meine Sachen zusammengesucht. Sandras Klasse hat heute einen Elternabend und ich bin ganz knapp dran. Rashid kommt sicher gut alleine klar."

„Ach so, na ja. Aber Sie wissen schon, dass wir gerne alle Pfleger bei der Übergabe dabeihaben."

„Ja, ja natürlich, das ist heute auch wirklich eine Ausnahme."

Pling, der Computer meldete, dass die Dateien vollständig kopiert waren. Hatte Dr. Wagner etwas gehört? Ihr war so, als wenn sie ein kurzes Zucken in seinem Gesicht gesehen hätte. Hatte er etwas mitbekommen? Egal, sie wollte nur noch weg. Kaum hatte er das Schwesternzimmer verlassen, riss sie den

Stick aus dem Computer, schnappte ihre Sachen und verließ fluchtartig das Krankenhaus. Auch kein so guter Gedanke: Rashid würde sich sicher wundern, wieso sie sich nicht von ihm verabschiedet hatte.

Obwohl sie jetzt alles erledigt hatte, waren die nächsten Tage im Krankenhaus ein Albtraum. Wo es ging, versuchte sie, Dr. Lorenz aus dem Weg zu gehen. Bisher hatte er sie immer noch nicht wegen des Bankordners angesprochen.

Plötzlich stand er vor ihr. „Schwester Charlotte, haben Sie einen Moment bitte."

„Es tut mir leid, aber ich muss ganz dringend in Zimmer ..."

„Kommt es mir nur so vor oder gehen Sie mir in letzter Zeit aus dem Weg?", unterbrach er sie.

Sie spürte wieder, wie ihr langsam die Röte ins Gesicht stieg, krampfhaft versuchte sie, sich an jegliche Entspannungstechniken zu erinnern, von denen sie jemals gehört hatte.

„Ich halte Sie auch nicht lange auf. Ich wollte Ihnen nur kurz mitteilen, wie wichtig Dr. Wagner und mir die Loyalität unserer Mitarbeiter ist. Und ich bin mir sicher, dass wir uns ganz auf Sie verlassen können. Aber jetzt will ich Sie nicht länger aufhalten." Sprach's und ging in sein Zimmer.

Täuschte sie sich oder hatte er einen vielsagenden Blick aufgesetzt, als ob er ihr mit diesem Satz viel mehr als nur eine Floskel mitteilen wollte. Hatte Dr. Wagner doch etwas mitbekommen und mit Dr. Lorenz darüber geredet? Hatten die beiden ihre Schlüsse daraus gezogen und verdächtigten sie jetzt?

Mit Mühe brachte sie den Rest des Arbeitstages hinter sich. Auf dem Nachhauseweg bemerkte sie einen schwarzen Lieferwagen, der auffällig langsam fuhr. Auch kam es ihr so vor, als ob sie ihn in den letzten zwei Tagen öfters gesehen hätte. Wurde sie jetzt langsam wahnsinnig und litt unter Verfolgungswahn? Als ob Wagner und Lorenz sie beobachten ließen!

Sie war es leid, sie würde sich nicht mehr bei Sterns melden, die Fotos mit den Kontodaten und die Daten auf dem USB-Stick löschen. Schluss, aus, Ende! Sie drehte ja schon vollständig durch. Ihr Entschluss stand fest: Sie würde diese fixe Idee, dass irgendetwas mit der Klinik nicht stimmte, vergessen, wieder wie gewohnt ihrer Arbeit nachgehen, in Dr. Lorenz nichts als den freundlichen und kompetenten Arzt sehen, der er ja nun mal war, und Sterns einen guten Mann sein lassen.

Ja, sie merkte, wie sie sich langsam entspannte. Auch wollte sie mit Sandra endlich in ein Reisebüro gehen, um ihre gemeinsame Reise nach Mallorca zu planen. Was hatte sie in letzter Zeit nur für Wahnvorstellungen gehabt? Damit war jetzt ein für alle Mal Schluss. Mit der Klinik war alles in Ordnung und sie würde sich jetzt mehr auf ihre Tochter konzentrieren, als irgendwelchen Verschwörungstheorien nachzugehen.

Im Reisebüro hatte sie wieder einen der seltenen Momente der Harmonie mit Sandra erlebt. Sie hatten ewig in den Prospekten rumgeblättert, die Hotels und Strände bewundert und waren unfähig gewesen, sich zu entscheiden. Schließlich waren sie mit einem Berg von Prospekten unter dem Arm nach Hause gegangen und hatten sich einen gemütlichen Abend auf dem Sofa gemacht. Der endete damit, dass sie sich für ein Mittelklassehotel entschieden und sich im Internet nach günstigen Flügen umsahen. Irgendwann war Sandra glücklich ins Bett gegangen und sie hatte noch etwas im Fernsehen rumgezappt.

Bei einer Reportage auf ARTE war sie hängengeblieben. Als sie begriff, dass es in der Reportage um Organhandel ging, hatte sie zuerst erschrocken weitergeschaltet, nur um Sekunden später wieder zurückzuschalten. Von der Ausbeutung armer Länder war die Rede, wie skrupellose „Lieferanten" Jagd auf Obdachlose machten.

Was sollte sie tun? Sie hatte sich klar entschieden, den USB-Stick mit den Dateien nicht an Sterns weiterzugeben. Sie wollte sich einfach nicht mehr bei ihm melden und die Daten auf dem Stick löschen. Bei Sterns hatte sie sich zwar bisher nicht gemeldet, aber die Daten waren immer noch auf dem Stick. Jedes Mal, wenn sie die Dateien löschen wollte, ließ sie sich von etwas ablenken und verschob es auf später.

Und jetzt diese Reportage! Konnte sie es wirklich mit ihrem Gewissen vereinbaren, nichts zu tun, einfach den Kopf in den Sand zu stecken und ihren Verdacht zu verdrängen? Wie würde es weitergehen: Nachdem sie einen wunderschönen Urlaub auf Mallorca verbracht hätten, würde sie wieder an ihren Arbeitsplatz zurückkehren und so tun, als wäre nichts geschehen? Wie würde sie beim nächsten Patienten mit einer Transplantation reagieren, wie würde sie sich ihm gegenüber verhalten? Konnte sie wirklich mit dem Zweifel weiterleben und weiterarbeiten? Würde sie sich nicht ständig fragen, ob alles mit rechten Dingen zuging? War das gespendete Organ tatsächlich gespendet oder lag irgendwo eine Leiche und jemand anderes suchte verzweifelt nach einer geliebten Person, die plötzlich verschwunden war?

Sie musste sich nichts vormachen. Sie konnte nicht nichts tun und einfach so weitermachen, als wäre nichts geschehen. Sie könnte nicht mehr in den Spiegel sehen und auch Sandra, da war sie sich sicher, wäre entsetzt, wenn sie irgendwann davon erfahren würde, dass ihre Mutter ihre Reise auf Kosten anderer bezahlt hatte. Also war es klar. Sie würde Sterns den USB-Stick und die Fotos mit den Kontodaten bringen. Anschließend wollte sie aber nichts mehr mit der Sache zu tun haben. Sollte er selber sehen, wie er damit klarkam. Die Übergabe wäre ihre letzte Handlung in der Sache, damit hätte sie ihre Schuldigkeit getan.

*

Sie hatte Sterns schließlich erreicht und er hatte ihr ein Treffen für den nächsten Tag vorgeschlagen. Selten hatte sie einen Termin derart herbeigesehnt. Außerdem war sie sich sicher, dass derselbe schwarze Lieferwagen immer zur Stelle war, wenn sie von oder zur Arbeit ging. Sie hatte sogar den Eindruck, als ob sie gar nicht mehr versuchten, unentdeckt zu bleiben. Jedes Mal, wenn sie sich nach dem Wagen umdrehte, schien es ihr, als ob der Fahrer sie wissend ansah.

Auch jetzt, als sie zum Treffen mit Sterns unterwegs war, glaubte sie, den schwarzen Lieferwagen entdeckt zu haben. Diesmal allerdings schien er darauf bedacht zu sein, nicht von ihr entdeckt zu werden. Oder hatte sie sich alles nur eingebildet? Mittlerweile war es ihr egal, sie wollte jetzt einfach den Stick übergeben und dann Sterns nie mehr wiedersehen.

Vielleicht tat sie Dr. Lorenz ja Unrecht und alles stellte sich als riesiges Hirngespinst heraus. Sie hoffte es sehr. Brauchte diese Hoffnung, um ihre Angst zu bändigen und auf eine sichere Zukunft vertrauen zu können. Sie fühlte sich müde und abgespannt. Ihre Spontaneität und Sorglosigkeit waren dahin, sie war nur noch ein einziges Nervenbündel und sehnte sich nach Ruhe und Regelmäßigkeit. Tja, wer hätte das gedacht, dass einmal der Tag käme, an dem sich Charlotte Winkelmann nach Ruhe und Regelmäßigkeit sehnen würde?

Aber zuerst musste sie das Treffen mit Sterns hinter sich bringen. Als sie das Café betrat, sah sie sofort, dass er noch nicht da war. Sie setzte sich in die hinterste Ecke und bestellte sich ein Wasser. Stierte vor sich hin, rührte das Wasser nicht an und wartete. Die Zeiger der Uhr wollten sich nicht vorwärtsbewegen. Vielleicht erschien er ja nicht und sie konnte einfach wieder gehen. Schon wollte sie ihre Tasche nehmen und wieder aufstehen, als sie ihn mit einer Frau hereinkommen sah.

*

Als sie das Café später wieder verließ, war sie so glücklich und erleichtert, dass sie am liebsten laut gesungen hätte. Sie spürte wieder die Sonne auf ihrer Haut, hörte die Vögel zwitschern und es schien, als sei sie nur von fröhlichen Menschen umgeben. Jetzt war es vorbei; sie hatte ihre Pflicht erfüllt und hatte nichts mehr mit dieser Sache zu tun. Aus und vorbei, als wäre alles ein böser Albtraum gewesen. Bald würde sie mit Sandra in den Urlaub fliegen. Sie fühlte sich froh und erleichtert, wie schon seit Wochen nicht mehr.

In ihren Tagträumen bemerkte Charlotte den schwarzen Lieferwagen nicht, der auf einmal wie aus dem Nichts auftauchte. Sie war in eine enge Seitenstraße eingebogen und es fiel ihr erst viel zu spät auf, dass diese menschenleer war.

Plötzlich scherte der Lieferwagen vor ihr ein und zwei maskierte Männer sprangen aus dem Wagen. Einer von ihnen packte Charlotte und drückte sie gegen die Hauswand. Der andere stand mit dem Rücken zu ihnen und behielt die Straße im Auge. Charlotte war starr und stumm vor Schreck, nichts regte sich in ihr, unter seinem Klammergriff konnte sie sich kaum bewegen. Allein ihre Augen starrten schreckgeweitet ihre Angreifer an. Der Kerl strich mit seinen Händen ihren ganzen Körper entlang, atmete schwer und ließ sie die ganze Zeit nicht locker. Dann, es schien ihr eine Ewigkeit zu sein, ließ er von ihr ab, beide sprangen wieder in den Lieferwagen und rasten davon.

Charlotte zitterte wie Espenlaub, als sie sich vollkommen zerschlagen an der Hauswand runterrutschend auf den Boden sinken ließ. Was war das gewesen? Es war kein Wort gefallen, keine Drohung ausgesprochen worden, aber sie war sich vollkommen sicher, dass dies nur eine Warnung gewesen sein konnte. Eine Warnung, sich aus allem rauszuhalten. Also hatte sie sich getäuscht, die Sache war nicht aus und vorbei, nein, sie steckte mittendrin.

Sie schwankte mehr, als dass sie nach Hause ging. Sandra war bei einer Freundin und so gelangte sie unbemerkt in die Wohnung. Wie betäubt schlurfte sie ins Badezimmer, ließ Wasser in die Badewanne und setzte sich hinein. Charlotte schrubbte ihren ganzen Körper, bis er feuerrot wurde. Wie eine Wahnsinnige versuchte sie, den Dreck seiner Berührungen von ihrem Körper abzuschrubben.

Irgendwann konnte sie nicht mehr. Dann kamen die Tränen wie ein Sturzbach. Sie schnaufte und ächzte. Wie sollte sie dieses Erlebte je überwinden, wie es vergessen, wie weitermachen? Konnte sie überhaupt weitermachen? Konnte sie so tun, als wäre nichts geschehen? Einfach wieder zur Arbeit gehen und Dr. Lorenz in die Augen sehen?

Das Geschehene musste mit ihm zusammenhängen. Das war keine versuchte Vergewaltigung gewesen. Wie leicht hätten diese beiden Männer sie in den Lieferwagen werfen und mitnehmen können. Nein, dies war eine Drohung gewesen, eine Warnung, dass sie sich gefälligst aus der Sache heraushalten sollte. Dafür waren keine Worte notwendig gewesen. Sie hatte es auch ohne Worte verstanden.

Als das Wasser fast ganz kalt war, stieg sie aus der Wanne aus, wickelte sich in ein Tuch und legte sich aufs Bett. So war es also, wenn man überfallen wurde. Sie war nicht mehr sie selber, jegliche Sicherheit und Selbstvertrauen waren verschwunden. Nie mehr würde sie wieder sorglos über eine Straße gehen können. Und Sandra, wie sollte sie Sandra gegenübertreten? Sollte sie ihr davon erzählen, aber das würde Sandra auch nur verängstigen. Konnte sie es vor ihr verheimlichen. Kaum, irgendeine Erklärung musste sie parat haben, wenn Sandra nach Hause kam und sie immer noch so aufgewühlt war.

Sandra, je mehr sie über Sandra nachdachte, umso wütender wurde sie. Sollte sie es zulassen, dass ihre Tochter unter dieser ganzen Sache leiden musste? Sollte sie es zulassen, dass ihre selbstbewusste Tochter Schaden nahm? Die Wut kroch langsam in ihr hoch, fraß sich ganz nach oben in ihr Hirn und ließ sie plötzlich wieder freier atmen. Nein, das durfte nicht geschehen, würde nicht geschehen. Niemand sollte es wagen ihrer Tochter auch nur den geringsten Schaden zuzufügen. Nein, sie wollte es nicht, sie ließ es nicht zu, dass man aus ihr ein weinerliches,

ängstliches Wesen machte. Sie würde kämpfen und sich wehren. Keiner sollte auch nur irgendeine Macht über sie haben.

Sie stand auf, zog sich an, nahm ihre Handtasche und ging auf-
rechten Schrittes denselben Weg zurück, den sie vorhin nach
Hause geschwankt war. Ging in die enge Seitenstraße, stellte
sich vor die Hauswand und schrie. Schrie sich die Seele aus
dem Leib, schrie so laut, wie noch nie in ihrem Leben, schrie in
einem durch, hörte nicht auf, schrie sogar noch, als die Leute
von allen Seiten herbeikamen. Ihr war es egal. Sie dachte nur,
warum seid ihr eben nicht da gewesen? Sie hörte auf zu schreien,
ging durch die sie anstarrende Menschenmenge und merkte,
wie sich ihr Körper langsam entspannte und sich auf ihren Lippen ein entschlossenes Lächeln zeigte.

*

Am nächsten Morgen erschien sie pünktlich zur Arbeit, als wäre nichts gewesen. Es hatte wieder Probleme mit Robert Müller
von Zimmer 368 gegeben und Rashid war immer kopfloser
geworden. Sie selber jedoch war die Ruhe in Person geblieben,
behielt den Überblick und stand Dr. Lorenz ruhig beiseite. Als
sie ihm am Morgen zuerst begegnet war, schien es ihr, als wenn
er sie kurz erstaunt angesehen hätte. Sie hatte ihn jedoch freu-
destrahlend angeblickt und war ihm zur Hilfe geeilt. Äußerlich
die Ruhe selbst, brodelte es in ihr. *So leicht kommt ihr mir nicht
davon, so leicht lässt sich eine Charlotte Winkelmann nicht unterkriegen.* Das hatte sie sich am Abend vorher fest vorgenommen und
genauso wollte sie es auch durchziehen.

Die nächsten Tage verliefen im ruhigen Rhythmus. Dr. Wagner
machte auf sie den Eindruck, als ob er sie immer wieder beobachten würde. Aber sie tat so, als ob sie davon nichts mitbe-

kam. Fast freute es sie zu sehen, wie die beiden Ärzte besorgt um sie herumscharwenzelten. Und so ging es weiter Tag für Tag.

Sie hatte kurz überlegt, ob sie Sterns von dem Überfall berichten sollte, sich dann aber doch dagegen entschieden. Sie wollte die Sache kleinhalten. Wenn sie Sterns davon erzählte, hätte er sicher etwas unternehmen müssen. Das wollte sie aber nicht. Dann wäre sie sich wieder wie ein Opfer vorgekommen und gerade das wollte sie vermeiden. Sie würde Lorenz und Wagner die Stirn bieten. So schnell ließ sie sich nicht unterkriegen.

Mehrmals am Tag ging sie an Freddi Broscheids Zimmer vorbei. Der Junge war ihr ans Herz gewachsen. Trotz seiner schweren Erkrankung war er immer tapfer und oft war er es, der seine verzagten Eltern tröstete. Meistens war seine Mutter bei ihm. Seinen Vater sah sie eher selten und dann war er fast die ganze Zeit in Dr. Lorenz' Zimmer zu irgendwelchen Besprechungen.

Heute stutzte Charlotte, als sie seiner Mutter über den Weg lief. Der Schmerz und der Kummer in ihrem Gesicht waren einer aufgeregten Nervosität gewichen. Es schien so, als ob sie wieder Hoffnung geschöpft hatte und angespannt auf die nächsten Ereignisse wartete. Charlotte beschloss Angelika zu fragen, ob es irgendwelche Neuigkeiten bezüglich Freddi gab.

Als sie jedoch in Angelikas Zimmer ging und sie nach Freddi fragte, wich diese aus und schmiss sie fast aus dem Raum. Charlotte erschrak, konnte es sein, dass auch Angelika in die Sache verwickelt war? Ihre aggressive Reaktion war absolut untypisch für die korrekte und souveräne Angelika.

Charlottes Jagdinstinkt wurde wieder geweckt. *So nicht, meine Herren und meine Dame, so leicht werdet ihr mich nicht los.* Die nächste Stunde schlenderte sie immer wieder an Dr. Lorenz' Zimmer vorbei, aber jedes Mal war die Tür verschlossen. Einmal sah sie Herrn Broscheid ins Zimmer gehen, auch bei ihm wirkte es so, als seien Sorge und Hoffnungslosigkeit einer gespannten Nervosität gewichen.

Diesmal war ihr das Glück hold, sie sah, wie Angelika mit einem Berg von Akten das Vorzimmer verließ. Es würde sicher etwas Zeit dauern, bis sie wieder zurück in ihr Büro kam. Charlotte blickte sich um, niemand war in der Nähe. Eilig betrat sie Angelikas Zimmer und schloss die Tür hinter sich. Sie schlich bis zur leicht geöffneten Verbindungstür.

Sie hörte, wie Dr. Lorenz mit Herrn Broscheid über den kommenden OP-Termin sprach. *War es möglich, eine Woche vorher zu wissen, dass ein Spenderherz zur Verfügung stand? Sollte hier also wirklich eine der illegalen Transplantationen stattfinden?* Sie hatte genug gehört, alles passte zusammen. Sie verließ das Zimmer, ging zu ihrem Spind und holte ihr Handy heraus. Auch wenn Sterns gesagt hatte, dass sie nur noch persönlich Informationen übermitteln sollte. Sie wollte dies so schnell wie möglich hinter sich bringen. Gleich musste sie das Abendessen verteilen und sie wusste nicht, ob sie noch die Kraft zu diesem Anruf hätte, nachdem sie Freddi das Essen gebracht hatte.

*

Sie hatte Sterns angerufen und ihm ihre Beobachtungen mitgeteilt. Er war völlig aus dem Häuschen gewesen, hatte sich tausendmal bei ihr bedankt und ihr eingeschärft, jetzt nichts Unbedachtes zu tun und möglichst unauffällig zu bleiben, damit Lorenz und Wagner keinen Verdacht schöpften.

Hatte er sich eigentlich auch nur einen Augenblick Gedanken um sie gemacht? Er war so auf die Festnahme der Ärzte fixiert, ohne auch bloß einen Gedanken an ihre Sicherheit zu verschwenden. Nun, vielleicht tat sie ihm ja auch Unrecht, schließlich hatte sie ihm nichts von dem Überfall erzählt. Trotzdem, sein Engagement ging weit über den üblichen Arbeitseifer hinaus, wieder hatte sie das Gefühl, dass es irgendetwas Persönliches war, dass er dermaßen von dieser Sache in Besitz genommen wurde.

Er hatte auch kein einziges Mal nach Freddi gefragt. Was würde denn nun mit dem Jungen geschehen, wenn die Operation nicht stattfinden würde? Ihr wurde regelmäßig schlecht, wenn sie an den Jungen dachte. Schließlich hatte sie die Sache ins Rollen gebracht und hatte sie ihn jetzt auf dem Gewissen, wenn er nicht operiert werden würde?

Nach dem Anruf verteilte sie das Abendessen. Als sie in Freddis Zimmer kam, musste sie feststellen, dass seine Mutter bei ihm war. Sie wollte möglichst schnell aus Freddis Zimmer verschwinden. Frau Broscheid klammerte sich jedoch sprichwörtlich an Charlotte, wollte nochmals alles genau wissen, wie die OP verlaufen, wie lange sie dauern würde, wann genau man wisse, ob alles gut vonstattengegangen sei. Charlotte konnte es kaum ertragen, in das hoffnungsvolle und verängstigte Gesicht der Mutter zu schauen.

„Ganz genau kann ich Ihnen das auch nicht sagen, fragen Sie am besten die Ärzte, wenn Sie noch Fragen zur OP haben." Sie hatte wohl etwas harsch gesprochen, so wie Frau Broscheid sie jetzt ansah. „Aber machen Sie sich keine Sorgen, es wird schon alles gut werden. Die Ärzte sind fabelhaft, ich schaue morgen aber noch mal nach Ihnen. Bestimmt wird alles gut."

Alles würde gut werden!? Nichts würde gut werden, für niemanden, und schon gar nicht für Freddi. Was hatte sie nur angerichtet? Abends zu Hause bei Sandra war sie dann zusammengebrochen. Hatte ihr alles erzählt, dass nichts mehr sicher war und sie nicht mehr wusste, was richtig und was falsch war. Das Einzige, was sie mit Gewissheit sagen konnte, sei, dass aus Mallorca jetzt nichts mehr werden würde.

Und dann hatte Sandra sie in den Arm genommen und ihr gut zugeredet. Dass sie alles richtig gemacht habe, wie stolz sie auf ihre Mutter sei und nach Mallorca würden sie schon ein anderes Mal kommen.

„Und Freddi, was ist mit Freddi?"

„Ich weiß nicht, Mama. Aber ich weiß, dass das nicht richtig ist und du das tun musstest."

Der Kommissar

Nervös trommelte Sterns mit den Fingern auf die Tischplatte. Das Warten machte ihn noch verrückt. Seit Tagen war es ihm nicht möglich, still zu sitzen. Mehrmals hatte er zum Handy gegriffen, doch er hatte noch vor dem ersten Klingeln die Verbindung unterbrochen.

Wie hatte er Charlotte nur dieser Gefahr aussetzen können!

Sicher, sie war eine toughe Frau, die mit beiden Beinen im Leben stand. Doch die Situation, in die er sie gebracht hatte, war unverantwortlich.

Doch er brachte es auch nicht über sich, sie anzurufen und sie zu bitten, ihre Unterhaltung und ihr Treffen in dem Café zu vergessen. Sie würde es nicht vergessen, genauso wenig wie er das Gespräch vergessen konnte.

Knapp drei Wochen waren seit ihrer ersten Begegnung nach fast fünfundzwanzig Jahren vergangen. Drei Wochen, in denen er das Gefühl hatte, von seiner Vergangenheit überrollt worden zu werden. All der Schmerz, den er vergessen glaubte, die Verzweiflung, die Wut. Sie hatten ihn eingeholt und er war nicht auf die Macht der Gefühle vorbereitet gewesen, die von ihm Besitz ergriffen hatten.

Charlotte ahnte von all dem nichts. Sie konnte nicht ahnen, welches Chaos sie mit ihrer E-Mail in ihm ausgelöst hatte.

Zufällig hatten sie sich in dem Café getroffen. Sie kannten sich noch aus der Schulzeit. Sie hatten sich nie besonders nahe gestanden. Wenn er heute an Charlotte dachte, musste er schmunzeln. Charlotte stand für ihn für den Inbegriff von Chaos, Unruhe und ein freches Mundwerk. Er dagegen wollte mit seinen Kumpels abhängen, Billard spielen und cool sein.

Zweimal hatten sie sich noch auf den obligatorischen Klassentreffen gesehen. Er erinnerte sich, wie er beim zweiten Treffen vor seinen ehemaligen Mitschülern über seine angehende Karriere als Superbulle geprahlt hatte. Kurze Zeit später hatte er Ruth kennengelernt und schon bald hatte er sich in ihre Heimatstadt Bremen versetzen lassen und sie geheiratet. Mit dem Umzug verschwanden auch die Kontakte zu seinen ehemaligen Mitschülern. An Charlotte hatte er in all den Jahren nicht einmal gedacht. Sie hatten weder die gleichen Freunde noch die gleichen Interessen gehabt und sie spielte keine Rolle in seinem Leben.

Dementsprechend erstaunt war er, als sie ihn in dem Café ansprach. Er brauchte einige Augenblicke, bis er wusste, wer ihm gegenüberstand, während sie ihn auf den ersten Blick erkannt hatte. Er war nicht der Caféhaustyp und so wollte er, so schnell es ging, mit einem Kaffee To Go auch wieder aus den Laden mit der reichlichen Kuchenauslage und den kleinen gediegenen Tischchen verschwinden.

„Peter", hatte Charlotte gerufen, als sie ihn erblickte.

Erstarrt war er stehen geblieben. Er konnte sich nicht erinnern, wann ihn zum letzten Mal jemand mit diesem Namen angesprochen hatte. Seine Freunde und Kollegen nannten ihn alle Sterns. Fremde redeten ihn mit seinem richtigen Namen Sternberg an. Für ihn war es selbstverständlich gewesen, sich auch seinen neuen Kölner Kollegen mit seinem Spitznamen Sterns vorzustellen, als er vor drei Jahren zurück nach Köln gekommen war. Peter nannte ihn niemand. Der Name klang nach einer Zeit, die nicht mehr zu ihm gehörte.

Dann erblickte er Charlotte.

Sie schien erfreut zu sein, ihn zu sehen. Er erinnerte sich, dass er gelangweilt nach einer Ausrede gesucht hatte, um das Café wieder verlassen zu können. Er hatte keine Lust gehabt, sich mit dieser Frau zu unterhalten, doch sie ließ ihm keine Chance. Ehe er sich versah, saß er an einem der kleinen runden Tischchen. Dann dauerte es nicht lange und sie begann von ihrem neuen Job in dieser Nobelklinik, am Stadtrand von Köln, zu erzählen. Eine Klinik für Menschen mit viel Geld. Sterns verband damit Schönheitschirurgie und sinnloses Rumgeschnibsel.

Immer wieder hatte er verstohlen auf seine Armbanduhr gesehen. Er hatte keine Lust gehabt, Charlotte zuzuhören. So schnell wie noch nie griff er zu seinem Handy, als es in seiner Brusttasche zu vibrieren begann. Der Name seines Chefs war auf dem Display zu lesen. Normalerweise wäre er hiervon wenig begeistert gewesen, doch nun in dieser unangenehmen Situation war der alte Krause wahrlich die bessere Alternative. Dementsprechend euphorisch klang auch seine Stimme, als er sich meldete.

„Sterns", nannte er seinen Namen.

Keine zwei Minuten später stand Sterns auf der Straße und steuerte zügig auf sein Auto zu, das einige Meter weiter geparkt stand. Es gab neue Erkenntnisse von Europool zu einem Prostituiertenring, den sie schon länger im Auge hatten, und der Alte hatte ihn gebeten, sofort aufs Revier zu kommen. Eine bessere Gelegenheit, um schnell von Charlotte loszukommen, würde sich ihm nicht bieten. Als er ein paar Sekunden später im Auto saß und durch die Stadt fuhr, hatte er sie bereits vergessen.

Dann, nach nur wenigen Tagen, war diese E-Mail von Charlotte gekommen. Als er sich überhastet von ihr verabschiedete, hatte sie ihn um seine E-Mail-Adresse gebeten. Schnell und ohne groß nachzudenken, hatte er sie auf einen Zettel geschrieben. Auch das hatte er vergessen. Seit dieser sonderbaren E-Mail wachte er jede Nacht schweißgebadet auf.

Immer wieder sah er Ruth vor sich.

Widerwillig hatte er die E-Mail geöffnet. In Erwartung irgendeiner Einladung zum Austausch von gemeinsamen Schulerinnerungen, war er wenig begeistert, Charlottes Worte zu lesen. Doch dann las Sterns irgendwann das Wort „Transplantation" und erstarrte auf seinem alten Bürostuhl. Immer wieder las er Charlottes Worte, in denen sie von außergewöhnlich vielen Patienten für Transplantationen bei ihnen in der Klinik schrieb. Und immer wieder schweiften seine Gedanken bereits nach kurzer Zeit ab. Sein Herz zog sich schmerzhaft zusammen und er war wieder bei Ruth.

Wie glücklich waren sie in Bremen gewesen! Ruth studierte und wollte Lehrerin werden und er schaffte es bereits nach wenigen Dienstjahren bei der Kriminalpolizei, zum Kommissar aufzusteigen. Sie träumten von Kindern, von einem Haus mit einem Apfelbaum im Garten und einem Hund, der mit ihnen herumtollte. Das Leben schien leicht und rosig zu sein.

Dann von einem Tag auf den anderen war dieses leichte unbeschwerte Leben vorbei.

Es war eines dieser heißen drückenden Wochenenden. Kein Windhauch schenkte ihnen eine kleine Abkühlung. Ruth fühlte sich bereits beim Aufstehen nicht richtig wohl.

„Ich bekomme wohl eine Erkältung", mutmaßte sie. Sie fühlte sich schlapp und träge.

„Lass uns einen Spaziergang machen", schlug Sterns schließlich vor. „Vielleicht bringt das deinen Kreislauf etwas in Schwung." Mit diesen Worten und dem Vorsatz, sich auf dem Rückweg ein großes kühlendes Eis zu gönnen, machten sie sich auf den Weg.

Nach gerade mal zweihundert Metern brach Ruth zusammen. Mit Krankenwagen und Blaulicht endete ihr Spaziergang in der Notaufnahme des Krankenhauses.

Ruth hatte einen schweren Herzinfarkt nur knapp überlebt. Doch ihr Herz war irreparabel geschädigt. Sie wurde als besonders dringlich auf alle nur erdenklichen Listen für Organspenden gesetzt. Ruth brauchte ein neues Herz, bevor ihr altes komplett versagte.

Sterns erinnerte sich an die beiden schrecklichen Jahre, die nun gefolgt waren. Er hatte alle nur denkbaren Stellen angerufen und um ein Herz für seine geliebte Frau gebettelt. Er hatte es mit Drohungen und Erpressungen versucht und all seine Verbindungen spielen lassen.

Nichts.

Es stand kein geeignetes Herz für Ruth zur Verfügung und mit jedem noch verbleibenden Herzschlag schien etwas von ihrer einstigen Lebenskraft verloren zu gehen. Mit jedem Tag wurde sie schwächer. Als ihr Herz schließlich seinen letzten Schlag tat, hielt er ihre kalte Hand in der seinen. Die Tränen liefen über sein raues unrasiertes Gesicht.

Auch sein Herzschlag hatte sich mit diesem Augenblick verändert. Es schien langsamer, kälter, einsamer zu schlagen. Sterns einst fröhliches ungestümes Wesen verschwand und mit der Zeit wurde er zu einem analytischen, harten und oftmals zynischen Polizisten, dem man einen klaren und präzisen Verstand nachsagte, den aber niemand wirklich mochte. Er war ein einsamer Mann, der sich oftmals selbst zu viel war.

All das holte ihn ein, als er Charlottes Worte las. Kurze Zeit später verließ er das Revier. Geradewegs kehrte Sterns in der kleinen Eckkneipe ein. Stumm setzte er sich an die Bar. Der Mann hinter dem Tresen kannte Sterns gut genug, um ihn nicht anzusprechen, sondern stellte ihm kommentarlos ein Bier hin.

Am nächsten Morgen war er mit einem mächtigen Kater aufgewacht. Sein Kopf dröhnte. Vollkommen bekleidet lag er auf seinem Sofa. Seine Katze Pauline, mit der er seit seinem Rückzug nach Köln gemeinsam diese kleine Wohnung teilte, schaute ihn vorwurfsvoll an. Pauline hatte Hunger. Mühsam richtet er sich auf. Sein Kopf schien platzen zu wollen.

Mit einem Mal erinnerte er sich wieder an die E-Mail.

In den nächsten Stunden verschwanden seinen Kopfschmerzen und der Kummer brach mit aller Macht über ihn herein. Die letzten sechs Jahre hatte er die Wut und den Schmerz zu unterdrücken versucht. Nun war beides wieder da und es tat noch genauso weh, wie an Ruths letztem Tag.

Doch nach und nach drangen auch Charlottes Worte in sein Bewusstsein. Sie hatte von Transplantationen, von viel Geld und einer merkwürdigen Anhäufung von Operationen geschrieben.

Als sein Kater und seine Kopfschmerzen endgültig verschwunden waren, kamen immer mehr sein beruflicher Spürsinn und der klare Analytiker hervor. Irgendetwas sagte ihm, dass an Charlottes Worte etwas dran war und faul mit dieser Klinik sein musste. Er setzte sich an seinen Computer und öffnete die Homepage der Klinik. Die Klinik ‚Am Wald' sah eher wie ein Nobelhotel und nicht wie ein Krankenhaus aus. Sie schienen ausschließlich Privatpatienten und Selbstzahler zu bedienen. Versorgung auf höchstem Niveau wurde versprochen.

Unter der Überschrift „Mehr als operieren" wurde vorgestellt, dass sich die Klinik auf chirurgische Eingriffe spezialisiert hatte. Sterns klickte auf die Seite „Leistungsspektrum". Wenn er es recht verstand, bot die Klinik alle chirurgischen Eingriffe an, die irgendwas mit Organen, Darm- und Baucherkrankungen zu tun hatten. Vieles verstand er nicht, doch er erkannte, dass die Klinik neben der allgemeinen Chirurgie, die Transplantation von verschiedenen Organen wie Leber, Nieren und Herz anbot. Mehr als eine Stunde klickte sich Sterns durch die Seiten der Klinik. Alles sah edel und teuer, aber auch stocksolide aus. Sterns war diese Art, Reichtum und Geld zur Schau zu stellen, zuwider, doch trotzdem musste er sich eingestehen, dass er nichts Illegales gefunden hatte.

Mit einem Seufzer stand er auf. Sein Kopf protestierte bei der schnellen Bewegung. Er war noch nicht wirklich fit, doch sein Spürsinn hatte ihn eingeholt. Er konnte sich die chaotische Charlotte mit dem losen Mundwerk nun wirklich nicht in dieser Klinik vorstellen. Was er sich jedoch vorstellen konnte, war, dass dort in dem weiß getünchten Gebäude Menschen mit viel Geld aus und ein gingen. Geld, das man vielleicht bereit war, für ein Organ auf die Schnelle über den Tresen zu schieben.

Er ging ins Bad und schaute sich im Spiegel an. Er sah schrecklich aus. Mit dem Finger strich er sich durch die zerzausten Haare. Er brauchte dringend eine Dusche.

Dreißig Minuten später fühlte sich Sterns halbwegs wieder wie ein Mensch. Er griff zu seiner Lederjacke und verließ seine Wohnung. Auch wenn heute sein freier Tag war, musste er ins Revier. Er wollte checken, ob er irgendetwas über diese Klinik, Lorenz oder seinen Kollegen finden konnte.

„Was machst du denn hier?", staunte seine Kollegin Nina, mit der er sich das Büro teilte. Büro war übertrieben. Der Raum war ehemalig einmal als Einzelbüro gedacht gewesen. Doch aus Platzmangel hatte man einen zweiten Schreibtisch in den Raum gequetscht.

Wenn er zu seinem Platz wollte, musste seine Kollegin aufstehen und ihn vorbeilassen. Sie kamen damit zurecht. Ihr Job spielte sich nur selten lange im Büro ab. Meistens waren sie unterwegs und außerhalb mit ihren diversen Fällen beschäftigt.

Sterns quetschte sich an seiner Kollegin vorbei und schaltete seinen Computer an. Es dauerte eine Weile, doch dann konnte er mit seinen Recherchen beginnen.

Frustriert blickte er gut zwei Stunden später von seinem Bildschirm auf. Nina hatte zwischenzeitlich das Büro verlassen. Wohin sie gegangen war, wusste er nicht. Sie waren Kollegen und konnten gut miteinander umgehen. Doch ein richtiges Team, wie man es aus den zahlreichen Fernsehsendungen kannte, waren sie nicht. Es lag nicht an Nina. Sie hatte sich alle

Mühe gegeben, mit Sterns das perfekte Team zu sein. Es lag an ihm. Er war lieber mit sich und seinen Gedanken alleine.

Er war so vertieft in seine Nachforschungen gewesen, dass er nur am Rande bemerkt hatte, dass sie weg war.

Es war frustrierend. Die letzten paar Stunden hatte er damit verbracht, die Seiten der Polizei NRW und der Bundespolizei zu durchforsten. Nichts.

Lorenz und sein Geschäftspartner Wagner schienen so sauber zu sein wie die Wäsche in einer Waschmittelwerbung. Die beiden tauchten in keiner Datenbank auf. Nicht einmal einen Punkt in Flensburg hatten sie vorzuweisen. Schließlich hatte er sich sogar an Europool gewandt, doch auch dort hatte man noch niemals etwas mit einem der beiden zu tun gehabt.

Lorenz und sein Partner waren sauber.

Doch trotzdem konnte er die Gedanken an die Klinik und an Charlotte nicht aus seinem Kopf vertreiben. Was wäre, wenn in dieser Klinik wirklich illegal Organe transplantiert würden? Vielleicht war gerade hier in dieser Nobelklinik Ruths Herz an jemanden verscherbelt worden, der mehr Geld dafür geboten hatte, als die gesetzliche Krankenversicherung seiner Frau zu zahlen bereit gewesen war.

Sterns war sich bewusst, dass seine Erinnerungen und Emotionen ihm nicht helfen würden, den „Fall" objektiv zu betrachten. Außer Charlottes Worten gab es nichts, was auf ein Verbrechen hinwies. Mit einem tiefen Seufzer fuhr er den Computer runter. Es machte keinen Sinn, sich weiter mit dem Fall zu beschäftigen, und so beschloss er, Charlottes E-Mail aus seinen Gedanken zu verbannen und keinem Hirngespinst hinterher zu laufen.

Der Vorsatz hielt nicht lange an. Überall sah er Ruth und bei jedem Menschen, dem er auf der Straße begegnete und der nach Geld aussah, fragte er sich, ob er vielleicht Ruths mögliches Herz in sich trug.

So sehr er sich bemühte, er konnte Charlottes Mail nicht vergessen. Ein paar Tage später griff er zum Hörer.

Er musste Gewissheit haben. Wenn sich Charlottes Worte, so wie er vermutete, als blanker Unsinn herausstellten, konnte er vielleicht auch wieder etwas zu Ruhe kommen und mit der Vergangenheit abschließen.

Er war überrascht, wie sehr sie sich zierte, sich mit ihm zu treffen. Beim ersten zufälligen Treffen war er es gewesen, der nicht schnell genug dieses furchtbare Café verlassen konnte. Nun war es an ihm, sie zu einem weiteren Treffen zu überreden.

*

Er raufte sich die Haare. Eine Woche war nun seit ihrem zweiten Treffen vergangen. Das Treffen, in dem er Charlotte gebeten hatte, nach Spuren zu suchen und eventuell Auffälligkeiten in der Buchhaltung der Klinik zu finden.

Um Himmels Willen, um was hatte er sie da gebeten?

Das war sein Job und nicht der einer Krankenschwester. Wie unprofessionell und unverantwortlich war er, sie in dieser Klinik herumschnüffeln zu lassen. Falls wirklich etwas an dieser Organgeschichte dran war, würden die verwickelten Personen nicht mit sich spaßen lassen. Sollte es sich jedoch lediglich um eine verrückte Charlotte-Geschichte handeln, könnte sie ihre Schnüfflerei den Job kosten. Sein Handeln war unverantwortlich und mehr als einmal wollte er sie anrufen und sie bitten, die Sache auf sich beruhen zu lassen.

Doch dann sah er Ruth vor sich, wie sie von ihm ging, als ihr Herz zum letzten Mal schlug.

Der Kaffee, den er sich vor einer Stunde aus der Teeküche geholt hatte, war längst kalt. Um ihn herum herrschte die übliche Betriebsamkeit eines normalen Montagmorgens. Er und seine Kollegen hatten genug zu tun und er konnte es sich nicht leisten, unkonzentriert in den Fällen rumzustümpern, in denen er die Verantwortung trug.

Er seufzte und las seine Mails. Mensel von der Autopsie hatte ihnen gerade den Obduktionsbericht von der jungen Prostituierten gemailt, die ein junger Mann am Samstag gefunden hatte. Der Mann hatte sich nur kurz auf dem Autobahnrastplatz an der A4 nahe Köln erleichtern wollen, als er die Leiche der jungen Frau hinter ein paar Büschen entdeckt hatte. Das Mädchen war übel zugerichtet gewesen.

Sterns öffnete den Bericht und las diesen, während seine Kollegin Nina unterwegs war, um die Identität der Leiche zu klären.

Laut Bericht war das Mädchen zwischen 18 und 21 Jahre alt. Vermutlich stammte sie aus einem der osteuropäischen Länder, wie so viele junge Prostituierte. Das Verbrechen an der jungen Prostituierten war nur einer von knapp einem Dutzend ungelöster Mordfälle, die derzeit auf Sterns Schreibtisch lagen.

Sterns seufzte. Während er den Bericht zu lesen versuchte, schweiften seine Gedanken immer wieder zu Charlotte und ihrer Geschichte ab.

Gedankenverloren gab er gefühlt zum tausendsten Mal den Begriff „Illegale Organspende" bei Google ein.

Das Netz war voll von Berichten von illegalen Transplantationen. Es schien, als gäbe es einen riesigen Markt für dieses blutige Geschäft. Die Nachfrage nach Organen war größer als das Angebot und wie immer bei Warenknappheit gab es illegale Möglichkeiten, um seinen Bedarf zu stillen. Sterns las von einem Jungen in China, der eine Niere verkauft hatte, um sich ein neues Smartphone zulegen zu können. Doch das war nur einer der harmlosen Berichte.

Den Berichten zufolge wurden jedes Jahr rund 60.000 Nieren verpflanzt, wovon nur zwanzig Prozent der Operationen auf legalem Weg abgewickelt wurden.

Sterns starrte auf seinen Bildschirm. Die Hektik um ihn herum nahm er nicht wahr. Völlig gefangen, öffnete er eine Datei nach der anderen. Illegal Organe zu transplantieren, war grundsätzlich in allen Ländern verboten. Doch die Polizei war machtlos. Die Auslegung der Illegalität wurde in den Ländern unterschiedlich gehandhabt und so hatte sich eine regelrechte Organindustrie entwickelt. Gerade die Ärmsten der Armen schienen dem florierenden Geschäft häufig zum Opfer zu fallen. Hauptsächlich die südamerikanischen Länder, wie aber auch China schienen gut im Geschäft zu sein. Familienväter verkauften die Organe ihrer Kinder, um das Überleben der anderen Familienmitglieder zu sichern. Ein anderer Bericht informierte über einen regelrechten Menschenschmuggel von Kindern in Südamerika mit dem Ziel, deren Organe an gut zahlende Kunden in den westlichen Staaten zu verkaufen. Diese geschmuggelten Kinder schienen, wie Vieh, regelrecht ausgeweidet zu werden. Anscheinend ließen sich die Behörden an den südamerikanischen Flughäfen mit einem ordentlichen Geldbetrag bestechen. Die Spenderkinder wurden für tot erklärt und zur Überführung an irgendwelche imaginären Verwandten in dem Empfängerland freigegeben. So schaffte man sich die zeitliche

Flexibilität, um die Organe passgenau entnehmen zu können. Mit dem nötigen Kleingeld an den passenden Stellen schien alles realisierbar zu sein. Sterns schauderte, wenn er an das Leid der „Spender" dachte und daran, wie viele Menschen an den Organen der Opfer verdienten.

Er las, dass es in China früher üblich gewesen sei, die Organe von hingerichteten Straftätern zu veräußern.

„Gibt es etwas Neues?" Sterns schreckte zusammen, als ihn Nina ansprach.

„Was?", fragte er abwesend.

„Na, im Zusammenhang mit unserer kleinen Prostituierten von Samstag."

Sterns schaute auf die alte Wanduhr, die irgendwann einmal jemand über die Eingangstür gehängt hatte. Mit den Jahren schien selbst das Zifferblatt in dieser trostlosen Umgebung gelblich angelaufen zu sein. Gut eine Stunde hatte er sich durch die Vielzahl der Berichte über die illegale Organtransplantation geklickt.

Das ermordete Mädchen vom Parkplatz hatte er völlig vergessen. Wie ertappt, öffnete er erneut Mensels Mails und versuchte, auf die Schnelle die wesentlichen Inhalte zu erfassen.

„Sie ist wohl stranguliert worden, nachdem man sie vergewaltigt und zusammengeschlagen hat." Das Schicksal des Mädchens schockierte die beiden Kommissare nicht mehr. Zu viele dieser Fälle hatten sie schon auf dem Tisch gehabt. Die meisten davon blieben ungelöst. Viele Mädchen kamen aus Osteuropa und verdienten hier ihr Geld auf der Straße oder in den Bordellen der Stadt. Die meisten waren illegal in Deutschland und selten wurde ein Mädchen als vermisst gemeldet. Eins ging, drei Neue kamen. Ein Kreislauf, der den Polizisten ihre Macht-losigkeit aufzeigte.

„Und bei dir?", fragte Sterns seine jüngere Kollegin.

„Nichts. Niemand in der Szene scheint sie zu kennen", nach-denklich blickte Nina in ihre Unterlagen. „Zudem scheint es zurzeit auch keine Streitereien zwischen den Zuhältern zu ge-ben."

„Vielleicht ein Unfall bei einem Kundenbesuch." Auch das war eine der grausigen Wahrheiten in ihrer täglichen Polizeiarbeit. Die Mädchen waren sowohl ihren Freiern als auch ihren Zuhäl-tern hilflos ausgeliefert. Wer zahlte, konnte mit den jungen Frauen machen, was er wollte.

Nicht anders als bei den Kindern, die den Menschenschmugglern in die Hände fallen, dachte Sterns. Auch diese Menschen waren ihren Mördern hilflos ausgeliefert.

Nina setzte sich an ihren Schreibtisch und dokumentierte ihre ergebnislose Suche nach der Identität der jungen Frau in ihrem Computer.

Sterns öffnete die Seiten von Europol und las dort, was seine Kollegen zu dem Thema „illegale Organspende" zusammenge-tragen hatten.

Das illegale Geschäft schien in Europa zu florieren. Von Süd-amerika, dem Kosovo bis hin nach Bangladesch schien Europa ein reizvoller Markt zu sein, um Organe illegal zu verkaufen. Europol hatte in der Vergangenheit bereits eine Reihe von Ärz-ten und Kliniken in Europa der Transplantation von illegalen Organen überführt. Darüber hinaus schien sich ein regelrechter Organtourismus entwickelt zu haben. Kranke Menschen verreisten und kamen mit einem neuen Organ in ihr europäisches Heimatland zurück.

Auf den Seiten der Bundespolizei fand er Einträge von Kliniken, die durch Manipulation der Spenderlisten ihre Patienten mit passenden Organen versorgt hatten. Sterns las, dass sich sowohl Ärzte von staatlichen Kliniken ein Zubrot verdienten, aber auch einige private Kliniken auffällig geworden waren.

Noch einmal rief Sterns die Seiten der Klinik ,Am Wald' auf. Erneut betrachtete er die Gesichter von Dr. Manfred Lorenz und Dr. Martin Wagner. Breit und selbstgefällig lächelten sie in die Kamera. Alles stank nach Geld. Reich und zufrieden mit sich und ihrer Arbeit schienen sie zu sein.

Sterns fiel es in diesem Augenblick nicht schwer, sich diese beiden selbstzufriedenen Männer im Netz der illegalen Transplantation vorzustellen. Er wusste, welche kriminellen Energien Geld auslösen konnte. Sollte die Geschichte nicht nur auf Fantasien beruhen, würde eine regelrechte Mafia hinter der Sache stecken, die nicht mit sich spaßen ließ. Lorenz und Werner waren, wenn überhaupt, nur die kleinen Fische am Ende einer langen, gut organisierten Kette.

Brauchte ein Patient ein Organ, wurde er auf einer sogenannten Warteliste durch ein Transplantationszentrum aufgenommen. Hierzu wurden alle nötigen medizinischen Daten des Patienten gespeichert und an das europäische Institut „Eurotransplant" übermittelt. Nun hieß es auf das passende Spenderorgan zu warten. Festgelegte Plätze gab es auf der Warteliste nicht. Ein Computersystem traf anhand von medizinischen Kriterien und der Wartezeit des Patienten die Entscheidung, wem ein vorliegendes Organ transplantiert und damit vielleicht das Leben neu geschenkt wurde.

Nachdenklich blickte der Kommissar auf den Bildschirm. An den medizinischen Spezifikationen kam kein Patient vorbei. Die mussten stimmen. Er konnte sich jedoch vorstellen, dass sich an der Wartezeit mit einer schönen Summe Geld etwas drehen ließ.

Konnte es sein, dass Lorenz und Werner in der Lage waren, die Wartelisten im Sinne ihrer Patienten und ihres Portemonnaies zu manipulieren? Wie war es möglich, „Eurotransplant" und das Computersystem zu hintergehen?

Sterns wusste nur zu gut, dass sich mit einem Bündel Geld einiges machen ließ. Zudem war es auch möglich, dass Lorenz die Daten seiner Kunden so manipulierte, dass sie auf der Warteliste als besonders dringlich eingestuft wurden.

Wieder rief er die Bilder von Lorenz und Werner mit ihrem breiten Lächeln auf. „Wartet, ihr beiden, wenn ihr Dreck am Stecken habt, werde ich es herausfinden."

„Was hast du gesagt?", fragte Nina und blickte ihn über den Rand ihres Bildschirmes an. Sterns war sich nicht bewusst gewesen, dass er die letzten Worte laut ausgesprochen hatte.

Er hielt ein wenig inne. Eigentlich wollte er seiner Kollegin nichts von seinen Befürchtungen erzählen, aber er wusste, dass er ihre Hilfe brauchen würde, wenn an der Sache wirklich etwas dran sein sollte.

„Ich habe einen Hinweis von einer alten Schulfreundin bekommen, dass eine Klinik hier in Köln vielleicht etwas mit illegalen Organspenden zu tun haben könnte." Er versuchte, seiner Stimme einen beiläufigen und nebensächlichen Klang zu geben.

Nie hatte Sterns Nina gegenüber Ruth erwähnt, doch sie kannte die Gerüchte, die um ihn und seine Versetzung von Bremen nach Köln kreisten. Zudem war ihr sehr wohl aufgefallen, dass er die letzten Tage nicht bei der Sache gewesen war und er gedanklich weit weg von ihren Fällen zu sein schien.

Sterns fing zu erzählen an. Zuerst wusste er gar nicht, wo er beginnen sollte. Doch dann kamen die Worte flüssig über seine Lippen. Einmal angefangen konnte er nicht mehr aufhören. Nina saß still auf ihrem Platz und hörte ihm zu. Sie hatte immer schon vermutet, dass hinter dem unnahbaren Kollegen eine Geschichte gärte, die ihn zu dem Mann gemacht hatte, der er heute war. Er redete und redete. Die Worte und sein Kummer mussten aus ihm heraus. Auch wenn er am Anfang nicht mehr gewollt hatte, als seine Kollegin ins Boot zu holen, redete er sich nun, nach all den Jahren, seinen Kummer von der Seele. Noch nie zuvor hatte er einem Menschen einen so tiefen Einblick in sich und sein Leben gegeben.

Als er endete, war es eine ganze Weile still in dem winzigen Büro. Selbst die Geräusche, die der Alltag der Polizeistation mit sich brachte, schienen nur seltsam gedämpft zu ihnen durchzudringen.

Nina schaute Sterns an. Sie war erschüttert. Erschüttert von Sterns Geschichte, aber auch von dem „Fall", in den er sich vielleicht verrannt hatte.

Sie war sich bewusst, welches Vertrauen ihr Sterns gerade geschenkt hatte. Auf der anderen Seite war sie sich jedoch nicht sicher, ob Sterns nach seinen Erlebnissen überhaupt in der Lage war, die Situation objektiv einzuschätzen.

Sterns saß auf seinem alten Bürostuhl und schaute auf seine Hände, die verschränkt in seinem Schoß lagen. Zu gerne hätte sie seine Hände in die ihren genommen und ihm etwas Trost und Nähe gespendet. Doch sie hatte eine Ahnung, dass sie damit die gerade begonnene Vertrautheit und Verbundenheit zerstört hätte.

Sterns hatte ihr seine Geschichte erzählt, aber sie fühlte, dass er trotzdem immer der einsame Wolf sein würde, zu dem ihn seine Vergangenheit gemacht hatte.

So blieb sie abwartend sitzen und blickte ihren Kollegen an. Sterns schien seinen eigenen Gedanken nachzuhängen. Traurig, verwundbar und alt sah er in diesem Moment aus.

Als das Telefon klingelte, zuckten beide zusammen. Sterns nahm den Hörer nicht ab, das Geräusch hatte ihn allerdings zumindest aus seinen Gedanken gerissen und in die Realität zurückgeholt.

„Alles okay mit dir?", fragte Nina ihren älteren Kollegen. Er schien sich leicht zu schütteln. Ein einsamer Wolf, der seine Wunden leckte.

„Ja, alles okay." Er schaute Nina mit unsicherem Blick an. Er war sich nicht sicher, ob er mit seiner Geschichte zu weit gegangen war. Noch nie, seit Ruths Tod, hatte er sich einem Menschen so weit geöffnet. Er fühlte sich wehrlos und verwundbar.

Nina kannte Sterns gut genug, um seine Gefühle einschätzen zu können. Wenn sie jetzt versuchen würde ihm Trost zu spenden, würde er erneut hinter seiner Mauer verschwinden. Sie versuchte, ihrer Stimme einen professionellen Klang zu geben, und gab sich entschieden cooler, als sie sich in diesem Moment fühlte.

„Gehst du davon aus, dass Charlotte nun tatsächlich in der Klinik herumschnüffeln wird?", stellte sie die Frage, die ihr mehr als Unbehagen bereitete.

„Ja. Mit Sicherheit. Schon in der Schule war sie total neugierig und hat sich in alles eingemischt."

„Kannst du sie anrufen und sie bitten, die Sache auf sich beruhen zu lassen?"

Resigniert schüttelte Sterns den Kopf. Er wusste, dass seine Bitte unverantwortlich gewesen war. Doch er wusste auch, dass sich Charlotte nicht von ihrem Vorhaben abbringen lassen würde. Weder Angst noch Zurückhaltung brachte er mit ihr in Verbindung. Würde er sie bitten, keine weiteren Nachforschungen anzustellen, würde es sie wahrscheinlich nur noch weiter aufstacheln.

„Du kannst die Sache aber nicht einfach so laufen lassen", appellierte Nina an ihren Kollegen. „Wenn sie sich nicht aufhalten lässt, können wir daran auch nichts ändern, aber wir müssen es immerhin versuchen", redete Nina auf Sterns ein.

Er wusste, dass seine Kollegin recht hatte. Mit einem tiefen Seufzer nahm er den Telefonhörer in die Hand.

„Hallo, hier ist Charlotte. Ich kann das Gespräch leider im Moment nicht annehmen, aber wenn Sie mir eine Nachricht hinterlassen, rufe ich Sie zurück." Sterns seufzte auf. Selbst die Stimme auf dem Anrufbeantworter strahlte Hektik und übertriebene Aktivität aus. Er hinterließ seinen Namen und die Bitte, ihn zurückzurufen.

Sterns hoffte, dass sie sich in diesem Moment um ihre Patienten kümmerte, doch im Geiste sah er sie vor irgendwelchen Verfolgern davonlaufen. Er wusste, dass er mit seiner Bitte Mist gebaut hatte, und fühlte sich hundsmiserabel.

Wenn Charlotte etwas passierte, ging das auf sein Konto.

Himmel, wie hatte er sich nur zu solch einer unprofessionellen Bitte hinreißen lassen können!

Er sah zu Nina hinüber. Konzentriert schaute sie auf ihren Bildschirm.

Sie hatte die Homepage der Klinik ‚Am Wald' geöffnet.

Sterns hatte einen schweren Fehler begangen, doch er wusste, dass er mit Nina eine erfahrende Kollegin an der Seite hatte. Er war ehrlich genug zu sich selbst, um sich einzugestehen, dass ihm seine Professionalität im Moment etwas abhandengekommen war.

*

Drei Tage waren seit seinem erfolglosen Anruf bei Charlotte vergangen. Er hatte es noch einige Male probiert, doch immer meldete sich nur Charlottes Anrufbeantworter. Einmal hatte er es nicht mehr ausgehalten und war zur Klinik ‚Am Wald' gefahren. Natürlich hatte er sie nicht gesehen. Alles wirkte friedlich. Das Anwesen sah nicht nach einer Klinik, sondern eher wie das Anwesen eines reichen Industriellen aus. Neben dem Gebäude führte eine Einfahrt in eine Tiefgarage hinab. Somit verschandelte selbst kein Besucherparkplatz die satten Rasenflächen, die das Gebäude umgaben. Lediglich eine breite Auffahrt gewährte Zugang zu dem stattlichen Haus. Die großen ausladenden Eichen und Linden spendeten nicht nur im Sommer Schatten, sondern machten dem Namen der Klinik alle Ehre. Alles schaute ruhig aus.

Frustriert schlug Sterns mit der Faust auf das Lenkrad.

Seine Vorwürfe und Sorgen machten ihn rasend. Er war versucht, seinen Wagen zu verlassen und in der Klinik nach Charlotte zu fragen, doch er wusste, dass er sie damit nur noch mehr in Gefahr brachte.

Schließlich wendete er und fuhr in die Stadt zurück. Eigentlich war sein Ziel das Polizeirevier gewesen, doch dann entschloss er sich, an Charlottes Wohnung vorbeizufahren. Er hatte Glück und fand eine Parklücke direkt vor dem Haus, in dem Charlotte wohnte. Das denkmalgeschützte Haus aus der Gründerzeit passte für Sterns so gar nicht zu der unruhigen und hektischen Charlotte, die er aus seiner Schulzeit in Erinnerung hatte.

Er drückte auf die Klingel und wartete. Nichts.

Er ging auf die andere Straßenseite und schaute zum zweiten Stock hinauf in der, nach der Anordnung der Klingeln zu urteilen, Charlottes Wohnung liegen musste. Es war alles dunkel. Weder Charlotte noch ihre Tochter schienen zu Hause zu sein.

Sterns blieb noch ein paar Minuten stehen und beobachtete das Haus und die nähere Umgebung.

Alles wirkte ruhig und normal. Ein paar Passanten gingen an dem Haus vorbei. Doch niemand schien sich für das Haus oder für Charlotte zu interessieren.

Sterns wusste nicht, ob ihm einfach sein schlechtes Gewissen einen bösen Streich spielte, doch das beklemmende Gefühl, das ihn auch schon an der Klinik beschlichen hatte, wollte nicht weichen.

*

„Nina. Ich kann es ja auch nicht erklären ...", er bemerkte an dem skeptischen Blick seiner Kollegin, dass seine Geschichte sehr zweifelhaft klang, „doch ich fühle, dass irgendetwas nicht stimmt." Nina gefiel die ganze Geschichte nicht. Bisher war sie sich noch nicht einmal sicher, ob sie nicht hinter den Geistern von Sterns Vergangenheit herjagten. Sie zweifelte, ob ihr sonst so erfahrener Kollege mit der nötigen professionellen Distanz an die Sache heranging. Wie so oft in den letzten Tagen fragte sie sich, ob sich Sterns nicht unbedingt eine kriminelle Machenschaft hinter der Klinik ‚Am Wald' wünschte. Insgeheim vermutete sie, dass Sterns indirekt die beiden Eigentümer und Chefärzte der Klinik für Ruths Tod verantwortlich machte. Auf der anderen Seite kannte sie Sterns als klaren, knallharten Polizisten, der über einen ausgeprägten Spürsinn und ein ausgezeichnetes Bauchgefühl verfügte. Unter anderen Bedingungen hätte sie sein Gefühl nicht einen Moment infrage gestellt. Doch im Moment wusste sie nicht, wie sie die Situation einschätzen sollte.

War Charlotte in Gefahr, oder hatte sie einfach keine Lust, mit Sterns zu telefonieren? Sie war ratlos, als Sterns Handy vibrierte. In seiner Hektik ließ er das Telefon beinahe fallen.

„Sterns", meldete er sich und seine Stimme klang, als wenn er gerade drei Stockwerke hinaufgerannt wäre.

Konzentriert lauschte er auf die Stimme am anderen Ende.

Nina hörte gespannt zu. Auch wenn Sterns keinen Namen nannte, wusste sie, dass er mit Charlotte telefonierte.

„Wann?", fragte er. Offensichtlich wollte sich diese Frau mit Sterns treffen.

„Bitte lass es gut sein!" Eindringlich klang Sterns Stimme. „Charlotte, ich hätte dir das Ganze niemals zumuten dürfen." Wieder redete die Stimme am anderen Ende der Leitung. „Ja, ist gut." Sterns drückte auf die rote Taste seines Handys und das Gespräch war beendet.

„Sie hat die Informationen." Sterns stand auf und griff zu seiner Jacke. „Ich treffe mich morgen mit ihr in unserem Café."

Sterns war es überhaupt nicht recht, dass Nina ihn begleiten wollte. Doch sie hatte sich nicht abschütteln lassen und somit gingen sie nun gemeinsam über die Straße auf das Café zu, in dem Sterns Charlotte nach so vielen Jahren zum ersten Mal wiedergetroffen hatte.

Sie saß an einem der hinteren Tische. Ihre Hände waren vor Nervosität zu Fäusten geballt. Man sah es ihr an. Sie hatte Angst. Ein Mineralwasser stand unberührt vor ihr.

„Hallo, Charlotte." Sterns war an ihren Tisch herangetreten.

Hektisch schaute Charlotte an ihnen vorbei. Sie schien Angst zu haben, dass ihnen jemand gefolgt sein könnte.

„Charlotte, dies ist meine Kollegin Nina Reuters", stellte Sterns seine Kollegin vor.

Charlotte reagierte nicht. Immer wieder schaute sie durch das Schaufenster des Cafés nach draußen auf die Straße. Es war offensichtlich, dass sie äußerst angespannt war.

„Bitte, Charlotte", versuchte Sterns, seine ehemalige Mitschülerin zu beruhigen, und legte seine Hand auf ihre. Doch ehe er weitersprechen konnte, schob sie ihm einen kleinen USB-Stick hinüber.

„Das sind die OP-Pläne und die Krankenakten von den Patienten, die bei uns operiert wurden." Ihre Stimme klang hastig.

Sie wollte aufstehen und das Café verlassen, doch wieder nahm Sterns ihre Hand und veranlasste sie so, sich wieder hinzusetzen.

„Charlotte, bitte sag uns, was geschehen ist", versuchte er erneut, zu ihr durchzudringen, und diesmal schaffte er es tatsächlich, ihre Aufmerksamkeit zu gewinnen.

Sie erzählte, dass Dr. Lorenz' Sekretärin sie wieder um eine Vertretung gebeten hatte. Charlotte hatte die Zeit genutzt, um möglichst viele Dateien von deren Computer runterzuladen. Da sie derzeit auf der Chirurgischen Abteilung eingesetzt war, war es ihr möglich gewesen, auch die Krankengeschichten der operierten Patienten der letzten drei Jahre auf einen USB-Stick zu ziehen.

„Hat man Ihre Nachforschungen bemerkt?", mischte sich nun Nina in das Gespräch.

Charlotte schaute Sterns Kollegin zum ersten Mal an. „Ich bin mir nicht sicher." Die Angst stand Charlotte ins Gesicht geschrieben.

Nina warf einen kurzen Blick zu ihrem Kollegen. Wie hatte er Charlotte in diese Gefahr bringen können? Sein Handeln war unverantwortlich.

„Vor zwei Tagen sprach mich Dr. Lorenz auf dem Flur an." Sie schaute die beiden Kommissare an. Charlotte erzählte, dass dies normalerweise nicht üblich sei. Lorenz hatte sich sehr positiv über ihr Engagement geäußert und gemeint, dass er insbesondere ihre Loyalität zu schätzen wisse. Charlotte glaubte nun, dass er irgendwie von ihren Nachforschungen erfahren haben könnte. Zudem meinte Charlotte, dass sie beobachtet wurde. Schon zweimal sei ihr ein schwarzer Lieferwagen vor ihrem Haus aufgefallen.

Sterns wusste, dass dies alles ein Zufall sein konnte. Ein schwarzer Lieferwagen musste nicht gleich eine Verschwörung bedeuten. Vielleicht wohnte der Besitzer des Wagens lediglich in Charlottes Nähe. Doch genauso wusste er, dass Charlottes Schnüffelei tatsächlich aufgefallen sein konnte und dann war die Frau in unmittelbarer Gefahr.

„Charlotte, hör mir gut zu." Eindringlich schaute er sie an. „Du musst sofort mit deinen Nachforschungen aufhören. Bitte unternimm nichts weiter. Du hast schon mehr als genug getan." Charlotte nickte, doch die Unsicherheit wich nicht von ihr.

Nach einer Weile verließen die drei das Café. Sterns sah sich um. Von einem schwarzen Lieferwagen war nichts zu sehen und auch sonst konnte er nichts Auffälliges erkennen. Trotzdem wusste er, dass sie in Gefahr schwebte, wenn an ihrer Geschichte etwas dran sein sollte.

„Wir sollten sie unauffällig bewachen lassen", überlegte Sterns. Nina nickte zustimmend. Nach wie vor war sie nicht überzeugt, ob sich Sterns und Charlotte nicht nur in eine absurde Geschichte hineinsteigerten. Doch sollte die Geschichte auch nur in Ansätzen stimmen, war Sterns mit seiner Bitte ein ungehöriges Wagnis eingegangen, das er nun auch zu verantworten hatte.

Es war nun ihre verdammte Pflicht, die Frau zu beschützen.

„Das wird nicht ohne die Zustimmung des Alten gehen." Das war auch Sterns klar und er verspürte wenig Lust, ohne stichhaltige Beweise, mit Krause, seinem Chef, zu sprechen. Es war ihm jedoch klar, dass er seinem Chef von seinen Vermutungen berichten musste.

*

Seit dem erneuten Treffen mit Charlotte waren mittlerweile drei Tage vergangen.

Krause hatte getobt, als Sterns ihm von seinen Vermutungen um die Klinik ,Am Wald' und von Charlottes Nachforschungen berichtet hatte. Er glaubte, dass sich Sterns und diese Charlotte in die Sache hineinsteigerten und hatte eine Überwachung von Sterns' ehemaliger Schulkollegin abgelehnt. Darüber hinaus hatte er die Prüfung des Falls an Nina übertragen.

Sterns war wie vor den Kopf geschlagen, doch er wusste, dass Krause nicht von seiner Entscheidung ablassen würde. Trotzig schaute er seinen Chef an.

„Sterns, wir kennen uns jetzt eine ganze Weile und ich schätze Sie sehr, doch diesmal glaube ich, ist Ihnen die ganze Geschichte zu Kopf gestiegen. Ich habe ein wenig Sorge, dass Sie sich verrannt haben." Sterns versuchte nicht, mit seinem Chef zu diskutieren. Dies war der Preis, den er für seinen Fehler, Charlotte zum Schnüffeln zu bewegen, zahlen musste.

Direkt nach diesem unangenehmen Gespräch hatte er den USB-Stick zu Mensel in die Gerichtsmedizin gebracht. Auch wenn der Stick eigentlich zu den Technikern gehörte, vertraute er ihn lieber den Gerichtsmediziner an. Mensel war nicht nur ein genialer Pathologe, er besaß zudem einen brillant analytischen Verstand. Wenn es Unregelmäßigkeiten geben würde, hatte Sterns keinen Zweifel, dass Meisel sie besser finden würde, als jeder Techniker oder Analyst.

Nun hatte Mensel Nina angerufen und sie gebeten vorbeizukommen.

Doch auch wenn dies nun offiziell Ninas Fall war, würde er die Ermittlungen nicht einen Moment aus den Augen lassen.

Als Nina erfahren hatte, dass die Prüfung des Falles in ihrer Verantwortung lag, war sie alles andere als begeistert gewesen. Sie hatte die Zeit genutzt, um sich in die Informationen einzulesen, die das Netz und die Datenbanken der verschiedenen staatlichen Institutionen über illegale Organspenden hergaben. Besonders entsetzt war sie von der neuesten Entwicklung, dass Flüchtlinge, die gerade erst nach Deutschland gekommen waren, versuchten, ihre Nieren zu verkaufen, um an Geld zu kommen.

Auch wenn die Klinik ‚Am Wald' wirklich sauber sein sollte, stachen sie gerade in ein dickes unangenehmes Wespennetz.

Sterns war froh, als Nina ihn fragte, ob er sie zu Mensel begleiten wollte.

Wie immer fanden sie Mensel in seinem Sektionssaal. Und wie immer schallte laute klassische Musik durch den großen Raum. Eine junge Frau, anscheinend eine seiner Studentinnen, schaute konzentriert durch ein Mikroskop, das direkt neben einer Kaffeemaschine auf einer Arbeitsplatte aus Edelstahl stand. Neben der Kaffeemaschine lag eine geöffnete Packung mit Keksen. In der Ecke des Raumes stand der mit braunem Leder überzogene alte Ohrensessel. Sterns erinnerte sich an einen Streit vor ein paar Jahren zwischen der Leitung der Forensik und Mensel. Die Institutsleitung behauptete, der Sessel entspräche nicht den Hygienevorschriften der Einrichtung und müsse entfernt werden. Mensel war außer sich gewesen und drohte mit seiner

Kündigung. Zudem würden sich „seine" Patienten wohl kaum über mangelnde Hygiene beschweren, argumentierte er. Schließlich, nach einem Streit, der mehrere Wochen dauerte, ließ man den Gerichtsmediziner gewähren. Er galt als Koryphäe auf seinem Gebiet und eine Kündigung Mensels wäre schwerer zu verkraften gewesen, als der alte angeranzte Sessel.

Kaum einen Meter entfernt lag ein menschlicher Körper auf einer Edelstahlliege. Mensel arbeitete gebeugt über dem Leichnam. Ein junger Mann stand neben ihm. Er schien auf Mensels Worte und auf die Geschehnisse vor ihnen konzentriert zu sein.

Mensel galt als eigenwilliger Kauz, doch auf sein Urteil war stets Verlass. Seine Berichte wurden nie angezweifelt und seine Gutachten galten vor Gericht als unumstößlich. Sterns wusste nicht, wie Mensel es fertigbrachte, aber wenn er eine Leiche untersuchte, konnte er das Geschehene beinahe plastisch beschreiben. Viele interessierte Studenten versuchten, in seinem Labor Einlass zu bekommen, und nahmen seine Schrulligkeiten in Kauf.

„Da seid ihr ja." Mensel musste fast schreien, um die laute Musik zu übertönen. Wie immer schien er guter Laune zu sein. Sterns musste grinsen, als er den Pathologen sah. In der rechten Hand hielt er ein Skalpell und in der linken einen der Kekse.

„Sie können Pause machen", sagte er zu dem jungen Studenten, der ihm gegenüberstand und den Professor enttäuscht anschaute. Mit Mensel an einer Leiche zu arbeiten, gehörte zu einer der Sternstunden eines angehenden Pathologen.

„Nehmen Sie sich ruhig einen Keks", schlug er dem Studenten vor.

Nina, Sterns und Mensel gingen nach nebenan in Mensels Büro. Berge von Unterlagen stapelten sich auf dem alten abgenutzten Schreibtisch. Fachzeitschriften und Fallakten bildeten einen bunten Haufen auf dem Schreibtisch und vergruben die lederne Schreibtischunterlage fast vollständig. Ein altes Telefon erinnerte an vergangene Jahre. Der moderne Laptop, der auf dem Schreibtisch noch gerade einen Platz gefunden hatte, passte so gar nicht in die antiquierte Umgebung.

„Nein, kommt zu mir rüber", forderte Mensel die beiden Polizisten auf, als sie auf den beiden Besucherstühlen vor dem Schreibtisch des Gerichtmediziners Platz nehmen wollten.

„Ich will euch was zeigen."

Mensel setzte sich und klappte den Laptop auf. Nina und Sterns zogen ihre Stühle eng an Mensels heran. Zu dritt warteten sie, während der Laptop hochfuhr.

„Ich möchte euch etwas zeigen", wiederholte er sich, als er die Datei mit den Operationsplänen öffnete.

„Auf den ersten Blick sieht alles normal aus", begann Mensel mit seinen Ausführungen.

„Das operative Leistungsspektrum der Klinik ist wirklich beachtlich. Die beiden Chefärzte scheinen alles zu operieren, womit sich Geld verdienen lässt. Ich habe Eintragungen von Gallenblasen- und Blinddarmentfernungen, Schilddrüsenoperationen, wie aber auch Herz- und Nieren-OPs gefunden."

Nina und Sterns schauten auf den OP-Plan, der ihnen auf dem Bildschirm entgegenleuchtete. Die Begriffe, die dort hinter den OP-Terminen standen, sagten ihnen nichts.

„Die beiden scheinen auch den ein oder anderen plastischen Eingriff vorzunehmen", fuhr Mensel fort.

„Ist das ungewöhnlich?", fragte Nina nach. Für sie klang das alles nach einer Klinik, die für gut zahlende Patienten ein umfangreiches Angebotsportfolio bereithielt.

„Nein, das ist in solchen Privatkliniken die Regel." Nun hielt Mensel inne. „Ich finde es eher erstaunlich, wie häufig Transplantationen in der Klinik vorgenommen werden."

Sterns versteifte sich. Seine Nackenhaare schienen sich aufzustellen. Sein Atem ging schneller. Sehr bewusst hatte er Mensel nichts von seinem Verdacht mit den illegalen Transplantationen erzählt. Dass der erfahrene Pathologe nun von sich aus die Sprache auf diesen Punkt brachte, konnte kein Zufall sein. Scharf zog er den Atem ein.

„Was meinen Sie damit?" Ninas Stimme klang vollkommen ruhig.

„Die Klinik ‚Am Wald' ist eine Allgemeinchirurgische Klinik für Privatpatienten. Es handelt sich hierbei nicht um eine Klinik, die sich auf Transplantationen spezialisiert hat."

Sterns hielt es kaum noch auf seinem Stuhl. Er hatte geahnt, dass die Klinik ‚Am Wald' nicht so strahlend war, wie sie sich auf der Homepage darstellte.

„Im Moment warten in Deutschland gut zehntausend Patienten auf ein Spenderorgan. Die meisten Transplantationen werden in sogenannten Transplantationszentren durchgeführt. Sicher kann es vorkommen, dass auch mal ein Organ in einer Allgemeinchirugischen Klinik transplantiert wird, aber das ist die Ausnahme. Es gibt eine Warteliste, auf die ein Arzt seine Patienten für eine Organspende setzen kann. Wer dann letztendlich ein Organ bekommt, hängt von vielen Faktoren ab. Was keine Rolle spielt, ist, ob ein Patient privat oder gesetzlich versichert ist. Viele sterben, weil kein Organ rechtzeitig zur Verfügung steht."

Sterns und Nina hingen gebannt an Mensels Lippen.

„Nun schaut mal her." Mensel zeigte mit seinen knochigen Fingern auf den OP-Plan.

„In den letzten achtzehn Monaten standen sechs Transplantationen auf dem OP-Plan. Das ist verdammt viel, wenn man kein Transplantationszentrum ist." Mensel schien nun auch aufgeregt zu sein und strich sich mit seiner Hand durch das wirre Haar. Seine Hand griff in eine Kekspackung, die neben dem Laptop lag. Da die Packung leer war, blieb seine Suche erfolglos, allerdings verteilte er eine Unmenge von Krümeln auf die Schreibtischplatte.

Nina grinste und schob die Krümel zu einem kleinen Häufchen zur Seite.

„Es wurden in den letzten anderthalb Jahren drei Nieren, zwei Lebern und eine Bauspeicheldrüse transplantiert. Das ist unglaublich."

„Warum ist das unglaublich?", fragte Nina nach, während Sterns auf Mensels Bildschirm starrte.

Mensel ging nicht auf Ninas Frage ein, sondern öffnete eine weitere Datei.

„Na ja, für eine Privatklinik ist die Anzahl der geplanten Operationen erstaunlich, aber noch erstaunlicher sind die Krankenberichte und die Rechnungen, die geschrieben wurden." Eine

Vielzahl von Daten sprangen Sterns und Nina entgegen. Sich dort einzulesen, musste Mensel Stunden gekostet haben.

„Von den Nieren und der Bauspeicheldrüse habe ich überhaupt nichts mehr in den Unterlagen gefunden. Die Patienten scheinen in der Klinik gar nicht existiert zu haben."

„Wie kann das sein?", fragte Sterns. Seine Stimme klang rau und belegt.

„Keine Ahnung", meinte Mensel, doch bei den weiteren Ausführungen wurde klar, dass er durchaus Ideen hatte, wie es zu dieser Diskrepanz kommen konnte. „Es kann sein, dass die Patienten dann doch nicht operiert wurden. Die OP-Pläne werden nicht unbedingt von derselben Person gemacht, die auch für die Dokumentation der Krankenakten zuständig ist. OP-Pläne zu erstellen ist eine Dispositionsaufgabe. Ist der Plan abgelaufen, hat er keine große Bedeutung mehr." Das leuchtete Sterns ein. Sein angespannter Blick verriet, dass er nicht wusste, worauf der Pathologe hinaus wollte.

„Wenn also eine geplante OP nicht stattfindet, erkennt man dies in der Krankengeschichte, jedoch nicht unbedingt im OP-Plan."

„Kann es denn sein, dass die OPs einfach nicht durchgeführt wurden?", fragte Nina nach.

„Sicher, doch dann sollte dies in der Krankengeschichte notiert sein. Ihr könnt euch nicht vorstellen, was es bedeutet einen Patienten auf eine Transplantation vorzubereiten. Das ist etwas vollkommen anderes, als einen Patienten mit einem akuten Blinddarm zu operieren." Obwohl Nina und Sterns keinerlei Ahnung von Medizin und dem Prozedere um Operationen hatten, konnten sie sich sehr wohl den Aufwand vorstellen, den eine so große Operation wie eine Transplantation mit sich brachte.

„Das macht man nicht mal nebenher. Er werden unzählige Blutproben entnommen, der Krankenverlauf dokumentiert, Blutkonserven gelagert, Verfügungen erstellt und und und." Unbewusst fuhr sich Mensel erneut durch sein Haar.

„Von vier der sechs Transplantationen gibt es jedoch überhaupt keine Aufzeichnungen. Die Patienten scheinen niemals in der Klinik gewesen zu sein."

„Wie kann das sein?", wieder fragte Nina nach.

Sterns blickte geistesabwesend auf den Bildschirm.

„Entweder geht jemand bei der OP-Plan-Erstellung recht schlampig ans Werk", Mensel sah die beiden Kollegen nun sehr ruhig an. „Oder die Krankengeschichten wurden nachträglich gelöscht."

*

Zwei Stunden später saßen sich die beiden Kommissare in ihrem spärlichen Büro wieder gegenüber.

Sterns versuchte, das Gehörte zusammenzufassen.

„Also. Insgesamt sechs Leute stehen auf dem OP-Plan und sollten dann operiert werden. Von den sechs sind aber nur vier in den Krankengeschichten zu finden ..." Sterns tippte mit seinem Kuli auf der Tischplatte herum.

„Sicher ist, dass entweder die Krankenakten oder die OP-Pläne nicht stimmen. Selbst wenn dieser Lorenz mit großen Zeitblöcken seinen OP-Plan bestückt, müssten irgendwelche Voruntersuchungen dokumentiert sein."

„Ich kann mir auch nicht vorstellen, dass unser Strahlemann seine Klinik so schlampig managt."

„Oder der saubere Lorenz hat absichtlich die Dokumentation nach der Entlassung löschen lassen", redete Sterns weiter, bevor er abermals von Nina unterbrochen wurde.

„Ja, aber warum?"

„Vielleicht weil Mister Saubermann nicht ganz so sauber mit der Beschaffung der Organe ist, wie wir es glauben sollen?"

Die beiden schauten sich an. Irgendetwas war faul an der Klinik, das war klar. Doch sollte hier wirklich auf nicht seriösem Weg mit Organen gehandelt werden, konnte dies ungemütlich werden. Es war nichts Neues, dass es Ärzte schafften, ihre Patienten auf die Warteliste auf einen der vorderen Plätze aufrücken zu lassen. Wer Geld hatte, würde es gerne für ein Organ ausgeben, das ihm sein Leben retten könnte. Doch Geld allein genügte auch nicht. Sterns wusste, dass es im Wesentlichen auf die Gewebemerkmale ankam. Hatte ein Patient dann auch noch das Pech, eine seltene Blutgruppe zu haben, wurde die Suche noch schwieriger. Die Gewebetypisierung wurde bei der Stiftung Eurotransplant gespeichert. Lag ein Spenderorgan vor, wurden die Gewebemerkmale verglichen. Derjenige, bei dem die Gewebemerkmale am besten übereinstimmten, hatte das große Los gezogen und bekam das Organ transplantiert.

„Ich werde mich mal bei Eurotransplant umhören", schlug Nina vor.

*

„Alle sechs Patienten sind von Eurotransplant bestätigt worden. Alle sechs gelten als besonders dringlich, doch lediglich den beiden Lebern konnten bisher Spenderorgane vermittelt werden." Nina hatte sich einen starken schwarzen Kaffee geholt. „Dieser Lorenz ist bei Eurotransplant als Transplantationsarzt registriert und es stehen immer wieder Patienten von ihm auf der Warteliste."

Sterns schaute seine junge Kollegin fast schon etwas enttäuscht an. Er war sich so sicher, dass dieser Glamour-Arzt nicht ganz so strahlend war, wie er sich zu geben versuchte.

„Seine Zuteilungsquote ist jedoch genauso gering wie bei den meisten anderen Kliniken. Zwei der Spenderorgane sind ihm von Eurotransplant zugeteilt worden. Er beziehungsweise seine Patienten hatten einfach nur Glück mit der Zuteilung. Die Organe passten optimal zu Lorenz' wartenden Patienten."

„Und was ist mit den anderen vier?", fragte Sterns seine Kollegin.

„Die stehen nach wie vor auf der Liste, allerdings ist er bei denen nicht als antragstellender Arzt vermerkt. Bei den Nierenpatienten läuft die Beantragung über die Kliniken, die die Dialysen durchführen", berichtete Nina nachdenklich. „Ich bin mir nicht sicher, ob wir nicht Gespenstern nachjagen. Vielleicht handelt es sich einfach nur um einen Fehler im OP-Plan."

„Ja, bei einem Fehler würde ich dir ja zustimmen. Aber gleich vier Fehler bei den Planungen in solch einer Klinik, das kann ich mir nicht vorstellen", gab Sterns zu bedenken. Erneut nahm er die OP-Pläne zur Hand.

„Vielleicht können wir die ominösen OP-Patienten mal besuchen und nachfragen, wie ihre Namen auf die OP-Liste der Klinik gekommen sind", schlug Sterns vor.

Nach gut zwei Stunden hatten sie zwei der vier möglichen Patienten ausfindig gemacht. Einer von den angeblichen Nierentransplantationen wohnte in der Nähe. Die beiden beschlossen, ihm einen Besuch abzustatten.

*

„Lass uns das noch einmal durchgehen." Sterns ließ sich schwerfällig auf seinem Stuhl nieder. Den Autoschlüssel warf er nachlässig auf den Schreibtisch.

Auch Nina nahm auf ihrem Stuhl Platz. Der Besuch bei einem der Nieren-Patienten hatte für den Augenblick mehr Fragen aufgeworfen als beantwortet. Noch auf dem Rückweg hatten sie im Auto mit Mendel telefoniert, der ihnen zwar ihre Fragen beantworten konnte, sie damit aber kein Stück näher an eine Antwort gebracht hatte.

Sterns und Nina hatten „die Niere" tatsächlich angetroffen. Der Nieren-Patient hieß Helmut Weißenberger und war, als die beiden Kommissare eintrafen, gerade damit beschäftigt, Lavendel und Rosmarin neben einigen Rosensträuchern in dem üppigen Vorgarten seines herrschaftlichen Anwesens einzupflanzen. Das liebevoll hergerichtete Haus stand unweit des Rheins in privilegierter Lage.

Weißenberger sah aus, wie ein Mann, der ein erfolgreiches Leben zu meistern wusste. Er bewohnte mit seiner Frau ein schönes Haus in einem der gefragtesten Stadtteile Kölns und machte einen äußerst lebhaften und gesunden Eindruck.

Dies änderte sich jedoch schlagartig, als ihn die beiden Kommissare ansprachen. Er zeigte sich zurückhaltend und beinahe aggressiv, als ihn Sterns auf sein Nierenleiden ansprach.

Die Klinik ‚Am Wald' hätte er sich nur einmal kurz angeschaut. Wie sein Name auf den Operationsplan gekommen sei, konnte und wollte er nicht erklären. Dass er sie bereits nach wenigen

Minuten aufforderte, sein Grundstück zu verlassen, verstärkte den Eindruck, dass irgendetwas mit seiner Geschichte nicht stimmte. Sehr resolut verwies er sie des Grundstückes und machte klar, dass er das Gespräch nur mit seinem Anwalt weiterführen würde.

Schweißperlen standen auf Weißenbergers Stirn und immer wieder schaute er sorgenvoll zur Straße.

Sterns war sich sicher, dass Weißenberger etwas verbarg und vor irgendetwas Angst hatte.

Immerhin hatte er ihnen bestätigt, dass er unter einer chronischen Niereninsuffizienz gelitten und sich mehrere Jahre regelmäßig einer Dialyse unterzogen hatte. Die Dialyse diene dazu, das Blut von giftigen Stoffen zu reinigen. Eine Reinigung, die sonst die Niere erledigt und zu der seine nicht mehr in der Lage gewesen war.

Wie aus dem Nichts sei es ihm plötzlich besser gegangen und heute ginge es ihm sogar ausgesprochen gut, sodass er ohne eine Dialyse auskommen würde. Warum er nach wie vor auf der Eurotransplant-Liste stände, schob er auf ein Versäumnis der Dialyseklinik, die ihn über mehrere Jahre behandelt hätte.

Das Ganze hörte sich an wie ein Märchen und die beiden glaubten ihm kein Wort.

Mensel lachte Sterns aus, als er ihm von der Wunderheilung erzählte.

„Wenn das möglich wäre, würde ich anfangen, an Wunder zu glauben." Das war seine deutliche Antwort auf Sterns Bericht.

„Es ist ja nicht nur die Niere", erklärte Mensel. „Wenn die Niere geschädigt ist, werden nach und nach alle Organe und

Organsysteme im Körper geschädigt. Da reden wir vom Herz-Kreislaufsystem, dem Magen-Darm-Trakt, dem Hormonsystem bis hin zu der Haut und den Knochen." Sterns hörte konzentriert auf Mensels Worte, die durch die Freisprechanlage leicht verzerrt klangen.

„Eine kaputte Niere macht nach und nach den ganzen Körper kaputt. Selbst wenn wir von einer wundersamen Nierenheilung sprächen, würde unser lieber Wunderpatient nicht ohne Behandlung in seinem Garten stehen und euch des Grundstückes verweisen. Der Mann müsste sterbenskrank sein."

Nein. Sterbenskrank hatte Weißenberger nun gar nicht ausgesehen und auch sein Auftreten entsprach eher einem Menschen, der mit einer guten Portion Kraft im Leben stand.

„Ich rede mal mit dem Alten wegen eines richterlichen Beschlusses. Dann sprechen wir mit der Klinik, bei der Weißenberger als Dialysepatient in Behandlung war, und schauen uns seine Bankkonten an." Der Alte hatte offiziell Nina die Leitung des Falls übertragen, obwohl Sterns mittlerweile seine Emotionen wieder weitestgehend im Griff hatte und so professionell agierte, wie er es all die Jahre getan hatte. Doch Nina hatte den Fall nicht eine Minute an sich gerissen, sondern sie agierten als Team miteinander.

So nickte er ihr nur aufmunternd zu. „Gut. Ich versuche in der Zwischenzeit mal, unsere ‚zweite Niere' telefonisch zu erreichen."

Als Nina nach zwanzig Minuten in ihr gemeinsames Büro zurückkam, beendete Sterns gerade das Telefonat.

„Wir sehen uns dann heute Abend, Frau Hoffmann. Vielen Dank." Sterns legte den Hörer auf die Feststation.

„Ja", sagte er und schaute seiner Kollegin breit grinsend entgegen.

„Noch eine Wunderheilung?", fragte sie mit ironischem Ton.

„Nicht ganz. Das war die Frau unseres Nierenpatienten. Ihr Mann ist vor rund vier Monaten gestorben."

„Oh, konnte ihm nicht rechtzeitig eine Spenderniere vermittelt werden?", fragte Nina.

„Doch, ihr Mann ist wohl vor mehr als acht Monaten operiert worden."

„Was?", wurde Sterns von seiner jüngeren Kollegin unterbrochen. „Warum steht er dann noch immer als Vermittlungspatient auf der Eurotransplantliste?"

„Keine Ahnung. Sie wollte am Telefon nicht mehr sagen. Sie ist gegen achtzehn Uhr von der Arbeit daheim und wir haben verabredet, dass wir bei ihr vorbeikommen." Nina nickte Sterns zu. Das war gut. „Sie sagte noch, dass ihr Mann in einer Privatklinik behandelt und dass dort bei ihrem Mann ordentlich rumgepfuscht worden sei."

„Mann, das kann uns richtig weiterbringen. Hat sie gesagt, in welcher Klinik ihr Mann behandelt wurde?"

„Nein, ihr Chef kam rein und sie musste auflegen. Wir müssen uns bis heute Abend gedulden."

Gedulden mussten sich die beiden Kommissare auch mit der richterlichen Verfügung, um mit Weißenbergers Bank und Klinik sprechen zu können.

Wie Nina berichtete, war der Alte wenig überzeugt, dass die bisherigen Beweise dem Richter für solch eine Verfügung reichen würden. Sterns wusste, dass die Beweislage mehr als

177

dünn war. Sie hatten einen Haufen Vermutungen und noch mehr Intuition, doch beides würde ihnen nicht helfen, den Fall zu lösen.

Wenn sie Glück hatten, würde sich die Beweislage allerdings heute Abend ändern und somit konnten sie sich noch etwas gedulden.

*

Blaulicht, mehrere Polizeiwagen. Ein Krankenwagen, gefolgt von einem Notarztfahrzeug, fuhr gerade in entgegengesetzter Richtung davon. Einige Passanten standen betroffen herum, während andere heftig miteinander diskutierten. Eine Frau mit einer Decke um die Schultern wurde von einem Rettungssanitäter betreut.

Sterns und Nina hielten an und stiegen aus.

„Sorry, hier können Sie nicht durch", wurden sie von einer ihnen fremden Kollegin aufgehalten. Die beiden zeigten kurz ihre Ausweise und durften weitergehen.

Auch wenn Sterns kein Fahrzeug sehen konnte, schien es sich um einen Unfall mit einem Auto zu handeln.

„Was ist passiert?", wandte sich Nina an einen Kollegen, der mit einem Passanten sprach.

„Autounfall mit Fahrerflucht", gab er bereitwillig Antwort.

„Und wer war noch in den Unfall verwickelt?" Sterns hatte eine Gänsehaut. Er war aufs Äußerste gespannt. Etwas in ihm sagte ihm, dass es sich nicht um einen gewöhnlichen Unfall handelte.

Nicht hier.

Nicht genau an diesem Abend.

„Eine Frau aus der Nachbarschaft." Der Polizist schaute auf seine Notizen.

„Hoffmann heißt sie. Die Frau ist auf dem Weg ins Krankenhaus, aber es sieht nicht gut aus."

Sterns hätte schreien können vor Frust.

„Und das Fahrzeug?", fragte er nach, obwohl er die Antwort bereits ahnte.

„Ein schwarzer Lieferwagen."

*

„Mist!", wütend schmiss Sterns den Hörer auf die Gabel.

„Warum meldet sie sich nicht?"

Noch am Unfallort hatte Sterns versucht, Charlotte telefonisch zu erreichen.

Ein schwarzer Lieferwagen hatte die Frau, die sie in wenigen Augenblicken befragen wollten, lebensgefährlich angefahren.

Eine Nachbarin und gute Freundin der Hoffmanns hatte den Unfall gesehen. Sie sagte, dass ihr bereits am Nachmittag der Lieferwagen am Anfang der Straße aufgefallen war.

Ihre Freundin Irene Hoffmann war wie immer gegen siebzehn Uhr von der Arbeit heimgekommen und hatte ihren alten Honda vor dem Haus geparkt. Irene drehte sich kurz zu ihrer Freundin um und winkte ihr. Beide Frauen hörten den Lieferwagen heranrasen. Irene Hoffmann war vor Schreck wie gelähmt. Der schwarze Wagen erfasste sie und riss die Frau einige Meter mit sich, bevor sie zur Seite rollte und regungslos liegenblieb.

Nach Aussagen der Nachbarin raste der schwarze Lieferwagen, ohne sein Tempo zu verlangsamen, davon.

Ein Kennzeichen hatte sie sich in der Aufregung nicht gemerkt. Ohne zu zögern, sei sie zu ihrer Freundin gelaufen, während ein Passant den Notruf getätigt hatte.

Sterns war sich sicher.

Das konnte kein Zufall sein.

Auch Charlotte hatte gesagt, dass ihr ein schwarzer Lieferwagen aufgefallen sei, der sie zu beobachten schien.

Was hatte ihnen Irene Hoffmann erzählen wollen?

Krüger betrat das winzige Büro der beiden Kommissare mit besorgtem Blick.

Bisher hatte er den Fall als Sterns' Hirngespinst abgetan. Nun musste er sich eingestehen, dass er Sterns Unrecht getan hatte.

Die Sache war faul. Mehr als das. Hier stank irgendetwas ganz gewaltig zum Himmel.

„Ich habe einen Wagen zu Charlottes Wohnung und einen zur Klinik geschickt." Das schlechte Gewissen stand dem Alten ins Gesicht geschrieben.

„In ihrer Wohnung haben wir nur die Tochter angetroffen. Sie sagte uns, dass ihre Mutter heute Spätdienst hätte."

Sterns war erleichtert. Nachdem Charlotte nicht an das Handy gegangen war, hatte er das Schlimmste befürchtet.

„Gut. Wir sollten auch die Tochter im Auge behalten", schlug Sterns vor. Krüger nickte. Die Sache war heiß und Charlottes Tochter könnte genauso in Gefahr sein, wie ihre Mutter.

„Wenn der Wagen vor der Klinik auffällt, kann die Situation eskalieren", gab Nina zu bedenken. Sterns pflichtete seiner Kollegin bei.

„Noch ist es bloß eine Vermutung, dass Lorenz und sein lieber Kollege ein illegales menschliches Ersatzteillager betreiben. Wenn wir jetzt einen Fehler machen, wird Mr. Saubermann ohne eine Anklage und schneeweiß aus der Sache herauskommen. Uns fehlt ein felsenfester Beweis."

„Hierbei kann ich vielleicht behilflich sein."

Krüger wedelte mit ein paar Papieren durch die Luft.

„Ihr könnt euch sowohl mit den Kliniken als auch mit den Banken von Weißenberger und Hoffmann unterhalten."

Sterns und Nina schauten den Alten erstaunt an. Noch vor wenigen Stunden hatte sie Probleme gehabt, die nötigen Verfügungen für Weißenberger zu erhalten, und nun hielten sie alle nötigen Papiere für beide Nierenpatienten in der Hand.

Dankbar griff Sterns nach den Papieren.

„Wir sollten auch Weißenbergers Telefon und Handy überwachen lassen und wenn wir einmal dabei sind, auch gleich die von Lorenz und seinen Kollegen", schlug Nina vor. Auch hier versprach Krüger, sich drum zu kümmern.

„Dann sollten dringend ein paar Kollegen die beiden noch offenen Patienten der OP-Liste ausfindig machen und mit ihnen reden."

Krüger machte sich Notizen. Sterns war sich sicher, dass sein Chef die Dringlichkeit des Falls erkannt hatte und sie alle notwendige Unterstützung erhielten, die in seiner Macht stand.

„Es macht fast den Eindruck, dass die ‚Kunden' der Klinik überwacht würden." Krüger wirkte ernsthaft besorgt. „Wenn das so ist, haben wir es mit einer viel größeren Sache zu tun als ein paar Organtransplantationen in der Klinik ‚Am Wald'. So was können die beiden Ärzte unmöglich alleine aufziehen."

Sterns nickte seinem Chef zustimmend zu, griff nach seiner Jacke und stand auf. Während Krüger ihn erstaunt anblickte, stimmte Nina ihrem Kollegen zu.

„Ich fahre zur Klinik und warte dort auf Charlotte."

Krüger verkniff sich den Rat, dass man Sterns dort nicht sehen durfte. Mochte Sterns auch oft ein knurriger Einzelgänger sein, er war ein Profi und brauchte diesen Hinweis nicht.

Auch Nina stand auf und griff nach ihrer Jacke.

„Bei den Banken werde ich heute nichts mehr erreichen, aber den Kliniken kann ich heute Abend noch einen Besuch abstatten."

*

Sterns hatte sein Auto einen Kilometer von der Klinik entfernt geparkt und den Rest des Weges zu Fuß zurückgelegt. Nun saß er auf einer Parkbank zwischen zwei Kastanien und behielt die Eingangstür der Klinik im Auge.

Charlottes Schicht endete gegen zweiundzwanzig Uhr. Also noch eine Stunde. Zwischenzeitlich war es stockdunkel geworden und Sterns fragte sich, ob es nicht besser gewesen wäre, in seinem Auto auf Charlotte zu warten. Gerade, als er aufstehen wollte, sah er den Lieferwagen, der ein Stück weit die Straße hinauf geparkt stand. Auch vom Wagen aus konnte man die Tür gut im Blick behalten.

Sterns lief ein Schauer den Rücken runter.

Das musste der Lieferwagen sein, den Charlotte erwähnt und der Frau Hoffmann angefahren hatte.

Sterns verwarf seinen Plan, Charlotte anzusprechen, sobald ihr Wagen die Tiefgarage verließ und machte sich auf den Weg zu seinem eigenen Wagen. Nun kam ihm die Dunkelheit gelegen und er gelangte ungesehen zu seinem Auto.

Es konnte sein, dass Charlottes Handy abgehört wurde. Somit musste er einen Weg finden, um unbemerkt mit ihr zu sprechen.

Sterns parkte so, dass er den Lieferwagen im Blick hatte. Nun konnte er zwar nicht mehr die Klinik beobachten, aber der Kommissar war sich sicher, dass der Lieferwagen Charlottes Wagen folgen würde. Er würde erstmal abwarten und sehen, wie sich die Situation entwickeln würde.

In der Zwischenzeit telefonierte er mit Nina. Beide Banken hatten zugesagt, die Informationen der Konten der beiden „Nieren" bis morgen Vormittag zur Verfügung zu stellen.

„Ich bin jetzt erstmal fertig und wollte eigentlich nach Hause fahren", führte sie das Gespräch mit Sterns weiter. „Was hältst du davon, wenn ich stattdessen mit ein paar Leuten zu Charlottes Wohnung fahre?" Worauf sie hinauswollte, wurde sogleich klar.

„Falls der Lieferwagen auftaucht, werden wir uns den Wagen vornehmen. Immerhin gilt er als verdächtig, mit Frau Hoffmanns Unfall in Zusammenhang zu stehen."

„Meinst du nicht, dass wir damit deutlich machen, dass wir die Klinik im Blick haben?", gab Sterns zu bedenken.

„Nicht, wenn wir uns lediglich auf Frau Hoffmann und die Fahrerflucht beziehen. Mehr werden wir nicht vorbringen." Sterns fand immer mehr Gefallen an Ninas Plan.

„Wegen der Fahrerflucht können wir die Leute erstmal festsetzen und du kannst mit Charlotte reden, ohne, dass die Hintermänner etwas mitbekommen."

Sterns nickte zustimmend, auch wenn Nina dies nicht sehen konnte. Er würde mit genügend Abstand hinter dem Lieferwagen herfahren und Charlotte im Blick behalten. Waren die Leute aus dem Wagen erstmal in der Obhut der Kollegen, hatte er freie Bahn, um in Ruhe mit ihr zu reden.

*

Nina hatte ganze Arbeit geleistet. Der Lieferwagen hatte sich tatsächlich an Charlottes Wagen gehängt, als diese die Tiefgarage der Klinik verlassen hatte.

Gut zwei Kilometer vor Charlottes Wohnung hatten dann mehrere Streifenwagen den Lieferwagen gestoppt. Sterns fuhr an den Kollegen vorbei und Charlotte hinterher.

Charlotte hatte von all dem anscheinend nichts mitbekommen. Dass Sterns klingelte, kaum, dass sie die Wohnung betreten hatte, kam ihr sehr ungelegen.

„Oh, Sterns, mit dir habe ich nicht gerechnet."

„Charlotte, warum um Himmels Willen gehst du nicht an dein Telefon?", machte er seiner Sorge Luft. Es war Charlotte anzusehen, dass sie die Anrufe sehr wohl mitbekommen hatte, und Sterns fiel es schwer, seine Verärgerung zu unterdrücken.

„Kann ich kurz hereinkommen?", fragte er demnach recht distanziert. Einen Moment zögerte Charlotte, doch dann trat sie einen Schritt zur Seite und ließ ihren ehemaligen Schulkameraden eintreten. Sterns schaute sich um. Nett hatte es sich Charlotte mit ihrer Tochter gemacht. Charlottes Tochter war offensichtlich in ihrem Zimmer. Laute Musik schallte aus der Richtung, in der Sterns das Kinderzimmer vermutete.

Sterns nahm auf dem Sofa Platz, während Charlotte stehen blieb. Sie wirkte angespannt. Als Sterns ihr von dem Unfall mit Frau Hoffmann und dem schwarzen Lieferwagen erzählte, versteifte sie sich immer mehr. Mit der Hand hielt sie sich an ihrem modernen Highboard fest, sodass die Knöchel weiß hervorstachen.

Erst als er davon erzählte, dass sie den Lieferwagen mit zwei Insassen gefasst hätten, schien sich ihre Anspannung etwas zu lösen. Dass der Lieferwagen ihr von der Klinik gefolgt war und sie ihn wenige Meter vor ihrem Haus gestellt hatten, erzählte er ihr nicht.

„Hast du den Lieferwagen in den letzten Tagen noch einmal gesehen?", fragte er sie.

„Nein", Charlottes Stimme klang zittrig und sie räusperte sich ein wenig. „Nein. Ich habe ihn nicht mehr gesehen. Ich dachte eher, dass ich mir den Wagen vielleicht doch nur eingebildet habe."

Sterns sah ihr an, dass sie log. Sie schien Angst zu haben.

„Charlotte, bitte sag mir, wenn irgendetwas nicht stimmt."

Mit einer wegwerfenden Handbewegung tat sie seine Bitte ab.

„Ich weiß gar nicht, was du hast, alles ist in Ordnung. Nachdem wir uns letztens im Café getroffen haben, ist nichts mehr geschehen." Sterns Bauchgefühlt sagte ihm, dass dies nicht stimmte. Wenn er jedoch an Frau Hoffmann, die Frau des verstorbenen Nierenpatienten, dachte, konnte er Charlottes Zurückhaltung verstehen. Er war sich jedoch auch sicher, dass Charlotte ihm nur dann etwas sagen würde, wenn sie es wollte. Er schätzte sie als eine starke Frau ein, die sich nur ungern etwas vorschreiben ließ.

Sterns seufzte vernehmlich auf und machte sich auf den Weg, um die Wohnung zu verlassen.

„Wenn irgendetwas ist, ruf mich an. Egal, um welche Uhrzeit", bat er eindringlich.

Charlotte nickte, aber Sterns war sich nicht sicher, dass sie ihn wirklich kontaktieren würde. Charlotte war eine Kämpferin und auf ihre Art genauso ein Eigenbrötler wie er selbst. Bewusst sagte er Charlotte nicht, dass sie und ihre Tochter aus Sicherheitsgründen überwacht wurden. Er befürchtete, dass sie versuchen würde, die Leute, die sie schützen sollten, abzuschütteln. Er konnte sich nicht vorstellen, dass es zu Charlotte passte, ihr Leben in die Obhut anderer zu geben.

Am nächsten Morgen saß er bereits mit einem Becher Kaffee im Büro, als Nina eintraf. Vor wenigen Minuten war ein Anruf aus dem Krankenhaus eingetroffen. Frau Hoffmann war in der Nacht an den Folgen des Autounfalls verstorben.

Die beiden Festgenommenen würden sich jetzt nicht mehr nur wegen Fahrerflucht, sondern wegen Todschlags und eventuell sogar wegen Mordes verantworten müssen.

Sterns seufzte. Der Fall zog immer weitere Kreise. Bisher war Sterns davon ausgegangen, dass es Lorenz mit den nötigen Kontakten und viel Geld schaffte, seine Patienten auf der Warteliste von Eurotransplant in eine günstige Position zu kaufen. Die letzten Tage und Entwicklungen ließen den Schluss zu, dass die Sache wesentlich komplexer war.

Der Lieferwagen wurde von der Spurensicherung untersucht. Wenn es sich tatsächlich um das Tatfahrzeug handelte, würden die beiden Männer ihnen einiges zu erzählen haben. Sein Bauchgefühl und seine Berufserfahrung sagten Sterns jedoch, dass die beiden nur kleine Fische waren.

Wie sah die ganze Geschichte aus und bei wem liefen die Fäden zusammen? Sterns schauderte, wenn er an die Geschichten dachte, die er über illegale Organtransplantationen erfahren hatte. Ihn widerte es an, dass vielleicht Menschen hatten sterben müssen, damit Lorenz ein schönes Leben führen könnte.

Doch soweit waren sie noch nicht. Für diese Vermutungen gab es noch keine Beweise.

Kurze Zeit später saß er mit Nina in Krauses Büro zusammen. Der Fall war mittlerweile zu groß geworden und konnte nicht mehr alleine von Sterns und Nina bearbeitet werden.

Da sie nun in einer Mordsache ermittelten, war eine Mordkommission eingerichtet worden.

„Sterns, ich möchte, dass Sie wieder die Leitung übernehmen." Mit diesen Worten und einem Schulterklopfen übertrug der Alte Sterns nun die Leitung des Falles und damit die Leitung der eingerichteten Mordkommission. Sterns schaute zu Nina hinüber. Der Fall hatte aus ihnen so was wie ein richtiges Team gemacht und mit Erstaunen merkte er, dass sie ihm als Partner wichtig geworden war. Sterns war erleichtert, dass sie ihm ein Lächeln schenkte und den Daumen nach oben streckte.

Für dreizehn Uhr verabredete Sterns ein Treffen mit all den Kollegen, die an dem Fall mitarbeiteten. Bis dahin würde die Spurensicherung den Wagen untersucht sowie die Bankbewegungen und Krankengeschichten von Hoffmann und Weißenberger ausgewertet sein. Zudem sollten bis zu dem Termin auch die beiden letzten ominösen Patienten von Lorenz' OP-Liste zu einem Gespräch ins Revier geladen sein.

„Wir beide sprechen noch einmal mit der Nachbarin, danach werden wir ein längeres Gespräch mit den beiden Typen aus dem Lieferwagen führen", schlug Sterns Nina vor. Seine Kollegin war einverstanden und gemeinsam machten sie sich auf den Weg.

„Der Irene ging es nach dem Tod ihres Mannes überhaupt nicht gut", berichtete Frau Hoffmanns Nachbarin. „Wissen Sie, der Herrmann hatte es schwer an den Nieren", obwohl Sterns dies bekannt war, hörte er aufmerksam zu. Dies war das erste Mal, dass jemand zu reden bereit war.

„Lange Zeit sah es gar nicht gut aus. Der Herrmann brauchte unbedingt eine neue Niere. Es gibt da wohl so eine Stelle, die das organisiert, doch die hatten keine passende für ihn und so musste er jeden zweiten Tag zur Dialyse ins Krankenhaus." Die Nachbarin, Frau Ebert, nahm sich einen Schluck von dem starken schwarzen Kaffee, bevor sie weitersprach.

„Und dann ging das auf einmal ganz schnell. Der Herrmann ist zu so einer anderen Klinik gegangen und danach lief das alles sehr schnell mit der Transplantation."

„Können Sie uns sagen, was das für eine Klinik war?", fragte Sterns.

„Nein. Aber die Irene war so glücklich. Es wurde doch immer schlimmer mit Herrmanns Niere und dann auf einmal gab es eine neue für ihn." Sterns und Nina hörten gespannt zu.

„Zuerst war alles super. Herrmann bekam die neue Niere und alles war gut. Doch es dauerte nicht lange und dem Herrmann ging es wieder schlechter. Die Irene sagte, dass sein Körper das neue Organ nicht annehmen würde. Es ging dann auch alles sehr schnell und ruckzuck war der Herrmann tot." Wieder nahm sich Frau Ebert einen Schluck Kaffee.

„Und dann kam es noch schlimmer: Nach Herrmanns Tod stellte sich heraus, dass der Herrmann das Haus hoch verschuldet hatte. Die Irene war so verzweifelt. Die Witwenrente, die sie für Herrmann bekommen würde, war mickrig und sie war so unglücklich darüber, dass sie nun auch noch das Haus verkaufen musste, in dem sie mindestens zwanzig Jahre lang gewohnt hatten. Können Sie sich das vorstellen?"

„Haben Sie eine Idee, warum Herr Hoffmann eine Hypothek auf das Haus aufgenommen hat?", wurde Frau Ebert von Nina unterbrochen.

Sterns saß vor Anspannung auf der Stuhlkante.

„Die Irene hat gesagt, dass er die neue Niere selbst bezahlen musste."

„Hat Frau Hoffmann Ihnen auch erzählt, warum ihr Mann die Niere selbst bezahlen musste?" Sterns spürte, dass sie ganz nahe dran waren, das Geheimnis zu lüften.

„Na ja, die Irene hat ja erst nach Herrmanns Tod von dem Kredit erfahren. Sie hat jedoch vermutet, dass es mit dem Geld schneller gegangen ist, an eine neue Niere zu kommen."

„Können Sie uns vielleicht sagen, wo Herr Hoffmann gestorben ist?", wollte Sterns wissen.

„Ich weiß nicht, wie die Klinik heißt, aber Irene hat gemeint, dass er da gestorben ist, wo sie ihm auch die Niere eingesetzt haben."

*

„Wir müssen uns unbedingt das Haus der Hoffmanns anschauen." Kaum hatten sie das Haus der Nachbarin verlassen, als Sterns bereits mit Krüger sprach. Da Frau Hoffmanns Tod derzeit als Mord galt, gab es mit einer Hausdurchsuchung keine Schwierigkeiten.

Keine zwei Stunden später hielt Sterns mit einem triumphierenden Lächeln Hoffmanns Todesschein in den Händen.

Die Unterschrift des behandelnden Arztes sprang den beiden Kommissaren entgegen.

Dr. Lorenz. Klinik ,Am Wald'

„Jetzt knöpfen wir uns das Schwein vor." Sterns war kaum zu bremsen, doch Nina hatte sich von seiner Euphorie noch nicht anstecken lassen.

„Warte mal. Jetzt lass uns nicht gleich losrasen", hielt sie ihren älteren Kollegen zurück. „Ich glaube auch, dass er Dreck am Stecken hat. Aber im Moment haben wir nur die Aussage von Frau Ebert und die hat ihre Infos lediglich von ihrer Freundin. Jetzt im Augenblick können wir Lorenz nur eine schlampige Aktenführung nachweisen. Er kann gut behaupten, dass die Krankenakte aus Versehen gelöscht wurde." Sterns musste einsehen, dass Nina recht hatte. Wenn sie jetzt zu ihm gingen, würde er ihnen wahrscheinlich ein schön reingewaschenes

Märchen auftischen und wäre zudem noch gewarnt, dass sie gegen ihn ermittelten.

„Ja, Nina, du hast recht. Knöpfen wir uns mal die beiden Kerle aus dem Lieferwagen vor."

Zwei Stunden später saßen Sterns, Krüger und Nina erneut in Krügers Büro zusammen.

„Das darf doch nicht wahr sein", zeterte Sterns. „Wir sind so nah dran und doch fehlt uns der letzte kleine Beweis."

Die Auswertung der Bankunterlagen hatte bei beiden Nieren-patienten eine ungewöhnliche Barabhebung von 125.000 Euro ergeben. Während Weißenberger hierzu nur ein Depotkonto auflösen musste, hatte Hoffmann eine Hypothek auf sein Haus aufgenommen. Die Auswertung der Bankkonten der anderen beiden OP-Listen-Patienten stand noch aus. Zudem hatte die Spurensicherung ergeben, dass Irene Hoffmann tatsächlich von dem schwarzen Lieferwagen angefahren worden war.

Das Gespräch mit den beiden Insassen des Fahrzeuges war dann jedoch sehr ernüchternd verlaufen.

Beide sagten aus, dass sie zufällig durch die Straße gefahren wären. Sie hätten die Fußballübertragung im Radio live gehört und dabei ein paar Biere getrunken. Aus Angst, ihren Führer-schein zu verlieren, wären sie nach dem Unfall einfach weiter-gerast. Beide sagten aus, dass sie weder die Frau gekannt noch auf sie gewartet hätten. Es wäre auch nie ihre Absicht gewesen, die Frau zu verletzen oder gar zu töten. Das alles wäre Zufall gewesen und täte ihnen sehr leid.

Sterns haute mit der Faust auf den Tisch.

„Der Jüngere der beiden kam mir nicht ganz so taff und abgebrüht vor. Was haltet ihr davon, wenn wir bei ihm noch einmal unser Glück versuchen. Wir können versuchen, ihm zu erzählen, dass sein Freund ihm gerade den Mord anhängen will und ausgepackt hat", schlug Nina vor. Eigentlich mochte sie solche Spielchen nicht und ein cleverer Anwalt könnte ihnen vor Gericht die Beweislage auseinanderreißen. Trotzdem war es einen Versuch wert. Mit den jetzigen Aussagen kamen die beiden mit Totschlag davon und Frau Hoffmanns Tod könnte als purer Zufall abgetan werden.

„Versucht euer Glück", gab Krause seine Zustimmung zu dem erneuten Verhör.

„Ich weiß nicht, von wem die Aufträge immer kommen. Wir sind einfach nur ein paar Fahrer, die irgendwelche Kisten transportieren." Dem jungen Mann stand der kalte Schweiß auf der Stirn. Seit mehr als einer Stunde wurde er nun von Sterns und Nina verhört. Es hatte Nina nicht viel Mühe gekostet, ihm einzureden, dass sein Kumpel ihn gerade ziemlich reinreißen und ihn als Auftragsmörder hochgehen lassen wollte.

Der junge Mann hatte gestanden, dass sie regelmäßig Aufträge erledigten. Da sie die Aufträge immer per Telefon und sehr kurzfristig bekamen, konnte er nichts über den Auftraggeber sagen. Die Aufträge seien auch immer ganz harmlos gewesen. Leute beschatten gehörte zu ihren Hauptaufgaben, Transporte erledigen und manchmal sollten sie auch jemandem einen Schrecken einjagen. Sie hatten ein paar Namen von Leuten auf ihrer Liste, bei denen sie regelmäßig vorbeifuhren. Die Leute sollten das Gefühl bekommen, dass sie ständig beobachtet würden. Was der Grund für diese scheinbaren Überwachungen war, konnte er nicht sagen. Der Unfall mit Frau Hoffmann war so nicht geplant gewesen. Die beiden sollten ihr eigentlich nur einen ordentlichen Schrecken einjagen.

„Wir können doch nichts dafür, dass uns die blöde Kuh vor lauter Schreck volle Kanne in den Wagen rennt", versuchte sich der Mann zu verteidigen.

„Erzählen Sie uns von den Transporten", forderte Sterns ihn auf.

„Nichts Großes. Wir bekommen einen Anruf, dass wir zu einer bestimmten Stelle kommen sollen. Dort steht dann meistens ein Wagen mit der Ladung für uns parat und ein Zettel, wo draufsteht, wo das Zeug hin soll."

„Was waren das für Ladungen?"

„Keine Ahnung. Kisten halt." Es machte wirklich den Anschein, dass der junge Mann niemals hinterfragt hatte, was er eigentlich transportierte oder wen er warum überwachte. Er erledigte seine Aufträge, ohne Fragen zu stellen.

Sterns schaute den jungen Mann an.

„Habe ich das richtig verstanden, dass für euch meistens ein Wagen parat steht, mit dem ihr die Ware übergeben sollt?", fragte Nina nach. „Was sind das für Wagen?"

„Keine Ahnung", murrte der Mann. Das Verhör setzte ihm sichtlich zu. „Wagen halt."

„Mach's mal ein wenig genauer!" Sterns verlor langsam die Geduld. Sie waren so nahe an der Lösung des Falls.

„Ganz unterschiedlich. Lieferwagen, mal ein Geländewagen und ab und zu auch mal so 'nen Krankenwagen." Ja! Sterns jubelte innerlich. Vor Unruhe stand er auf und stützte sich mit beiden Armen auf der Tischkante ab.

„Krankenwagen?", spielte er den Ahnungslosen. „Was habt ihr denn in dem Krankenwagen transportiert?"

„Kisten halt. Das habe ich doch schon gesagt", ereiferte sich der junge Mann. Genau wie bei Sterns lagen seine Nerven blank.

„Wohin habt ihr die Kisten gefahren?", fragte Sterns.

„Weiß nicht mehr."

Nach einer weiteren halben Stunde hatten sie eine Liste mit verschiedenen Kliniken, die von den beiden in größeren Abständen mit einer Kiste beliefert worden waren.

Auch die Klinik ‚Am Wald' stand auf der Liste. Doch neben ihr hatten die beiden Männer im Laufe der letzten Jahre noch gut acht weitere Kliniken beliefert. Olpe, Essen, Koblenz, Aachen. Mit Organen zu handeln, schien ein gut laufendes Geschäftsmodell zu sein. Die Klinik ‚Am Wald' war nur einer der Kunden. Sie hatten es hier mit einer richtig großen Sache zu tun und Lorenz war wahrscheinlich nur ein kleiner Fisch in dem verseuchten Becken.

Sterns war jedoch klar, dass sie an die eigentlichen Drahtzieher im Moment nicht herankamen. Selbst gegen Lorenz und seinen Kumpanen hatten sie kaum stichhaltige Beweise. Doch die Indizien waren umfangreich. Umfangreich genug, um Lorenz einen Besuch abzustatten.

Er stieß einen tiefen Seufzer aus. In diesem Augenblick klopfte es an der Tür und der Alte bat ihn, kurz nach draußen zu kommen.

„Diese Charlotte hat versucht, Sie zu erreichen." Der sonst so ruhige Mann wirkte aufgeregt. „Es wird kurzfristig eine Transplantation geben. Wir haben uns schon bei Eurotransplant erkundigt. Von denen wurde das Organ nicht vermittelt."

Der Arzt

Der letzte Vortrag war langweilig gewesen. „Ethische Fragen der Xenotransplantation" stand nicht weit oben auf der Interessenliste von Lorenz. Ein todkranker Mensch sollte doch froh sein, wenn er mit einer Schweineniere sein Leben verlängern kann – wenn auch wahrscheinlich nicht bis zu seinem natürlichen Lebensende. Und ein Schwein kümmert es bestimmt nicht, ob seine Niere weiter Blut filtert oder auf einem Mittagstisch landet.

Erst viel später fiel ihm die Ironie auf zwischen diesem Vortrag und der Geschäftsanbahnung, die dieser Kongress ihnen noch bescheren sollte. Eigentlich waren er und Wagner nur nach Lausanne gefahren, weil beide den Schweizer Kanton Waadt nicht kannten und ihre Reise zu dem zweitägigen Ethik-Kongress steuerlich absetzbar war.

Lorenz und Wagner waren Geschäftsführer und Chefärzte der Kölner Privat-Klinik ‚Am Wald' GmbH. Die Klinik war spezialisiert auf komplexe chirurgische Eingriffe. Sie hatte nicht nur in Köln, sondern bis in das angrenzende Ausland einen exzellenten Ruf, insbesondere bei Menschen mit größerem Portemonnaie. Wenn schon ein Krankenhausaufenthalt notwendig war, dann nur bei dem besten Operateur und dem besten Drumherum. Man gönnte sich ja sonst nichts.

„Gehen wir morgen wieder hin oder sehen wir uns die Stadt an?", fragte er Wagner beim Verlassen des Saales.

Wagner zog die Tagesordnung aus seiner Vortragsmappe und warf einen Blick darauf. „Viel spannender wird's nicht werden: berufliche Schweigepflicht, ärztliches Gelöbnis … Lass uns sehen, was der Abend bringt und dann entscheiden." Er grinste.

„Ich will erst mal aus meinen Klamotten raus und unter die Dusche."

Sie gingen die wenigen Schritte vom Kongresszentrum zu ihrem Hotel „Grand Royal". Zwar hatte der Veranstalter den Teilnehmern in einem günstigeren Hotel ein Zimmerkontingent zur Verfügung gestellt, die beiden Ärzte waren aber der Meinung gewesen, es dürfte etwas nobler sein und hatten das Klinik-Sekretariat angewiesen, zwei Zimmer im „Grand Royal" zu buchen.

Da ihre Zimmer auf unterschiedlichen Etagen lagen, verabschiedeten sie sich in der Lobby und verabredeten sich für eine Stunde später, um über ein Restaurant für das Abendessen zu entscheiden. In seinem Zimmer warf Lorenz sein Sakko auf das Bett und überprüfte sein Telefon auf eingegangene Anrufe. Es gab nichts wirklich Wichtiges, insofern stellte er sich vor das Fenster mit dem herrlichen Ausblick auf die Altstadt. In der Dämmerung wurden die Häuser durch die angehende Straßenbeleuchtung gerade in ein weiches malerisches Licht getaucht. Eine heiße Dusche wäre jetzt nicht schlecht.

Auf dem Weg ins Badezimmer sah er den Umschlag auf dem Sekretär. Ein schlichter weißer Briefumschlag ohne Absender nur mit seinem Namen drauf. Er fingerte seine Lesebrille aus der Hemdtasche und riss den Umschlag auf. Der Brief bestand aus einem einzigen Blatt mit dem Briefkopf einer Firma „Osborne Pharmaceuticals Ltd".

Sehr geehrter Herr Dr. Lorenz,

mein Name ist Julius Miller und ich vertrete die Firma Osborne Pharmaceuticals in London. Wir verfolgen die Arbeit einiger privatwirtschaftlich betriebener Kliniken in Deutschland. In diesem Zusammenhang sind wir auf die Klinik ‚Am Wald' gestoßen, deren Geschäftsführer Sie sind.

Wir sind von der exzellenten Arbeit Ihres Teams sehr angetan und möchten Ihnen eine geschäftliche Kooperation anbieten. Art und Umfang der Kooperation würde ich Ihnen gern in einem persönlichen Gespräch erläutern.

Ich habe mir erlaubt, in dem Restaurant Ihres Hotels für heute Abend ab 19 Uhr den separaten Speiseraum „Grand Lac" zu reservieren. Selbstverständlich sind Sie zum Abendessen eingeladen.

Ich würde mich freuen, wenn Sie und Ihr Kollege Dr. Wagner, der eine gleichlautende Nachricht erhalten hat, dieser Einladung folgen würden. Ich erwarte Sie zu der angegebenen Zeit dort.

Freundlich grüßt Sie

J. Miller

P.S. Da es sich um ein vertrauliches Gespräch handelt, bitte ich Sie höflich, alle elektronischen Kommunikationsmittel in Ihren Zimmern zu lassen. Vielen Dank.

Lorenz setzte die Brille ab und runzelte die Stirn. Seltsam. Woher wusste der Absender, wer sie waren und in welchem Hotel sie abgestiegen waren? Und wie kam der Brief auf sein Zimmer?

In diesem Moment klingelte sein Telefon. Wagner.

„Hast du's schon gelesen?"

„Ja, hab ich."

„Und was hältst du davon?"

„Keine Ahnung. ... *Elektronische Kommunikationsmittel auf dem Zimmer lassen ... freundlich grüßt Sie ...* Noch gestelzter ging es wohl nicht." Lorenz' Stimme klang abfällig.

„Was meinst du? Gehen wir oder gehen wir nicht?"

„Na ja, ein kostenloses Abendessen in diesem Nobelschuppen ist nicht zu verachten. Und überfallen wird man uns hier doch wohl auch nicht." Lorenz musste schmunzeln.

Sie verabredeten sich für halb sieben auf Lorenz' Zimmer und gingen gemeinsam noch einmal den Brief durch. „Schlau werde ich daraus nicht", rätselte Lorenz „Aber wenn das wieder so ein Typ ist, der uns Feldversuche mit nicht zugelassenen Arzneimitteln aufschwatzen will, bin ich gleich wieder weg. Das können wir uns bei unserer Klientel nicht erlauben."

„Glaub ich irgendwie nicht. Woher weiß der, wer wir sind und wo er uns findet? Allein um das herauszufinden, lohnt es sich schon, sich ein paar Stunden vollquatschen zu lassen. Komm, lass uns gehen."

Sie schalteten ihre Telefone aus, legten sie auf den Sekretär und verließen den Raum.

Pünktlich um sieben Uhr gingen Lorenz und Wagner durch das Hotelrestaurant. Es war im gehobenen Landhausstil ausgestattet, mit schweren Möbeln und ausladenden Lüstern an der Decke. Es wirkte aber nicht pomadig oder überladen, sondern sehr gepflegt und elegant. Ihre Frage nach dem Raum „Grand Lac" wurde freundlich und bestimmt beantwortet, nicht mit der servilen Zudringlichkeit, die vielen Restaurantkellnern eigen ist.

Die Tür des Raumes stand offen. Am anderen Ende stand ein Mann mit dem Rücken zu ihnen und sah aus dem Fenster. Als er sie eintreten hörte, drehte er sich um. „Guten Abend, schön, dass Sie sich die Zeit genommen haben. Ich bin Julius Miller." Er kam auf sie zu und gab beiden die Hand. Er war mittelgroß, hatte eine mittlere Figur und war mittelalt. Die schwarzen Haare waren mittellang und sauber gescheitelt. Ein ausdrucksloses Gesicht, keine Brille, kein Bart. Er trug einen dunkelgrauen Straßenanzug, ein weißes Hemd und eine dezente Krawatte. Kurz – ein Mensch, dessen Aussehen man fünf Minuten nach Verlassen des Raumes vergessen würde.

„Bitte nehmen Sie Platz." Er deutete in Richtung Tisch, wo drei Essplätze arrangiert worden waren. Obwohl Miller nahezu perfekt Deutsch sprach, hatte Lorenz den Eindruck, dass dessen Herkunft eher in Südeuropa oder Südamerika zu suchen sei. Die etwas verwaschenen „s"-Laute seiner Aussprache deuteten darauf hin.

„Was ist das nun für eine Kooperation, die Sie uns anbieten wollen?", entfuhr es Wagner barsch, kaum, dass sie sich gesetzt hatten.

„Bitte lassen Sie uns damit noch einen Moment warten. In der Zwischenzeit können wir das Abendessen bestellen. Bitte schauen Sie einmal auf das Menü. Ich hoffe, ich habe Ihren Geschmack getroffen. Wenn nicht, lassen Sie es mich bitte wissen."

Lorenz sah drei Faltkarten auf dem Tisch, die ihm vorher entgangen waren. Er setzte seine Lesebrille auf.

Ceviche von Thunfisch und Jakobsmuscheln mit Guacamole, Papaya, Zwiebeln und Koriander

Kalte Tomatensuppe mit Langusten und Basilikum

Schonend gegarter Kalbsrücken mit Pfifferlingen, La ratte Kartoffeln und feinem Jus

Variation reifer Früchte, karamellisiert und aromatisiert

Na dann … Als Lorenz das las, festigte sich bei ihm der Eindruck, dass es in ihrer Klinikkantine noch Luft nach oben gab. Er sah Wagner belustigt an und merkte, dass der Kollege dasselbe dachte wie er.

Zehn Minuten später rief Miller mittels eines verdeckten Klingelknopfes den Sommelier. Nach eingehender Diskussion über den passenden Wein – es lief auf einen Riesling von der Mosel hinaus – verschwand der Mann wieder und sie tauschten weitere Minuten Belanglosigkeiten über die Stadt und das Wetter aus. Lorenz merkte, dass Wagner allmählich ungehalten wurde, als sich plötzlich dezent ein Mobiltelefon meldete.

Miller griff in seine Anzugjacke und hielt sich das Gerät ans Ohr, ohne sich zu melden. Nach einigen Sekunden bedankte er sich, beendete das Gespräch und schaltete das Telefon aus.

„Das mit den *elektronischen Kommunikationsgeräten* gilt anscheinend nicht für Sie, oder?" Wagner malte mit den Fingern imaginäre Anführungszeichen in die Luft.

„Nein", sagte Miller „aber ich musste sichergehen, dass Sie meiner Bitte gefolgt sind und Ihre Geräte nicht bei sich tragen. Und eine Leibesvisitation kommt ja hier wohl nicht in Betracht."

„Und wie haben Sie das gemacht?" Wagner runzelte die Stirn.

„Ich habe einen meiner Mitarbeiter gebeten zu prüfen, ob Ihre Telefone und Ihr Computer, Herr Dr. Lorenz, sich in Ihren Zimmern befinden. In Ihrem Zimmer, Herr Dr. Wagner, ist der Mann nicht fündig geworden, insofern hat es etwas länger gedauert. Aber da alle drei Geräte im Zimmer von Dr. Lorenz liegen, ist alles in Ordnung."

„Das ist nicht Ihr Ernst!", platzte es aus Lorenz heraus. Er und Wagner sahen erst einander und dann Miller entsetzt an.

„Bitte", Miller machte eine beschwichtigende Geste „ich versichere Ihnen, dass Ihre Sachen nicht angerührt wurden. Wenn wir später auseinander gehen, werden Sie diese Maßnahme verstehen."

Nach einem dezenten Klopfen an der Tür erschien der Kellner und servierte die Vorspeisen.

„Und Sie werden verstehen, dass wir uns jetzt nicht weiter mit Vorgeplänkel aufhalten wollen. Der Appetit ist mir sowieso vergangen. Also raus damit, worum es geht, bevor wir die Polizei rufen lassen!" Auch Lorenz platzte inzwischen der Kragen. Er beugte sich aggressiv vor und lief langsam rot an.

„Die Polizei ist keine gute Idee, aber ich versichere Ihnen, dass Sie jederzeit gehen können und die volle Freiheit darüber haben, meinem Kooperationsvorschlag zuzustimmen oder ihn abzulehnen – wenn – ja, wenn Sie beide über dieses Gespräch absolutes Stillschweigen bewahren."

„Und wenn nicht …?"

Da Miller jetzt auch etwas aufgeregter wurde, wurde sein spanischsprachiger Akzent erheblich ausgeprägter. „Das möchte ich jetzt nicht diskutieren. Eine Firma Osborne Pharmaceuticals gibt es nicht und mein Name ist auch nicht Miller. Ich wäre

Ihnen aber sehr verbunden, wenn Sie mich weiter so nennen, denn meinen richtigen Namen werden Sie nicht erfahren.

Wir haben Sie beide und Ihre Klinik gründlich überprüft und das Ergebnis ist hervorragend. Sie sind sehr gute Ärzte, Ihr beruflicher und privater Werdegang ist jeweils tadellos und ohne eine erkennbare Spur von Fehlverhalten. Ihr Lebensstil ist ansatzweise luxuriös, aber das sollte bei Ihrem Einkommen niemanden verwundern.

Die Arbeit Ihrer Klinik spielt in der oberen Liga der chirurgischen Kunst und uns ist weder ein behaupteter, geschweige denn ein nachgewiesener Kunstfehler bekannt. Außerdem kommen Ihre Patienten aus den Gesellschaftsschichten, die auch wir als Kunden schätzen. Aus diesen Gründen streben wir eine Kooperation mit Ihnen an."

„Mir reicht's bald, ich lasse mich nicht gern ausspionieren. Wie lange wollen Sie eigentlich noch um den heißen Brei herumreden? Verkaufen Sie Geldanlagen, oder was?" Lorenz' Stimmung bewegte sich rapide auf den Gefrierpunkt zu.

Miller lächelte hintergründig. „Nein, keine Geldanlagen. Meine Organisation kann Ihnen Dinge liefern, die in Deutschland und in Ihrer Branche absolute Mangelware sind."

Die beiden Ärzte wurden langsam hellhörig, „Und was ist das, diese angebliche Mangelware?", fragte Wagner.

„Sagen wir mal: Ersatzteile", warf Miller ein. Er tat so, als ob er mühselig nach diesem Begriff gesucht hätte.

Schlagartig ging in ihren Köpfen das Licht an. Diese Heimlichtuerei, dieses halb- bis illegale Ausspionieren, dieser absolute Durchschnittstyp, das Geschwafel, wie toll ihre Arbeit sei.

„Sie sind ein Organhändler!", platzte es aus Lorenz heraus.

Wagner sagte schon länger nichts mehr, sondern saß nur noch fassungslos auf seinem Stuhl.

„Ich würde bevorzugen, wenn wir es ‚Export von leicht verderblichen Waren' nennen", sagte Miller etwas pikiert. „Sehen Sie es so: Wir liefern Sachen, die Sie für manche Ihrer Patienten dringend benötigen, aber nicht haben. Die meisten todkranken Menschen, wenn sie nicht sehr betagt sind, geben ziemlich alles für ihre Gesundheit.

Warum sollen sie es nicht bekommen, wenn sie es sich leisten können? Wir liefern zuverlässig das passende Produkt, dessen Spezifikation Sie uns vorher aufgegeben haben, wir liefern diskret, geben aber das Zeitfenster der Lieferung fest vor. Aber auch die Verfügbarkeit, sagen wir mal von exotischeren … ähm ‚Ausprägungen' steigt ständig."

„Wie soll ich das verstehen? Dafür sterben Menschen in anderen Teilen der Welt!" Wagner war wieder aufgewacht.

„Sie spielen jetzt den Moralapostel? Ein Obdachloser in den Favelas irgendwo in Südamerika gegen das Leben eines Ihrer betuchten Patienten?", auch Miller wurde jetzt säuerlich. „Ich diskutiere nicht über den Wert des Lebens. Ich mache Geschäfte und habe Ihnen gerade eines angeboten. Nehmen Sie es an oder lassen Sie es bleiben. Wenn Sie es bleiben lassen, werden Sie nie wieder etwas von mir hören oder sehen – vorausgesetzt, Sie halten sich an die Schweigeverpflichtung."

„Ich habe Sie schon einmal gefragt: Und was, wenn nicht? Wollen Sie uns drohen?" Es schien, als wollte Wagner Miller mit seinem Blick aufspießen.

„Ich will es einmal so ausdrücken: Einer unserer Klienten transplantierte einer Patientin vor zwei Jahren erfolgreich eine von uns bezogene Niere. Sechs Monate nach der Operation bekam die Dame etwas, was man als ‚moralische Bedenken' bezeichnen könnte. Sie ging zur Polizei und erstattete Selbstanzeige und Anzeige gegen die Klinik. Unglücklicherweise erlitt sie kurz darauf einen tödlichen Unfall. Die Untersuchung gegen die Klinik verlief aus Gründen, die ich nicht näher erläutern möchte, im Sande. Das war bisher der einzige Zwischenfall, den wir in Verbindung mit einer Schweigeverpflichtung verzeichnen mussten. Und es ist zwingend erforderlich, dass es auch so bleibt.

Aber an diesem Beispiel können Sie erkennen, dass wir uns auch noch nach Abschluss einer Transaktion zwischen Ihnen und uns um Komplikationen auf dritter Seite kümmern."

Lorenz begann, seine Scheu etwas abzulegen. „Wie läuft denn solch eine Transaktion überhaupt konkret ab?", fragte er lauernd.

„Ich möchte Sie zu diesem Zeitpunkt nicht mit zu viel Wissen belasten. Aber auch nachdem Sie einer Kooperation zugestimmt haben, werden Sie nur Informationen über den Bestellvorgang, die Auslieferung und die Geldtransaktion bekommen. Betrachten Sie sich als das eine Ende einer Lieferkette. Alles, was vor diesem Ende passiert, soll Sie nicht interessieren. Haben Sie etwas zum Schreiben?" Miller hob die Hände zu einer Geste, als ginge ihn das alles nichts an. „Wir sind bei diesem Gespräch in einer Phase, in der Sie nichts entscheiden müssen."

Lorenz bejahte bedächtig die ursprüngliche Frage und kramte umständlich Zettel und Stift hervor.

„Ich gebe Ihnen jetzt eine E-Mail-Adresse. Diese Adresse wird von heute Nacht null Uhr exakt für vierzehn Tage aktiv sein und dann abgeschaltet. Sie dient ausschließlich dem Empfang Ihrer Zustimmung. Gehen Sie in dieser Zeit in ein Internet-Café und besorgen Sie sich bei einem Freemailer, der Webzugriff auf den Account erlaubt, ebenfalls eine E-Mail-Adresse. Die Bezeichnung der Adresse ist unerheblich, wir werden Sie als Absender am Inhalt erkennen. Verschicken Sie eine E-Mail mit dem Betreff ‚ankunft' und dem Text ‚bin morgen um 9 bei dir. igor'. Danach deaktivieren Sie diese Adresse wieder. Wenn Sie nichts schicken oder einen anderen Text, werten wir das als Ablehnung und werden uns nicht mehr melden. Eine Antwort bekommen Sie in keinem Fall. Und arbeiten Sie ausschließlich in einem Internet-Café, nutzen Sie kein Handy und keinen eigenen PC. Dazu zählen auch Notebooks und Tablets."

Er gab Lorenz eine Adresse, die auf .ru für Russland endete. Lorenz notierte auch Betreff und Text.

„Dies ist im Übrigen der einzige persönliche Kontakt zwischen Ihnen und meiner Organisation. Ausgenommen sind natürlich die Bestellungen und Auslieferungen, die durch einen unserer Subunternehmer ausgeführt werden. Mich werden Sie auf keinen Fall wieder sehen. Alles Weitere wird über andere Kanäle kommuniziert.

Ach so, noch ein Letztes: Zum Zeichen unseres Interesses daran, Sie als Geschäftspartner zu gewinnen, ist die erste Lieferung für Sie kostenlos." Miller blickte die beiden gespannt an, als ob er jetzt helle Begeisterung aufgrund eines unerwarteten Weihnachtsgeschenkes erwarten würde.

Stattdessen breitete sich Schweigen aus.

Eine zu diesem Zeitpunkt irrwitzige Frage schoss Lorenz durch den Kopf. „Wieso sprechen Sie eigentlich so gut Deutsch? Ich schätze mal, Ihre Muttersprache ist Spanisch. Haben Sie deutsche Vorfahren?"

Miller lächelte. „Ich glaube, ich sagte schon, dass Sie nicht mehr wissen sollten, als Sie müssen. Gehen Sie davon aus, dass meine Organisation in jedem Sprachraum Repräsentanten hat, die sich neben den lokalen Gepflogenheiten auch in der jeweiligen Sprache bestens auskennen müssen."

Lokale Gepflogenheiten, als Nächstes nennt er uns sicher ‚Eingeborene‘, dachte Lorenz.

„Im Übrigen", fuhr Miller fort „müssen Sie mich jetzt bitte entschuldigen. Falls Sie es nicht bemerkt haben: Ich habe aufgrund der angeregten Unterhaltung das weitere Abendessen zurückstellen lassen. Wenn ich Sie jetzt verlasse, werde ich den Kellner bitten, sich nach Ihren weiteren Wünschen zu erkundigen. Selbstverständlich wird die Rechnung von mir übernommen. Ich wünsche Ihnen noch einen schönen Abend. Sie haben sicher viel Diskussionsbedarf untereinander."

Damit war Miller durch die Tür und ließ Lorenz und Wagner völlig perplex zurück.

*

Lorenz saß an seinem großen Schreibtisch und starrte gedankenversunken auf eine Tasse mit dampfendem Montag-Morgen-Kaffee. Sein kombiniertes Büro/Untersuchungszimmer war hell und freundlich eingerichtet, kein teurer Schnickschnack. Man musste den Patienten ja nicht direkt zeigen, wo ihr Geld blieb.

Wieder und wieder ging er in Gedanken das frustrierende Gespräch vom Samstag mit seinem Sohn Sebastian durch.

Studium der englischen Literatur – wen wollte er damit eigentlich hinter dem Ofen hervorlocken? Wenn er so weitermachte, würde er noch als verstaubter Lehrer an irgendeinem Provinz-Gymnasium enden. Zugegeben: Mit seinen vierundzwanzig Jahren sollte man ihm ein gewisses Selbstbestimmungsrecht zubilligen, aber so was?

Um seine Stimmung etwas aufzuhellen, ließ er die Stationen seiner eigenen Karriere Revue passieren:

Medizinstudium in Berlin, die übliche Ochsentour durch mehrere Krankenhäuser, Promotion, dann das phantastische Angebot, in der Unfall- und Wiederherstellungschirurgie der Charité arbeiten zu können.

Wie aus heiterem Himmel kam dann das Angebot vor neunzehn Jahren, die Leitung des privaten Krankenhauses Klinik ‚Am Wald' im Kölner Süden zu übernehmen. Der damalige Leiter ging in den Ruhestand und über Seilschaften aus seiner Studienzeit hatte er von der kommenden Vakanz erfahren. Seine Frau Sabine, die ebenfalls Ärztin war, aber zu diesem Zeitpunkt schon nicht mehr praktizierte, um sich der Erziehung ihres gemeinsamen Sohnes zu widmen, und er zögerten keine Sekunde. Sebastian stand kurz vor der Einschulung, ihr Freundeskreis war überschaubar und drei Monate nach der Entscheidung zogen sie nach Köln.

Die Klinik war ziemlich abgewirtschaftet gewesen und verströmte den Mief der siebziger Jahre. Aber mit einem günstigen Kredit und unterstützt von einem üppigen Erbe machte sich Lorenz an die Modernisierung. Gemeinsam mit seinem ehemaligen Kommilitonen Martin Wagner, ebenfalls Chirurg, änderten sie die Gesellschaftsform in eine GmbH mit ihnen beiden als Geschäftsführern. Neben den notwendigen Gebäudesanierungen sowie der Modernisierung der medizinischen Ausrüstung wurde die halbe Belegschaft im Laufe der Zeit ersetzt.

Inzwischen arbeiteten sie mit fünf weiteren angestellten Ärzten und einer wechselnden Anzahl von Krankenschwestern und -pflegern sowie zwei kaufmännischen Angestellten und hatten eine Kapazität von hundert Betten. Ihre Kundschaft waren alle die, die in Köln und im weiteren Umfeld Rang und Namen hatten mit samt einem Portemonnaie, das sich eine großzügige Sonderbehandlung leisten konnte.

Das Sahnehäubchen war jedoch der Ärztekongress in Lausanne vor zehn Jahren gewesen und die geschäftliche Kooperation, die sie kurz darauf eingegangen waren. Er erinnerte sich noch gut an die hitzige Diskussion, die Wagner und er nach dem Treffen mit dem ominösen Julius Miller geführt hatten. Für Lorenz und Wagner war das Essen an dem Abend eher spärlich ausgefallen. Er wusste aber nicht mehr genau, ob es noch Abscheu oder schon eine gewisse Aufregung gewesen war, die ihren Appetit gelähmt hatte.

Jedenfalls hatten sie noch bis in die Nacht hinein geredet, das Für und Wider, Risiken und Chancen diskutiert – teilweise laut und mit roten Köpfen. Am Ende hatten sie verabredet, das Thema eine Woche lang ruhen zu lassen und dann erneut aufzugreifen. Merkwürdigerweise waren sie sich sieben Tage später ohne weitere Diskussion einig und schrieben weitere fünf Tage später die E-Mail.

Weitere vierzehn Tage später war ein Paket in der Klinik angekommen, persönlich an Lorenz adressiert. Absender war die Firma Osbourne Pharmaceuticals Büro München. Das Paket enthielt ein Blatt Papier mit Preisen verbunden mit Artikelnummern und Lieferzeiten, einen Autoschlüssel sowie die Anweisung, am folgenden Montag gemeinsam mit seinem Kollegen Wagner um neun Uhr im Büro zu sein, um ein Telefongespräch entgegennehmen zu können.

Pünktlich auf die Minute verband Frau Schneider, Lorenz' Sekretärin, ihn mit Miller. Wagner war ebenfalls in sein Büro gekommen. Lorenz übernahm das Gespräch. Sein Herz klopfte und seine Hand, die den Hörer hielt, war nass.

„Lorenz", meldete er sich mit etwas belegter Stimme.

„Miller, guten Morgen, Herr Dr. Lorenz. Ich hoffe, Sie hatten eine schöne Zeit, seit wir uns vor einem knappen Monat in Lausanne getroffen haben. Ich nehme an, Ihr Kollege ist ebenfalls anwesend. Bitte schalten Sie den Lautsprecher Ihres Telefons an, damit er mich hören kann."

Lorenz tat, wie ihm geheißen, und legte den Hörer danach auf seinen Schreibtisch.

„Ihnen auch einen guten Morgen, Herr Dr. Wagner. Ich freue mich, dass Sie beide die Kooperation eingegangen sind, die ich Ihnen seinerzeit angeboten habe. Ich habe kleinere Nachforschungen über Ihre Sekretärin anstellen lassen. Sie hat nach meiner Information nicht den Hang, Telefongespräche zu belauschen. Insofern können wir wohl ungestört telefonieren. Haben Sie etwas zu schreiben? Unser Gespräch wird etwas länger dauern."

Lorenz schluckte schwer und fischte einen Schreibblock und einen Stift aus seinem Schreibtisch. „Wir sind bereit."

„Ich nehme an, Sie haben die Artikelnummern, Preise und Lieferzeiten gefunden. Ich diktiere Ihnen jetzt, welche Nummer sich auf welches Produkt bezieht."

Lorenz notierte die entsprechenden Daten.

„Die Preise sind Anhaltspreise. Sie dienen dazu, Ihnen eine Vorstellung von der Größenordnung zu geben. Außerdem können Sie dann übersehen, ob Ihr Patient sich das überhaupt leisten kann. Der tatsächliche Preis ist ein Tagespreis – so, als ob Sie frischen Fisch in einem Restaurant ordern." Miller lachte kurz auf. Eine peinliche Stille entstand.

Miller nahm den Faden wieder auf: „Natürlich bleibt die erste Lieferung für Sie kostenlos – wie in Lausanne besprochen. Auch die Lieferzeiten sind Circa-Zeiten, damit Sie schon einmal grob vorplanen können. Der tatsächliche Lieferzeitpunkt richtet sich nach Verfügbarkeit des Produktes. Sie wissen schon … Exotische Blutgruppen und so.

Im Folgenden beschreibe ich Ihnen den Bestell- und Auslieferungsprozess. Entscheiden Sie selbst, was Sie davon notieren. Es werden allerdings keine Abweichungen toleriert. Wenn es zwischen der verbindlichen Bestellung und der Auslieferung Probleme, egal, welcher Art, gibt, für die Sie verantwortlich sind, stellen wir Ihnen trotzdem den vollen Kaufpreis in Rechnung – und glauben Sie mir: Sie werden die Rechnung begleichen."

Lorenz schluckte wieder und wischte seine Hände an den Hosenbeinen trocken.

„Sie bekommen an jedem ersten Montag im Monat um neun Uhr einen Anruf von Osbourne Pharmaceuticals. Der Anrufer wird fragen, ob Sie eine Bestellung aufgeben möchten. Wenn das der Fall ist, geben Sie die notwendigen medizinischen Spezifikationen an. Wenn Sie eine Bestellung aufgegeben haben, erhalten Sie zwei Tage später, also am Mittwoch, ebenfalls um neun Uhr einen weiteren Anruf mit dem Preis und dem voraussichtlichen Lieferzeitpunkt. Sie müssen sofort zustimmen oder ablehnen.

Wenn Sie den Montagsanruf verpassen, ist eine Bestellung erst wieder im Folgemonat möglich. Wenn Sie den Mittwochsanruf verpassen, ist die Bestellung vom Montag hinfällig und Sie können ebenfalls erst wieder im Folgemonat eine Bestellung aufgeben."

„Wie kommen wir an die Ware?", warf Wagner von der anderen Seite des Schreibtisches ein. Er beugte sich interessiert vor.

„Pünktlich zum vereinbarten Lieferzeitpunkt wird ein Krankentransporter bei Ihnen vorfahren. Ich unterstelle, dass Sie Transplantationen zur Chefsache erklärt haben. Sie oder Dr. Wagner holen bitte persönlich den Transportbehälter aus dem Wagen ab. Das lässt sich leicht damit erklären, dass Sie die Papiere und Spezifikationsangaben selbst überprüfen wollen. Am selben Abend steht auf dem Parkplatz des großen Supermarktes an der Rheinuferstraße – ich nehme an, dass Sie den kennen – ein grauer Opel mit Hamburger Kennzeichen, also ‚HH'. Zu diesem Wagen passt der Schlüssel, den Sie mit dem Paket erhalten haben. Bitte laden Sie den Behälter bis spätestens einundzwanzig Uhr in den Kofferraum des Wagens. In dem Behälter muss sich dann der vereinbarte Kaufpreis befinden.

Zu diesem Zeitpunkt hat der Supermarkt noch geöffnet und der Parkplatz dürfte nicht allzu leer sein, sodass Ihre Umladeaktion nicht weiter auffällt.

Und noch etwas: Über die begrenzte Haltbarkeit der Produkte brauche ich Ihnen nichts zu erzählen. Ein Herz zum Beispiel wird bekanntlich nach vier Stunden unbrauchbar. Das bedeutet, dass wir den Ausbau manchmal in Ihrer Nähe durchführen müssen, das wiederum bedeutet ein höheres Risiko und daraus resultiert ein hoher Preis speziell für diesen Produkttyp.

Aber … Wir garantieren Ihnen eine Zwei-Stunden-Frist für den Einbau bei allen Produkten. Ob Sie Ihre Klinikabläufe dazu umstrukturieren müssen, müssen Sie selbst entscheiden. Auf jeden Fall müssen Sie sich beeilen. Haben Sie noch Fragen?"

Lorenz kratzte sich am Kopf. „Wo sollen wir denn so viel Bargeld herbekommen? Unterstellt, wir ordern zweimal pro Jahr. Das ist doch auffällig."

Miller lachte leise und etwas überheblich. „Denken Sie doch bitte einmal nach! Das Geld kommt doch nicht von Ihnen, sondern von Ihren Patienten. Ich glaube, ich muss Ihnen noch etwas Nachhilfe geben.

Andere unserer Kunden machen das so: Die Patienten, die unsere Dienstleistung in Anspruch nehmen, müssen ohnehin eingeweiht werden. Der Kaufpreis, den wir beanspruchen, wird vom Patienten ebenfalls in bar von Ihnen eingefordert. Und dieser wird solch eine Bar-Transaktion doch wohl nur einmal in seinem Leben durchführen. Für Ihre Kosten und Ihre Marge stellen Sie offiziell eine andere Operation in Rechnung. Die ‚echten' Operationen führen doch nur Sie beide durch und ich kann mir nicht vorstellen, dass Ihre Assistenten Einblick in Ihre

Buchhaltung haben. Apropos Buchhaltung: Bei anderen Klienten hat es sich empfohlen, eine weitere Vertrauensperson einzubeziehen, denn eine gewisse Parallelbuchhaltung und -lagerung für Medikamente und Hilfsmittel sowie für unsere persönlichen Abrechnungsdinge wird sicher notwendig werden. Aber das überlasse ich besser Ihrer eigenen Organisation der Klinikabläufe.

Ach ja, bleibt noch die Frage: Wohin mit dem vielen Bargeld? Ich gebe Ihnen einen Tipp: Sie machen doch sicher gern Urlaub. Rücken Sie Ihren Blick doch einmal auf die Ferieninseln Madeira, Malta oder Zypern. Vielleicht lohnt es sich ja für Sie, dort eine Firma zu eröffnen. Eine dort ansässige Bank wird Ihnen zu diesen Dingen sicher hilfreiche Informationen liefern können ...

Meine Herren, ich wünsche Ihnen noch einen schönen Tag und freue mich auf Ihre erste Order."

Damit war das Gespräch beendet. Lorenz und Wagner sahen sich an. „Scheint simpel, aber clever durchorganisiert zu sein", sagte Wagner.

„Mmh." Lorenz begann wieder Panik zu schieben. „Wir werden sehen ..."

*

Tagelang brüteten die beiden noch über die Abläufe der Transaktionen. Die Abrechnung der Leistungen war nicht problematisch. Als Privatklinik stellten sie Privatrechnungen. Diese wurden zwar von den Patienten an ihre Versicherungen weiter gereicht und von denen bezahlt, aber es hatte sich noch niemand aus der Leistungsabteilung eines Versicherungsträgers beschwert, wenn es bei einem schweren organischen Problem keine Folgerechnungen für eine unabänderliche Operation gab, obwohl auch dort sicher niemand an eine Spontan-Heilung glauben dürfte.

Transplantationen waren jetzt bereits Chefsache, sodass sich daraus keine grundsätzlich neuen Erfordernisse ergaben, aber die die buchungs- und lagertechnischen Fragen bereiteten ihnen zunächst einiges Kopfzerbrechen. Grundsätzlich kam für diese Aufgabe nur eine Person in unmittelbarer Nähe der Chefs infrage. Als glücklicher Umstand erwies sich, dass Lorenz' derzeitige Sekretärin, Frau Schneider, ein Jahr später in den Ruhestand gehen wollte. Mit dem Argument für jahrelange hervorragende Arbeit bot Lorenz ihr an, gegen eine angemessene Abfindung direkt dann auszuscheiden, sobald eine adäquate Nachfolgerin gefunden sei.

Das Auswahlverfahren war kompliziert und langwierig, da die Kandidatinnen „einfühlsam" darauf hin abgeklopft werden mussten, ob sie für die „spezielle" Arbeit neben dem Sekretärinnenjob geeignet waren. Letztlich fand Lorenz Angelika Marquardt. Sie war Anfang 30, gutaussehend, selbstsicher und hatte beste Referenzen als Vorstandssekretärin eines Automobilzulieferers.

Und sie war geldgierig!

Seitdem hatten sie tatsächlich mehr als zwei Bestellungen pro Jahr aufgegeben. Alles in allem waren es siebenundzwanzig gewesen. Bestellungen und Lieferungen funktionierten tadellos. Zwischendurch war der graue Opel durch einen grauen Volkswagen ersetzt worden, aber ansonsten hatte sich an dem Ablauf nichts geändert.

Die gelieferten Produkte entsprachen stets der geforderten Spezifikation. In nur wenigen Fällen hatte es Komplikationen gegeben. Allerdings mussten sie einen Exitus verzeichnen. Eine betagte Dame war geraume Zeit nach einer Nierentransplantation an einer chronischen Abstoßungsreaktion verstorben. Nachforschungen hatten dann allerdings ergeben, dass sie zunehmend verwirrt war und regelmäßig die Einnahme ihres Immunsuppressivums vergessen hatte.

*

Nun denn. Lorenz stand von seinem Schreibtisch auf. Der Kaffee war inzwischen kalt geworden. Aber er hatte ohnehin keine Zeit mehr, seinen Gedanken nachzuhängen. Er starrte auf den wolkenverhangenen Himmel über dem Wald, der direkt an das Klinikgelände angrenzte. Er wartete auf den Neun-Uhr-Anruf. Er hatte es sich zur Regel gemacht, den Anruf auch dann entgegenzunehmen, wenn er keine Bestellung aufgeben wollte.

Pünktlich klingelte das Telefon. „Ihr Freund von Osbourne", säuselte seine Sekretärin Angelika und legte auf.

„Lorenz."

„Firma Osbourne. Guten Morgen, Herr Dr. Lorenz. Wollen Sie eine Bestellung aufgeben?" Wie immer klang die Stimme äußerst brummig.

„Nein, in diesem Monat nicht. Nächsten Monat wird es voraussichtlich aber etwas Größeres."

Der Anrufer legte grußlos auf. Ja, im nächsten Monat würde es etwas Größeres werden.

Vier Wochen vorher war Paul Broscheid mit seinem Sohn Frederic in der Klinik vorstellig geworden. Frederic litt an einer dilatativen Kardiomyopathie. Sein Herzmuskel war zu schwach, um ausreichend Blut durch seinen Kreislauf zu pumpen. Als Ursache kam eigentlich nur eine nicht rechtzeitig erkannte und demzufolge nicht behandelte Herzmuskelentzündung infrage. Inzwischen häuften sich bei ihm die typischen Symptome wie Atemnot und Leistungsschwäche bis hin zur Ohnmacht. Auch Flüssigkeitseinlagerungen in den Beinen des Jungen waren bereits deutlich erkennbar.

Broscheid war mit seinem Sohn schon bei mehreren Kardiologen gewesen. Die eingehende Ultraschalluntersuchung, die Lorenz an dem Jungen durchgeführt hatte, bestätigte die Diagnosen seiner Vorgänger: Für eine medikamentöse Behandlung oder das Einsetzen eines Herzschrittmachers war es eindeutig zu spät. Rettung versprach nur noch eine Herztransplantation.

Aber die Wartezeit war lang. Selbst wenn Lorenz den Jungen auf die High-Urgency-Liste bekäme, was wahrscheinlich war, würde das angesichts seiner seltenen Blutgruppe AB unter zwölf Monaten nicht klappen. Bis dahin war der Junge voraussichtlich tot.

Paul Broscheid war alleiniger Inhaber eines florierenden Dachdeckerbetriebes, so viel hatte er inzwischen herausgefunden. Im Grunde genommen ein solider Handwerker, der verzweifelt darüber war, dass er seinem Sohn nicht selbst helfen konnte. Bei dem letzten Gespräch meinte Lorenz, entweder einen exotischen Herrenduft oder eine leichte Alkoholfahne gerochen zu haben – so genau konnte man das ja heute nicht mehr unterscheiden. Er und die Mutter des Jungen kümmerten sich rührend um Freddi. Sie waren nahezu täglich in der Klinik.

Alles in allem gute Vorzeichen, auch wenn Lorenz annahm, dass der Vater den Gürtel erheblich würde enger schnallen müssen, wenn er denn auf sein Angebot einging.

Heute stand ein weiteres Gespräch mit dem Vater an. Lorenz wollte langsam damit beginnen, ihm auf den Zahn zu fühlen. Darin hatte er inzwischen Erfahrung ...

*

Lorenz' Zeitplan an diesem Vormittag war entspannt. Außer einer Visite bei Freddi und dem anschließenden Gespräch mit dessen Vater stand nichts an. Und für Letzteres wollte er sich so viel Zeit nehmen, wie notwendig. Die Visite hatte erwartungsgemäß keine neuen Erkenntnisse gebracht. Der Junge war schwach und musste bereits zeitweise beatmet werden. Schade eigentlich, einen derart aufgeweckten Sohn hätte Lorenz auch gern gehabt, statt des angestaubten Literaturstudenten, zu dem sich Sebastian entwickelte.

Als er pünktlich um viertel nach elf Uhr in sein Büro zurückkehren wollte, stutzte er, als er statt Angelika Marquart Schwester Charlotte in seinem Vorzimmer sitzen sah. „Was ist denn hier passiert?" Er wirkte ziemlich irritiert.

„Entschuldigen Sie, Herr Dr. Lorenz, wenn Angelika Sie nicht mehr informieren konnte ... Es ging ihr nicht gut ... Migräne ... Sie hat mich gebeten, sie ausnahmsweise einmal zu vertreten. Sie hat mir auch kurz die Telefonanlage erklärt." Schwester Charlotte lief leicht rot an und musste sich räuspern. „Außerdem haben Sie Besuch: Herr Broscheid ist gerade gekommen. Ich habe ihn in Ihr Untersuchungszimmer gebracht. Ich hoffe, das war okay?" Ihre Stimme wurde wieder fester.

Lorenz grunzte nur ärgerlich und ging weiter zu seinem Büro. Langsam öffnete er die Tür und wandte sich mit betrübter Miene dem Mann zu.

„Guten Morgen, Herr Broscheid. Sie waren schon bei Ihrem Sohn, nehme ich an. Welchen Eindruck haben Sie von ihm?" In der Klinik gab es keine Besuchszeiten. Jeder Besucher konnte außerhalb der Nachtruhe von zweiundzwanzig bis sieben Uhr kommen und gehen, wann er wollte.

„Hallo, Herr Dr. Lorenz. Meine Frau oder ich sind ja täglich hier. Ich habe den Eindruck, man kann zusehen, wie er immer schwächer wird oder täuscht das? Was sagen Sie? Haben Sie Neuigkeiten?" Der verzweifelte Mann knetete seine großen abgearbeiteten Hände.

Wieder nahm Lorenz diesen seltsamen Geruch wahr. Zu viel Alkohol am Vorabend? Ein exotisches Parfüm?

„Um ehrlich zu sein: Ihre Wahrnehmung täuscht Sie nicht. Freddis Herz tut, was es kann, aber es ist schwer geschädigt und die Folgen sind leider nicht zu übersehen. Es ist nun einmal so, dass eine Herzmuskelentzündung gerade bei jungen Menschen nicht immer rechtzeitig erkannt wird. Daraus kann man niemandem einen Vorwurf machen. Und wir tun, was wir können, um ihn stabil zu halten."

„Weiß ich ja! Aber wie geht es weiter? Geht es überhaupt weiter? Können wir selbst etwas tun, um eine Transplantation zu beschleunigen?"

Interessant, dass der Mann selbst das Gespräch in diese Richtung bringt, dachte Lorenz und musste innerlich lachen.

„Ich hatte Ihnen gesagt, dass ich Ihren Sohn auf die High-Urgency-Liste setzen lasse und das habe ich inzwischen erreicht."

Natürlich stimmte das überhaupt nicht. Wenn Broscheid auf sein Angebot einging, bedeutete das risikoreichen Papierkram,

219

denn dann musste Lorenz den Sohn wieder von der Liste streichen lassen und er musste einen Exitus vortäuschen.

„Aber ich hatte Ihnen schon gesagt: Die Wahrscheinlichkeit, dass ein Kind im ungefähren Alter Ihres Sohnes verstirbt *und* dieselbe seltene Blutgruppe hat *und* dessen Herz gesund ist *und* das einen Spenderausweis hat, wäre wie ein Sechser im Lotto. Es tut mir leid, aber ich muss ehrlich mit Ihnen sein. Allein die Blutgruppe: Nur vier Prozent der Bevölkerung haben AB und Spender mit einer anderen Blutgruppe kommen nicht infrage. Wir haben in unserer Klinik einige Erfahrung mit diesen Dingen. Unter einem Jahr Wartezeit – mindestens – gibt es keine realistische Chance für Ihren Sohn. Nochmals: Es tut mir leid, das sagen zu müssen, aber ich kann Ihnen kaum Hoffnung machen. Wir halten ihn stabil, solange wir können und solange sein Herz mitmacht."

Lorenz stand auf und ging an seinen Computer. Er wählte ein Sonografiebild aus und drehte den Bildschirm in Richtung von Broscheid.

„Sehen Sie hier und hier und hier." Er deutete mit einem Kugelschreiber auf drei verschiedene Punkte des Bildes. „Das sind die Problemfelder."

Natürlich wusste er, dass jemand, der nicht mit dieser Technik vertraut war, absolut nichts aus den grauen Schlieren herauslesen konnte, aber solche Zaubereien wirkten immer vertrauenerweckender als pures Reden, so viel hatte er im Laufe der Jahre gelernt.

Broscheid sackte immer tiefer auf seinem Stuhl zusammen. Tränen strömten ungehindert seine Wangen herunter. Er wollte von dem Kaffee trinken, den Schwester Charlotte ihm gebracht hatte, aber seine Hände zitterten zu stark.

Minutenlang schwiegen beide Männer. Die Stille wurde nur durch zeitweiliges Schluchzen von Broscheid gestört.

„Ich möchte bitte Ihre Toilette benutzen."

Lorenz schwieg. Er wusste: Wenn der Mann zurückkam, war es Zeit, den Köder auszuwerfen.

Fünf Minuten später kam Broscheid zurück, immer noch völlig aufgelöst.

„Darf ich Ihnen eventuell ein Beruhigungsmittel bringen lassen?"

„Nein, danke. Ich denke, ich fahre jetzt nach Hause."

„Soll ich Ihnen nicht besser ein Taxi rufen lassen? Ich glaube, ich kann Sie so nicht gehen bzw. fahren lassen." Lorenz tat besorgt.

Broscheid schwieg und starrte auf den Bildschirm, der immer noch das Sono-Bild zeigte.

„Es gibt da eventuell eine Möglichkeit – nein, das geht nicht …" Lorenz schüttelte betrübt den Kopf.

„Was meinen Sie?" Broscheid richtete sich auf.

„Vergessen Sie's! Mir ist da nur etwas durch den Kopf geschossen." Lorenz tat so, als würde er über etwas nachgrübeln.

„Nein, sagen Sie's! Sie wissen, ich würde alles tun, damit mein Sohn wieder gesund wird."

„Das Problem ist, dass das Alternativverfahren, das eventuell infrage kommt, risikoreich ist und nicht von Ihrer Krankenversicherung übernommen wird. Und es ist sehr teuer."

„Was meinen Sie?" Broscheids Augen wurden immer lebhafter und er zuckte auch vor dem Wort „teuer" nicht zurück.

„Nun, ich bin in diversen bundesweiten ärztlichen Gremien aktiv und vielleicht ergäbe sich in Ihrem speziellen Fall die Möglichkeit, die High-Urgency-Liste ein wenig zu umgehen."

Tatsächlich war Lorenz in einigen Gremien des Berufsverbandes der Chirurgen aktiv, ironischerweise auch in einer Arbeitsgruppe der Ethikkommission, aber das mit der Umgehung der Liste war nur sehr begrenzt möglich und viel zu gefährlich für Lorenz.

„Wissen Sie, durch meine Tätigkeit außerhalb der Klinik habe ich viele Verbindungen, die ich unter Umständen für Ihren Sohn nutzen kann. Das würde die Sache erheblich beschleunigen. Konkret kann ich zu diesem Zeitpunkt nichts versprechen, ich müsste zunächst einige Rückfragen halten. Wenn das Ergebnis positiv ist, müssen Sie allerdings mit Kosten im mittleren sechsstelligen Bereich rechnen." Es hatte sich bewährt, bei den Kosten ein wenig zu übertreiben. Die Kunden freuten sich später immer, wenn es dann ein wenig „billiger" wurde.

Broscheid wurde zunehmend aufgeregt. „Mittlerer sechsstelliger Bereich?", echote er. „Wie sollen wir uns das leisten? Ich führe zwar einen gut florierenden Betrieb, aber der müsste über Gebühr belastet werden!" Er zitterte noch mehr.

Lorenz machte ein betrübtes Gesicht. „Mich bezahlen Sie nur für meine Arbeit und in diesem speziellen Fall würde ich Ihnen nicht einmal alle anfallenden Kosten berechnen." Noch eine blanke Lüge. „Aber das Produkt ist sehr selten, wie ich schon ausgeführt habe, und meine Geschäftspartner bestehen auf einem Preis in der genannten Größenordnung."

„Produkt? Es geht um das Herz, das Leben meines Sohnes! Wovon reden Sie?" Broscheid war sichtlich mit seinen Nerven am Ende.

„Bitte beruhigen Sie sich, Herr Broscheid. Ich schlage vor, Sie fahren jetzt nach Hause und besprechen die Angelegenheit mit Ihrer Frau – und gegebenenfalls mit Ihrem Steuerberater. Was Letzteren angeht: Bitte lassen Sie nur die grundsätzliche finanzielle Machbarkeit prüfen. Erwähnen Sie keinesfalls den Verwendungszweck des Geldes. Andernfalls platzt ein möglicher Deal zwischen uns. Sie könnten ihm zum Beispiel sagen, dass Sie eine Immobilie erwerben wollen und die Firma belasten möchten, statt einen neuen Kredit aufzunehmen." Jahrelange Erfahrung mit immer gleichen Argumenten. „Und wie Sie selbst schon gesagt haben: Es geht um das Leben Ihres Sohnes."

Das Gespräch zog sich hin. Lorenz versuchte weiter, Broscheid zu beruhigen, es gelang ihm nur sehr begrenzt, und er merkte, dass sich seine eigenen Nerven allmählich in unruhige Bahnen begaben.

„Nochmals die Frage: Soll ich Ihnen ein Taxi rufen lassen?"

„Nein, nein, ich komme zurecht, danke!" Broscheid stürmte aus dem Zimmer. Schweißtropfen standen auf seiner Stirn und er zitterte noch stärker.

„Bitte rufen Sie mich an, wenn Sie neue Erkenntnisse haben!", rief Lorenz ihm hinterher.

Hoffentlich kommt der heil nach Hause, dachte er, denn das Gespräch war besser gelaufen, als er erwartet hatte. Es geht doch nichts über eine gesunde Vaterliebe!

Inzwischen war Angelika wieder an ihrem Arbeitsplatz und steckte ihren Kopf zur Tür herein. „Was war denn mit dem los? Der ist ja völlig aufgelöst!"

„Ein neuer Interessent für eines unserer Spezialprodukte, der Vater von Freddi. Er braucht aber noch ein paar Tage …"

„Ach ja!" Angelika schaute etwas verlegen. „'Tschuldigung, dass ich Sie nicht vorher informiert habe. Mir ging es nicht gut. Migräne. Ich war im Ruheraum und habe gewartet, bis das Mittel wirkt."

„Schon gut", knurrte Lorenz unwillig.

Lorenz suchte mit seiner linken Hand in der untersten Schublade seines Schreibtisches herum, bis er das kleine Kästchen fand. Ärztliche Tätigkeiten standen heute nicht mehr an. Zeit für einen Joint auf seinem kleinen Balkon hinter dem Behandlungszimmer. Während er tief inhalierte, kreisten seine Gedanken um den Deal.

Drei Unwägbarkeiten gab es nun noch zu klären:

Erstens: Broscheid musste das Geld auftreiben können. Hier hatte Lorenz ein gutes Gefühl.

Zweitens: Ein Herz mit der seltenen Spezifikation musste zur Verfügung stehen. Bis jetzt hatte der Lieferant immer alle Erfordernisse erfüllt.

Drittens: Freddi musste überleben, bis die Transplantation möglich war. Lorenz würde sein Möglichstes dafür tun.

Das läuft ja mal wieder wie geschmiert, dachte er, bevor er die Kippe auf die Wiese hinter dem Gebäude schnippte und wieder an seinen Schreibtisch ging.

*

Drei Tage später stellte Lorenz' Sekretärin ein Telefongespräch mit Broscheid zu ihm durch.

„Herr Broscheid, schön, von Ihnen zu hören", säuselte Lorenz.

„Ja, ja, schon gut. Ich kann das Geld kurzfristig bekommen. Kennen Sie schon den genauen Betrag?"

„Nein, aber ich schätze, in zwei Wochen kann ich Ihnen den nennen und auch den konkreten Lieferzei... äh, Entschuldigung, den konkreten OP-Termin." *Jetzt werde auf deine alten Tage bloß nicht nachlässig*, schalt Lorenz sich innerlich. „Ich brauche den Betrag dann kurz vor der OP. Und ... eine Quittung oder einen Empfangsbeleg kann ich Ihnen leider nicht ausstellen."

„In Ordnung. Wir sind ja täglich in der Klinik. Sie können mir dann eine Nachricht zukommen lassen."

Lorenz stimmte zu und legte den Hörer auf. Unwägbarkeit Nummer eins war erledigt. Er stürmte aus seinem Büro, um Wagner über den neuen Deal umgehend zu informieren. Im Vorzimmer stand Schwester Charlotte und blickte hektisch von irgendwelchen Papieren auf.

„Hat Angelika schon wieder ihre Migräne? Brauchen Sie Hilfe, um etwas zu finden?" Lorenz war irritiert, dass seine Sekretärin ihn erneut nicht über ihre Abwesenheit informiert hatte.

„Nein, nein, ich suche nur ..." Charlotte wirkte etwas fahrig.

„Schon gut, fragen Sie halt Angelika, wenn sie wieder da ist. Ich bin in Eile." Beim letzten Satz war Lorenz bereits fast durch die Eingangstür verschwunden. *Seltsam! Alles, was sie für ihre Arbeit braucht, findet sie doch online in ihrem Stationscomputer. Er* machte sich eine geistige Notiz, das nicht auf sich beruhen zu lassen.

Am folgenden Montag stand das obligatorische Telefongespräch mit Osbourne an:

„Lorenz."

„Firma Osbourne. Guten Morgen, Herr Dr. Lorenz. Wollen Sie eine Bestellung aufgeben?"

„Ja, will ich. Ich brauche Produkt Nummer zwölf für einen elfjährigen Jungen. Blutgruppe AB. Es ist etwas eilbedürftig. Dem Jungen geht es schlecht."

Der Mann am anderen Ende stutzte kurz. „Der Zustand eines Patienten beeinflusst unsere Liefermöglichkeiten bekanntlich nicht. Wie immer hören Sie am Mittwoch von uns."

„Stopp, Stopp!" Lorenz hatte gespürt, dass der Mann direkt wieder auflegen wollte.

„Was ist noch?", knurrte dieser.

„Ich muss Sie noch mit etwas behelligen. Bei uns arbeitet eine Frau Charlotte Winkelmann als Krankenschwester. Die hat neulich in den Unterlagen meiner Sekretärin herumgewühlt. Eigentlich ist sie absolut zuverlässig." Lorenz wurde allmählich unsicher. „Sie hatten damals ja auch meine alte Sekretärin überprüft. Vielleicht können Sie sich Frau Winkelmann einmal kurz ansehen?"

Der Mann brach das Gespräch kommentarlos ab.

Zwei Wochen lang passierte nichts, dann ging es Schlag auf Schlag: Die Lieferzusage von Osbourne mit einem Preis von 250.000 Euro kam an einem Mittwoch. Abzüglich der weiteren Kosten verblieb dann noch ein stattlicher Stundenlohn für die beiden Ärzte Lorenz und Wagner. Der Liefertermin wurde bekannt gegeben und in den OP-Plan der Klinik eingebaut. Wie vereinbart, brachte Broscheid das Geld am Tag vor der Operation mit in die Klinik. Lorenz tat bei dem Gespräch mit dem Vater so, als ob ihn die 350.000 Euro überhaupt nicht interessieren würden. Er würdigte den Rucksack keines Blickes. Unwägbarkeit Nummer zwei war aber so ebenfalls erledigt. Es standen lediglich wieder zwei Urlaube an: Lorenz und Familie würden nach Madeira fliegen und Wagner würde drei Wochen später seinen Urlaub auf Malta verbringen.

Manchmal bekam Lorenz in letzter Zeit das Gefühl, dass ihm die Fäden bei diesen illegalen Geschäften entglitten. Er war intelligent genug, um zu erkennen, dass es nach der damaligen Entscheidung in Lausanne reine Geldgier war, die Wagner und ihn angetrieben hatte. Geldgier und eine kleine Portion Nervenkitzel, alle und jeden an der Nase herumführen zu können. Inzwischen war davon nicht mehr allzu viel übrig. Geld für ein halbwegs luxuriöses Leben hatte er genug, er war nicht der Typ Mensch, der Geld anhäufte, um es einfach anzuhäufen. Und der Nervenkitzel war einer beunruhigenden Routine gewichen.

Was war es dann? Ein „wertvolles" Leben zu Lasten eines „wertarmen" Lebens zu erhalten? Bitter kam ihm der hippokratische Eid in den Sinn.

Manchmal schlichen sich Überlegungen in seine Gedanken wie „Ich tue es einfach, weil ich es kann". Lorenz machte sich eine geistige Notiz, dass es wieder einmal an der Zeit war, mit seinem Kollegen Wagner Grundsätzliches zu klären.

Tage mit umfangreichen Operationen wie einer Herztransplantation hatten in der Klinik eine eigene Ausstrahlung. Jeder, der irgendwie daran beteiligt war, ging mit einer besonderen Konzentration seinen Aufgaben nach. Das gesamte Instrumentarium wurde mit Akribie bereitgelegt, gecheckt und noch einmal überprüft. Checklisten wurden abgearbeitet, absolute Sterilität wurde in allen relevanten Räumen hergestellt. Lorenz berief die obligatorische Vorbesprechung ein.

Lorenz und Wagner, die beiden Operateure, hatten sich geeinigt, dass Letzterer an diesem Tag die Ware in Empfang nehmen sollte. Um neun Uhr kam der erlösende Anruf: Dreißig Minuten später würde der Transport die Klinik erreichen. Fünfzehn Minuten vor der Zeit stand Wagner am vereinbarten Übergabeort, dem Notaufnahmeportal der Klinik. Um 9.28 Uhr fuhr der Wagen vor. Die Übergabe unterschied sich in nichts von der Übergabe eines legalen Transplantats, sogar der medical report war in nichts von einem echten Dokument zu unterscheiden.

Der grellrote Krankentransporter kam mit hoher Geschwindigkeit und Blaulicht, aber ohne Martinshorn die Rampe heraufgefahren. Das Fahrzeug war noch nicht zum Stehen gekommen, als der Beifahrer Wagner bereits die Spezifikation durch das Fenster reichte. Der Fahrer stieg sofort aus, öffnete die hintere Tür und holte den Transplantat-Behälter heraus. Wagner überflog in geübter Routine den Report, nickte, griff nach dem Behälter und entfernte sich mit schnellen Schritten durch die Notaufnahme in Richtung OP-Saal Zwei. Er würde den Behälter umgehend an einen Pfleger übergeben, um sich selbst auf die OP vorzubereiten.

Der Krankentransporter wendete und fuhr – nun ohne Blaulicht und mit gemäßigter Geschwindigkeit – die Rampe wieder hinunter und verschwand im um die Uhrzeit nachlassenden Berufsverkehr. Die ganze Transaktion war vollkommen gruß- oder sonst wortlos abgelaufen.

Vor dem OP-Saal wartete der Pfleger Raschid bereits und nahm das Organ in Empfang. Wagner steuerte gezielt auf die Waschräume zu, um sich umzuziehen und zu sterilisieren. Hier traf er Lorenz, der sich gerade den OP-Kittel zuband.

„Zu deiner Besprechung konnte ich ja logischerweise nicht. Gibt es etwas Besonderes?"

„Nein, alles normal. Die Blutkonserven haben wir ja gerade noch rechtzeitig bekommen. Der Junge ist schon in Saal Zwei. Kollege MicMac kümmert sich gerade um ihn."

Torin MacMillan, Spitzname MicMac, war ein junger Anästhesiologe mit irischen Wurzeln, der sich vor zwei Jahren in der Klinik beworben hatte. Der Eindruck, den er bei Lorenz hinterlassen hatte, war so überzeugend gewesen, dass dieser ihn aus dem Stand heraus einstellte. Mitte 30, klares konsequentes Auftreten, entscheidungsfreudig und auch in der Lage, einmal über den Tellerrand seines Fachgebietes hinausschauen zu können.

Ein Helfer vom Klinikpersonal pellte mühsam ihre Handschuhe aus der Verpackung und zog sie ihnen an.

„Dann wollen wir mal." Lorenz und Wagner sahen einander noch einmal kurz an, ließen sich den Mundschutz umbinden und steuerten auf die Tür zum OP-Saal zu. Freddi lebte noch und damit war die letzte Unwägbarkeit ebenfalls erledigt.

Einer komplikationsfreien Operation und dem Abschluss dieser Transaktion sollte nun eigentlich nichts mehr im Wege stehen

***

Der Arzt

Das Team stand im OP-Saal und diskutierte noch kurz die eine oder andere Vorgehensweise bei der Operation. Grundsätzlich standen alle Abläufe fest und selbst, wenn es Komplikationen gab, wusste jeder genau, wann er was in welchem Umfang zu tun hatte.

MicMac, der Anästhesiologe, saß am Kopfende und studierte konzentriert die Vitalwerte des Jungen, die ihm von diversen Monitoren laufend optisch und akustisch übermittelt wurden. Obwohl er bis auf das Setzen von Injektionen, Kathedern oder Tuben selbst keine Hand an die Patienten legte, war er meist der Erste, der anhand der Werte vorausahnen konnte, ob der Eingriff kritisch oder unkritisch verlaufen würde.

„Alles bestens, der Junge ist stabil und es sieht so aus, als ob es weiter so bleiben würde. Fehlen nur noch unsere zwei Vorturner!" MicMac galt nicht gerade als der Spaßvogel im Team, aber der eine oder andere lockere Spruch kam ihm schon über die Lippen.

Gemeint waren die Operateure Lorenz und Wagner, die in diesem Moment wie auf Kommando parallel und im Gleichschritt im OP-Saal erschienen.

„Morgen zusammen, soweit wir uns noch nicht gesehen haben." Wagner hatte nicht am vorangegangenen Briefing teilgenommen und war insofern noch nicht allen Mitgliedern des Teams an diesem Tag begegnet.

„Bevor wir starten, bitte von jedem ein kurzes Okay, dass es aus seiner Sicht losgehen kann, oder ein ebenso kurzes Statement, wenn es Besonderheiten gibt. MicMac, fangen Sie an!", schnarrte Lorenz knapp. Ziel war es, dass jeder seine körperliche und geistige Einsatzfähigkeit bestätigte und dass erkannte Probleme des Patienten vorab dem gesamten Team zur Kenntnis gebracht wurden.

MicMac leierte die Vitalwerte herunter und schloss mit: „Alles klar, wir können starten!"

Zwei Stunden später, als die anfängliche Spannung einer beruhigenden Routine gewichen war, eckte der Anästhesiologe bei Lorenz an: „Ist schon krass, wie schnell der Junge an seine neue Pumpe gekommen ist, oder?"

Lorenz horchte auf. Was sollte das denn nun? Er reagierte nicht.

„Ich meine, wir reden bei diesen Organen ja über Wartezeiten von mehr als einem Jahr, wenn man Pech hat ...", legte MicMac nach.

In Lorenz fingen die Gedanken an zu wandern. Ahnte oder wusste der Mann etwas? Eigentlich sollte das nicht sein. Sie hatten mittlerweile über ein Jahrzehnt eine Routine aufgebaut – ausschließlich mit Personen, für die er hundertprozentig die Hände ins Feuer legen würde. Eine Routine, die so transparent wie möglich und so verschwiegen wie nötig ablief.

Er erinnerte sich an einen Artikel, den er kürzlich in der Zeitung gelesen hatte:

Ein Versicherungsbetrüger hatte erschlichene Entschädigungen in Millionenhöhe ausnahmslos in Kunstgegenstände umgesetzt. Um nach außen ein kleinbürgerliches Gesicht zu wahren, wohnte er in einer unscheinbaren 55-Quadratmeter-Hochhauswohnung. Er wollte sich aber an seiner wachsenden Sammlung erfreuen und hängte und stellte die Wohnung mit den – legal erworbenen – Schätzen voll. Es kam, wie es kommen musste: Bei einem Einbruch wurde alles abgeräumt. Statt sich nun still zu ärgern, meldete der Mann seinen Schaden in vollem Umfang seiner Hausratversicherung. Der Schadenregulierer gehörte zu den Cleveren seiner Art, wunderte sich ob der Werte in der kleinen Wohnung und stellte Nachforschungen an. Das war dann das Ende des Versicherungsbetrügers.

So etwas konnte Lorenz und Wagner nicht passieren. Peinlich achteten sie darauf, nicht in einen Lebensstil zu verfallen, der ihnen nicht zustand. Sicher, sie wohnten beide in einem frei stehenden Einfamilienhaus in Köln-Marienburg, je standen ein SUV und ein Mittelklassewagen in der Garage bzw. Einfahrt, aber damit war die Zurschaustellung eines guten Einkommens auch schon am Ende. Keine ausufernden Feiern, keine Drogen, keine sichtbare Dekadenz. Gute nachbarschaftliche Verhältnisse, Freundschaften, Sportverein, ein wenig gemeinnütziges Engagement – wie es sich gehörte.

„Eine Blutgruppe AB und andere seltene Spezifikationen können sowohl Fluch als auch Segen sein. Der Junge hat halt Glück gehabt", dozierte Lorenz, nun wieder in der Gegenwart angekommen.

„Ja, ja, der Segen der guten Connections." MicMac seufzte auf und drohte scherzhaft mit einem wackelnden Zeigefinger.

Jetzt ging er aber eindeutig zu weit! Es wurde Lorenz klar, dass der Mann nur einen lockeren Spruch loswerden wollte, und er durfte jetzt keinesfalls überzogen reagieren. Also schwieg er und arbeitete weiter. Allerdings machte er sich eine geistige Notiz, dass er in der Folgewoche ein Gespräch mit MicMac führen würde.

Nach einer weiteren Stunde übergab Lorenz die Leitung der OP an seinen Kollegen Wagner, um eine kurze Pause zu machen. Er ging in den Desinfektionsraum, nahm seine Brille ab und wollte mit einem langen Blick auf den Park für einige Minuten seine Augen entspannen. *Du wirst auch nicht jünger! Vielleicht solltest du dich von diesem ganzen Scheiß allmählich verabschieden.* Es war eine neue Entwicklung, dass Lorenz von sich selbst in der zweiten Person sprach.

Vielleicht war es ja wirklich Zeit für etwas Neues. Geld hatte er genug, der Nervenkitzel der Illegalität war weitgehend verflogen, der hippokratische Eid scherte ihn schon lange nicht mehr. Scherereien mit Kollegen wie eben waren mehr als lästig. Was noch blieb, war die Befriedigung nach einer gelungenen schwierigen, wenn nicht gar aussichtslosen Operation. Die Bewunderung der Patienten, aber auch die Nachlese vor den Kollegen, wenn er darüber dozierte, was er wie und warum zu welchem Zeitpunkt gemacht hatte.

Die Tür flog auf und seine Sekretärin Angelika stürmte herein.

Gott, wie Lorenz das hasste! Unter der OP gestört zu werden von Personen, die nicht steril waren und ihn mit Dingen belästigen wollten, die zu diesem Zeitpunkt nicht im Mindesten interessierten.

„Angelika! Was soll das jetzt werden? Wie oft habe ich Ihnen gesagt: Eine OP, insbesondere eine Transplantation ist TABU-ZEIT! RAUS!!!"

Angelika blieb zwar stehen, machte aber keine Anstalten, zurück zu weichen.

„Dr. Lorenz, wir sind aufgeflogen." Ihre Knie schienen weich zu werden, sie sah sich nach einer Sitzgelegenheit um und fand einen kleinen Schemel. Ungelenk zog sie ihren für diese Situation zu engen Rock hoch und setzte sich. Ihre Hände zitterten stark. Sie war kalkweiß im Gesicht.

„Die Polizei ist da mit einem Durchsuchungsbeschluss. Es geht um die OP, die da gerade läuft. Sie bauen alle Computer ab und packen alle Unterlagen ein. Was soll ich nur machen? Wir wandern alle in den Knast!" Angelika verlor plötzlich die Beherrschung und wurde hysterisch. „Ach ja, und was passiert, wenn sie die OP abbrechen? Dann wird der Junge sterben. Dürfen die das?" Letzteres klang eher wie eine schrille Randbemerkung.

„Was reden Sie da für ein wirres Zeug? Bleiben Sie in der Ecke, sonst kann ich nicht in den OP zurück, ohne mich komplett umzuziehen. Also, nun mal langsam. Was ist passiert?" Er hatte zwar schon eine üble Ahnung, brauchte aber mehr Zeit, um sich zu sammeln.

Angelika blickte zu Boden und überlegte ein paar Sekunden.

„Vor etwa einer Stunde meldeten sich am Empfang zwei Kriminalpolizisten und verlangten Sie oder Dr. Wagner zu sprechen. Die Kollegin verwies die beiden an mich. Und bevor Sie fragen: Ja, ich habe mir die Ausweise zeigen lassen! Ich habe ihnen gesagt, dass Sie beide unabkömmlich in einer mindestens sechsstündigen OP sind und eine Störung einen Todesfall zur Folge haben könnte – nein – haben würde. Dann zeigten sie mir einen Durchsuchungsbeschluss. Und ja, ich habe ihn gelesen."

Angelika wirkte mehr und mehr konfus. Sie schluckte schwer. „Darin stand, dass sie das Recht hätten, sämtliche Betriebsräume zu durchsuchen und Materialien ihrer Wahl beschlagnahmen zu können. Ja, und damit haben sie nun angefangen. Mein PC – Ihrer übrigens auch – ist schon abgebaut.

Der Netzwerkserver ist auch nicht mehr da und was wir noch an Papierunterlagen haben, also alte Patientenunterlagen und die halbe Buchhaltung ... alles weg! Die ... ähm ... andere Buchhaltung übrigens auch."

Lorenz' normale Gesichtsfarbe war inzwischen ebenfalls einem Kalkweiß gewichen. Mit voller Wucht knallte er seine linke Faust auf den kleinen Metalltisch neben ihm. Allerlei Gerätschaften schepperten und kullerten über Tisch und Boden. Unkontrollierte Wutausbrüche gehörten eigentlich nicht zu seiner Mentalität, aber der Frust bahnte sich seinen Weg.

Nach ... wie vielen ... Jahren? Alles brach über ihm zusammen und drohte sich in Nichts aufzulösen: Sein Wohlstand, sein Ansehen und Renommee als Arzt, Vater, Ehemann, Nachbar, Mensch. Verdammt noch mal! Und alles wegen eines falschen Momentes vor vielen Jahren in der Schweiz. Er versuchte sich zu konzentrieren, griff sich mit den behandschuhten Händen an Stirn und Wangen. *Handschuhe gleich wechseln*, schoss ihm routinemäßig durch den Kopf. Wie viele Jahre Knast brachte so was? Und in der Knast-Hierarchie würde er sicher nicht an oberster Stelle stehen mit seinen illegalen Transplantationen.

„Okay, Angelika. Sie gehen bitte wieder zurück in Ihr Büro und beobachten die Leute, wie sie unser Haus fleddern. Wenn Ihnen etwas nicht richtig vorkommt, erheben Sie Einspruch, bringen Sie sich aber keinesfalls in irgendeine körperliche Gefahr!"

Er spürte, dass seine Stimme – und auch sein ganzer Körper – zitterte.

Was jetzt? Weitermachen, als wäre nichts geschehen? Mit erhobenen Händen auf den Flur gehen? Wir sind doch hier nicht in irgendeinem schlechten Krimi!

Plötzlich fiel ihm doch wieder der hippokratische Eid ein, dem er sich vor langen Jahren als Teil der Approbation verpflichtet hatte. Zwar hatte er damals vor niemandem gestanden, die rechte Hand gehoben und irgendetwas Feierliches wie „Ich schwöre!" gesagt, aber mit seiner Verpflichtung zu ärztlicher Ethik war es ihm damals schon ernst gewesen.

*

Wenn ich jetzt nicht wieder da reingehe und meinen Job mache, wird der Junge sterben. Lorenz schaute wieder aus dem Fenster. Deswegen hatte er ja eigentlich die OP kurzfristig verlassen. Er fokussierte Büsche, Bäume, in der Ferne konnte man den Rhein erahnen. Alles war friedlich und es würde auch weiter so bleiben – nur ohne ihn!

Er drehte sich abrupt herum, streifte Mundschutz und Handschuhe ab, rief einen Assistenten und streckte ihm die gebrauchten Sachen entgegen. „Einmal neu anziehen, bitte."

Der verbleibende Teil der OP verlief unspektakulär, obwohl Wagner Lorenz mehrfach vorwurfsvoll ansah, als wollte er hinterfragen, warum dieser so fahrig oder schluderig manche Handgriffe vornahm. Lorenz selbst lief in der letzten halben Stunde nur noch wie auf Autopilot. Das Zusammennähen war Sache seiner Mannschaft und er überwachte die Arbeit lediglich.

Nach Ende der OP sammelte sich das Team wie üblich im Desinfektionsraum, um sich gegenseitig zur gelungenen Arbeit zu gratulieren. Alle waren verschwitzt, müde und ausgelaugt, aber zufrieden. Lorenz griff Wagner an den Arm.

„Komm mit, wir müssen was bereden." Er dirigierte ihn zurück in den inzwischen verwaisten Operationssaal.

„Das passt ja gut", meinte Wagner. „Was war denn eben los mit dir? Du standst ja so was von neben dir. Wenn ich den Bypass zur HLM nicht rechtzeitig adjustiert hätte, hätten wir unter Umständen ein Riesenproblem bekommen!"

„Das Riesenproblem haben wir sowieso. Wir sind aufgeflogen." Lorenz klang heiser und eine ungewohnte Hoffnungslosigkeit war in seiner Stimme zu hören.

„Aufgeflogen? Wie – aufgeflogen?"

„Die Polizei ist hier. Sie wissen anscheinend, dass das, was wir hier machen, nicht legal ist. Wenigstens haben sie den Anstand gehabt und gewartet, bis wir fertig waren und Freddi stabil ist." Seine Stimme klang bitter.

Wagner schluckte schwer, sagte aber nichts. Feine Schweißperlen standen plötzlich wieder auf seiner Stirn. Mehrere Minuten starrten beide Männer wortlos aus dem Fenster in den Park.

„Hat sich das Ganze gelohnt?", stieß Wagner plötzlich hervor. „Ich habe lange von diesem Tag geträumt. Und glaub mir, es waren keine schönen Träume. Es war ja nicht nur das Geld. Geld ist prima, ja! Aber die Macht ... Wir konnten Menschen beim Überleben helfen, die sonst gestorben wären oder elend lang von Maschinen abhängig gewesen wären."

Lorenz sah seinen Partner ausdruckslos an. „Die Diskussion hatten wir ausführlich damals in Lausanne. Ich glaube nicht, dass wir dem heute neue Erkenntnisse hinzufügen können." Er schüttelte langsam den Kopf.

„Komm, lass uns gehen."

Der Vater

Senta und Paul Broscheid saßen angespannt in dem sparsam eingerichteten Aufenthaltsraum. Der Raum war speziell für Angehörige oder Freunde von Patienten, die gerade operiert wurden, eingerichtet worden. Es war hell, eine komplette Glaswand zeigte auf den benachbarten Park. Die Seitenwände bestanden aus Sichtbeton und die gegenüberliegende Wand, ebenfalls komplett verglast, trennte den Raum von einem breiten Flur, von dem wiederum Türen zu den Desinfektionsräumen der beiden OP-Säle abgingen.

Acht Stahlrohrstühle mit weißen Kunstlederbezügen an zwei ebenso weißen Tischen waren das einzige Mobiliar. An einer Seitenwand standen noch ein Getränke- und ein Snackautomat, aus denen man sich kostenlos bedienen konnte. Ein Arrangement aus üppigen bunten Blumen, das zwischen den Tischen stand, verströmte einen leichten Duft.

Den Reproduktionen zweier Bilder von Klee und Kandinsky an den Wänden konnte Broscheid nichts abgewinnen. Als bodenständigem Menschen gefielen ihm eher klassische Bilder, auf denen man die Landschaften, Gegenstände oder Menschen auch als solche erkannte.

Bis auf Freddis Operation stand an diesem Tag kein weiterer Eingriff an, insofern ging es auf dem Flur ziemlich ruhig zu. Nur ab und zu eilte ein weiß oder grün bekittelter Krankenhausangestellter geschäftig mit irgendwelchen Akten oder für die Broscheids nicht identifizierbaren Gerätschaften in den Händen vorbei.

Zwei Stunden waren vergangen, seit Freddi aus seinem Krankenzimmer geschoben worden war und Angelika Marquard sie freundlich in diesen Raum geleitet hatte. Broscheid saß vornüber gebeugt auf einem Freischwinger und wippte mit den Füßen. Gedankenverloren starrte er auf einen stumm geschalteten Fernseher, auf dem sich Nachrichten und Klinik-Werbung in einer Dauerschleife ablösten.

Senta Broscheid stand seit einer Stunde an der Glasfront und starrte in den Park. Sie hatte sich heute „die besseren Sachen" angezogen, einen schwarzen Rock und eine schwarzweiß getupfte Bluse mit Rüschen. Die Haare waren zu einem kurzen Pferdeschwanz gebunden.

Wenigstens flache Schuhe, dachte Broscheid. Er wusste, dass seine Frau in High Heels nach einer halben Stunde Wadenkrämpfe bekam. Seine in letzter Zeit mürrische Art seiner Frau gegenüber war ihm selbst zuwider, aber er sah keine Möglichkeit, etwas dagegen zu tun. Alle fünf Minuten zog sie ihr Mobiltelefon hervor, um auf die Uhr zu sehen oder mitfühlenden Freunden zu schreiben, dass es nichts Neues gäbe. Broscheid verkniff sich einen Kommentar. Es wäre nicht fair gewesen.

„Sechs Stunden Minimum", hatte Dr. Lorenz ihnen am Vortag erläutert. „Je nach Konstitution Ihres Sohnes kann es aber auch erheblich länger dauern. Aber machen Sie sich bitte keine Sorgen! Wir sind ein eingespieltes Team und machen solch eine Transplantation nicht zum ersten Mal." Etwas zu väterlich hatte er den Arm Broscheids Frau um die Schultern gelegt.

Beide wussten, dass es absolut irrational war, in diesem Raum tatenlos auszuharren. Andererseits hatten sie Angst davor, sich sinnfrei zu Hause mit irgendetwas zu beschäftigen oder einen Spaziergang zu machen und dabei wie hypnotisiert ständig auf das Telefon zu starren. Hier im Krankenhaus selbst bekämen sie gute oder schlechte Nachrichten „aus erster Hand" – wohl wissend, dass es natürlich keinen Unterschied machte. Aber solange es auf dem Flur ruhig blieb, war alles in Ordnung, redeten sie sich gebetsmühlenhaft ein.

„Ich geh mal kurz eine rauchen." Broscheid kramte eine zerknautschte Zigarettenpackung und ein abgegriffenes Feuerzeug aus seinem kleinen Rucksack. Ein paar belegte Brote und zwei Flaschen Limonade hatten sie sich mitgebracht. In ihrer panischen Angst um ihren Sohn hatten sie einfach vergessen, dass es hier entsprechende Automaten gab.

Immer noch gedankenverloren strich er mit den Fingern über die verbogene Zigarette. „Bis gleich." Mit krummem Rücken schlurfte er müde über den Flur in Richtung Treppe. Gefühlt war er in den letzten Monaten um Jahre gealtert. Er klammerte sich an das Treppengeländer und stieg ungelenk nach unten zum Ausgang. Auch der Ischias meldete sich in letzter Zeit immer öfter. Vor der Außentür zündete er sich die Zigarette an und inhalierte tief. Eigentlich herrschte auf dem gesamten Klinikgelände striktes Rauchverbot. Aber niemand kümmerte sich weiter darum, keiner blickte ihn strafend an.

Seine Hand zitterte, als er nochmal an der Zigarette ziehen wollte. Asche kullerte über seine Hand auf seine Hose. „Herr im Himmel, lass die Operation gelingen und meinen Sohn wieder gesund werden!" Er schaute angstvoll in den strahlend blauen Himmel. Die Broscheids waren keine besonders religiösen Menschen. An Weihnachten und Ostern ging man in die Kirche und bediente jeweils auch großzügig die Kollekte, aber das war es dann auch schon gewesen.

Aber jetzt? „In einem brennenden Flugzeug über dem Meer gibt es keine Atheisten." Dämlicher Spruch! „Lass ihn wenigstens so gesund werden, wie man nach einer Herztransplantation überhaupt wieder gesund werden kann!", schränkte er bitter ein.

Von dem Deal zwischen Dr. Lorenz und ihnen wusste Freddi natürlich nichts. Außer, dass eine fragwürdige Finanztransaktion stattgefunden hatte, wusste Broscheid ja selbst nichts und hatte auch nichts hinterfragt. Natürlich war den beiden schnell klar geworden, dass es sich um eine illegale Transplantation handelte, aber ansonsten hatten sie den Kopf verdammt tief in den Sand gesteckt.

Andererseits ahnten sie auch, dass sie nie Antworten bekommen hätten. Und selbst wenn, hätten sie diese hören wollen?

„Lass ihn wenigstens so gesund werden, wie man nach einer Herztransplantation überhaupt wieder gesund werden kann!", wiederholte Broscheid sich. Was würde aus der Dachdeckerei werden? Im besten Falle: Würde Freddi körperlich überhaupt in der Lage sein, einen Betrieb zu führen? Selbst wenn er auf die eigentliche Arbeit auf dem Dach verzichten müsste (wozu Broscheid in seinem derzeitigen Alter größtes Verständnis hätte), brachte Geschäftsführung immer einen beachtlichen Anteil Stress mit sich. Hielt ein transplantiertes Herz das überhaupt aus?

Broscheid sah sich kurz um. Er war allein. Schnell bohrte er mit dem linken Zeigefinger ein Loch in die Erde eines neben ihm stehenden Pflanzenkübels, versenkte gewissenhaft seine Kippe und häufelte akkurat wieder Erde darüber. Das war die fünfte Zigarette heute gewesen. „Ich sollte hier weniger rauchen, sonst geht der Rhododendron demnächst ein", murmelte er vor sich hin. Der Hauch eines Lächelns strich über Broscheids Gesicht.

Zurück im Aufenthaltsraum fand er seine Frau in einem intensiven Gespräch mit Schwester Charlotte vor.

„Ich hatte Ihnen ja gesagt, ich schaue zwischendurch mal nach Ihnen. Ich habe nachgefragt: Bei der OP läuft alles nach Plan. Freddi ist stabil, das neue Herz wird in den nächsten Minuten implantiert. Frau Broscheid, geht es Ihnen gut? Kann ich Ihnen irgendetwas bringen?"

Charlotte schaute Broscheid ernst und auffordernd an. Er sah es selbst: Seine Frau war grau im Gesicht und stand augenscheinlich kurz vor einem Kreislaufkollaps. Charlotte wartete nicht auf eine Antwort oder Reaktion von Broscheid, die dieser ohnehin in der Situation nicht hätte geben können.

„Legen Sie sich bitte auf den Boden, Frau Broscheid. Die Füße hier auf den Stuhl."

Senta Broscheid sackte wie eine leblose Puppe in die Arme von Schwester Charlotte. Kalter Schweiß stand ihr auf Stirn sowie Oberlippe und eine seltsame Kurzatmigkeit machte sich in ihrer Lunge breit. Ihr war furchtbar schwindelig und mehr als bereitwillig ließ sie sich auf den Boden legen. Mit sicherer Hand hob Charlotte die Beine auf den Stuhl und prüfte, ob nicht irgendein Kleidungsstück zu eng saß. Sie fingerte ihr internes Krankenhaustelefon aus dem Kittel hervor.

„Raschid, bitte schnell einen Arzt, der nicht bei der OP beschäftigt ist, in den Aufenthaltsraum. Frau Broscheid geht es nicht gut!"

Broscheid stand wie traumatisiert daneben, fuchtelte mit seinen Armen hilflos in der Luft herum und war mit der Situation völlig überfordert. Er brachte kaum ein Wort heraus.

„Senta, was …?"

Schweiß stand auch ihm auf der Stirn. Er kniete sich mit unsicheren Bewegungen neben seine Frau.

„Senta, was …?"

Kurz blitzte in seinem Gehirn der Gedanke auf, dass er in letzter Zeit dauernd Sätze wiederholte, vollständige wie unvollständige. Er ergriff zittrig die schlaffe Hand seiner Frau. Weitere Worte fehlten ihm. Flüchtig schoss ihm panisch die Angst des Alleinseins durch den Kopf. Freddis Leben stand auf Messers Schneide und wenn Senta jetzt etwas passierte – nicht auszudenken. Broscheid wurde kurz schwarz vor Augen.

Er fing sich wieder, als mit wehenden Kittelenden und energischen Schritten ein junger bärtiger Mann in den Raum geeilt kam. Neben einem Stethoskop erkannte Broscheid ein Blutdruckmessgerät in dessen linker Hand. Außerdem sah er eine Nierenschale, in der noch andere Gerätschaften klapperten.

Im Vorbeieilen sah der Arzt Schwester Charlotte fragend an.

„Schätze, Kreislauf!", sagte diese leise.

In einer fließenden Bewegung kniete sich der Mann ebenfalls neben Senta Broscheid.

„Hallo, Frau Broscheid, mein Name ist Ullrich Reimann. Ich bin Arzt hier in der Klinik. Was ist passiert?"

Noch während er sprach, hatte er den Ärmel ihrer Bluse aufgeknöpft und über den Ellenbogen hochgeschoben. Er streifte die

Blutdruckmanschette hoch zum Oberarm und begann sofort damit, sie aufzupumpen.

„Ich weiß nicht, mir ist plötzlich so komisch geworden. Liegt wahrscheinlich an der Situation. So was erlebt man ja nicht jeden Tag."

Reimann prüfte jetzt mit Zeige- und Mittelfinger den Puls und lächelte beruhigend.

„Ihnen ist wohl nur der Kreislauf durchgesackt. Ich werde Sie jetzt noch kurz abhören und dann verabreiche ich Ihnen eine Spritze mit Etilefrin. Das stabilisiert den Kreislauf. Nach zehn Minuten fühlen Sie sich wie neu!"

Wieder lächelte er kurz, bevor er sich das Stethoskop in die Ohren schob. Weitere drei Minuten später nickte er Charlotte bejahend zu.

„Alles klar, Frau Broscheid. Achtung, das piekst jetzt einmal."

Er zog die Spritze auf und verabreichte Senta das Mittel geschickt in eine Armvene.

„Bitte bleiben Sie jetzt noch zehn Minuten liegen. Wenn Ihnen dann nicht mehr schwindelig ist, können Sie vom Boden hochkommen, aber bitte bleiben Sie noch möglichst viel sitzen und … trinken Sie etwas. Sie scheinen mir etwas dehydriert zu sein. Herr Broscheid, mit Ihnen ist alles okay?"

Während er Paul Broscheid ansprach, schaute er Senta unverändert an, tätschelte ihr die Hand und zog etwas fahrig den Blusenärmel wieder hinunter.

Unbeteiligt hatte Broscheid der ganzen Prozedur zugesehen. Seine Pupillen irrlichterten im Raum herum. Zeitverzögert reagierte er auf die Ansprache und zuckte leicht zusammen.

„Ja, ja … Es ist nur so, dass uns das Ganze ziemlich überfordert. Es passiert halt nicht jeden Tag, dass das einzige Kind ein neues Herz bekommt …"

Gequält lächelte er den Arzt an.

Ullrich Reimann schaute ihn ernst an und nickte.

„Wenn Sie mich brauchen, Schwester Charlotte kann mich anfunken und ich bin sofort bei Ihnen."

Er stand auf – ohne, dass ihm die Kniegelenke knackten, wie Broscheid neidisch bemerkte. Er sammelte seine Utensilien ein und verschwand eilig irgendwo im Nirvana der Krankenhausgänge.

UND WAS MICH NOCH VIEL MEHR ÜBERFORDERT: DAS HERZ IST GESTOHLEN, EIN ANDERER MENSCH IST DAFÜR GESTORBEN! ICH WEISS NICHT, WER, UND ICH WEISS NICHT, WO, ABER ICH WEISS, WARUM: AUS SELBSTSUCHT!

Am liebsten hätte Broscheid diese Sätze dem Arzt hinterher gebrüllt, aber er schwieg. Müde gestand er sich ein: Er war korrupt, feige und … Vater.

Als er sich zu seiner Frau umdrehte, die noch immer auf dem Boden lag, aber zunehmend ruhiger atmete, nahm er aus den Augenwinkeln Bewegungen auf dem Krankenhausflur wahr. Bis auf die „Wanderungen" einzelner Klinikmitarbeiter war es bisher recht ruhig geblieben, schließlich gab es keine weiteren Operationen an diesem Tag.

Er beobachtete eine Frau in einer Art Einsatzuniform, die mit einem Aktenwagen mehrere PCs in Richtung Ausgang schob. Broscheid ging zu der gegenüberliegenden Wand und blickte in den Park, der im warmen nachmittäglichen Sonnenschein lag. Er versuchte, sich auf die Büsche und Bäume zu konzentrieren. War da nicht eine Bewegung gewesen? Die Aktion verscheuchte jetzt zumindest seine destruktiven Gedanken.

Da – schon wieder! Es war nahezu windstill, aber ein Busch hatte sich irgendwie bewegt.

„Senta, Schatz! Ich gehe nochmal eine rauchen. Kann ich dich einen Moment allein lassen? Ist das okay für dich?"

Wann hatte er seine Frau zuletzt „Schatz" genannt? Er wusste es nicht mehr.

Senta nickte müde, sie hatte sich inzwischen auf einen Sessel aufgerappelt und wirkte etwas entspannter als noch vor einer Viertelstunde. Ihre Hände hingen schlaff über den Armlehnen.

Broscheid schleppte sich den bekannten Weg zum Ausgang hinunter und zündete sich zittrig eine Zigarette an. Die Zufahrt für Notfall- und andere Fahrzeuge war hinter einer Mauer abgetrennt. Broscheid ging auf einem kleinen mit Betonsteinen ausgelegten Weg um diese Mauer herum und erschrak heftig. Mehrere Polizei-Einsatzfahrzeuge mit hektisch blinkenden Warnlichtern standen kreuz und quer vor der Notaufnahme. Zu hören war so gut wie nichts außer der Frau, die Broscheid eben im Flur gesehen hatte. Sie lud gerade fluchend die PCs in einen Einsatzwagen.

„Scheißgewicht! Warum haben die eigentlich keine Notebooks?"

Broscheid wandte sich um und schnippte seine Kippe ins Nichts. So schnell er konnte, humpelte er – mehr als er rannte – zurück in die Klinikräume. *Wir sind aufgeflogen*, keimte es in ihm auf und grenzenlose Panik machte sich unverzüglich breit.

Die Treppe zu erklimmen, war eine Qual. Es fühlte sich an, als ob ein Stahlband sich um seinen Brustkorb schloss. *Nein, jetzt nicht! Keinen Herzinfarkt oder irgendeinen Quatsch. Ich muss jetzt funktionieren.*

Schweiß rann ihm in die müden Augen.

Vor der Tür, hinter der sein Sohn um sein Leben rang, standen zwei Männer und eine Frau, die gestenreich, aber leise diskutierten. Broscheid taumelte mehr, als dass er ging, auf die Leute zu und blieb schwankend stehen.

„Da drin liegt mein Sohn. Er wird gerade operiert."

Mehr war er nicht in der Lage zu artikulieren.

Es war natürlich kein Erkennen, aber ein plötzliches Verstehen, das über das Gesicht eines der Männer huschte. Abrupt drehte er sich wieder zu den anderen beiden um, als wollte er mit Broscheid ein lästiges Insekt abschütteln. Wieder begannen sie zu flüstern und zu gestikulieren. Sie schienen sich – in was auch immer – einig geworden zu sein und steuerten zielsicher auf die Tür zu. In Broscheids Gehirn schälte sich der Gedanke heraus, dass sie die Operation ohne Diskussion abbrechen wollten. Er schob sich hinterher und legte dem Mann, der ihn ebenso seltsam angesehen hatte, seine verschwitzte Hand auf die Schulter.

„Es ist mein Sohn. Bitte geben Sie meinem Jungen eine Chance."

Tränen liefen ungehindert über Broscheids Gesicht. Wie in einer Rückblende liefen die vergangenen Monate in Zeitlupe vor ihm ab. Die Diagnose, die Verzweiflung, die Lösung, das Wissen um die Unmoral, die Entscheidung. Alles vergeblich. Wahrscheinlich gut so! Broscheid ergab sich in sein Schicksal.

Der Mann wirbelte herum. Seine Augen blitzten zornig. Wut schien in ihm hochzusteigen. Sein Gesicht spiegelte einen heftigen inneren Konflikt wider.

Broscheid erschrak erneut. *Er kennt mich doch gar nicht.* Heftig riss er seine Hand von der Schulter des Mannes und schaute entschuldigend auf.

„Er ist unser einziges Kind."

Mehr brachte er nicht heraus und war sich auch nicht sicher, ob der Mann ihn überhaupt verstanden hatte.

Endlose Verzweiflung und Leere breiteten sich in ihm aus. Er wollte sich nur noch hinlegen und schlafen. Alles verloren! Mit hängenden Schultern stand er da und wusste weder aus noch ein.

Senta war inzwischen auf die Beine gekommen und näherte sich den beiden Männern. Sie sprach kein Wort, sah aber unbeschreiblich elend aus.

Der Mann redete weiter mit seinen Kollegen.

Broscheid hatte den Eindruck, nur noch wie durch Watte zu hören. Er verstand nichts mehr.

Die letzten Worte, die er halbwegs wahrnahm, waren zwei harsche kurze Sätze:

„Wir warten die Operation ab." und „Schaff sie weg!"

Der Kommissar

Sterns schaute von der Hand, die auf seiner Schulter lag, zu den Augen des Mannes, der ihn aufzuhalten versuchte, den OP zu betreten. Der Mann war ihm unbekannt, doch bekannt war ihm die Verzweiflung, die er in dem Blick des Mannes zu sehen glaubte.

„Bitte." Die zittrige Stimme des Unbekannten war kaum zu verstehen. Die Zeit schien für einen winzigen Moment langsamer zu vergehen. Alle Bewegungen in dem Raum schienen wie im Zeitlupentempo abzulaufen. Alle schauten zu ihnen hinüber.

„Bitte, tun Sie das nicht."

Sterns schaute wieder auf die Hand des Mannes. Die Hand eines Mannes, der zeitlebens körperlich gearbeitet hatte. Eine schwielige Hand, die es gewohnt war, zuzupacken. Nun lag sie unsicher, zitternd auf seine Schulter. Zaghaft und bittend.

Der Unbekannte stand zwischen ihm und der automatischen Tür, die zu dem Operationstrakt der Klinik ‚Am Wald' führte.

Der Unbekannte stand zwischen ihm und Lorenz, der vielleicht genau in diesem Moment mit einer Herztransplantation eine Straftat verübte, die es zu verhindern galt.

„Es ist mein Sohn." Die Hand des Unbekannten lag noch immer auf Sterns Schulter. Tränen liefen über die Wangen des Mannes.

„Bitte, geben Sie meinem Jungen eine Chance."

Wut stieg in Sterns hoch.

Wem blieb durch diese illegale Transplantation die Chance auf das Herz verwehrt? Von wem stammte dieses verdammte Organ überhaupt? Sterns merkte, dass auch er zu zittern begann. Er dachte an Ruth. Würde sie heute noch leben, wenn sie an eine Klinik wie diese geraten wären? Wenn sie über das nötige Geld verfügt hätten, um sich ein Herz kaufen zu können? Sterns schaute den Mann an und war sich nicht sicher, wie seine Antwort lauten würde.

Was hätte er getan, um Ruths Leben zu retten? Wie weit wäre er in seiner Verzweiflung gegangen?

„Er ist unser einziges Kind."

Jede Bewegung schien auf dem langen unpersönlichen Klinikflur zum Erliegen gekommen zu sein. Alle schienen in ihren Bewegungen zu erstarren. Kein Laut war zu hören.

Direkt hinter Sterns stand Nina. Dicht gefolgt von zwei Leuten des Sondereinsatzkommandos, das Krause angefordert hatte. Die Bundespolizei hatte sofort eingewilligt, eine mobile Einsatztruppe zur Unterstützung zu schicken. Wie sich herausstellte, waren die Kollegen ebenfalls einem Ring von Organhändlern auf der Spur. So entsendeten sie sogleich eine kleine Gruppe zur Klinik, während sie im Hintergrund versuchten herauszufinden, woher das Organ stammen konnte.

Lorenz und seine Klinik überließ man, mit ein paar Mann Verstärkung, gerne der Kölner Polizei. Die Klinik war zu unbedeutend im großen Geschäft mit menschlichen Organen.

Die Bundespolizei witterte ihre Chance, den Ring im großen Stil auffliegen zu lassen.

So standen sie hier. Die Klinik war von der mobilen Einsatztruppe abgeriegelt geworden. Niemand konnte hinein oder hinaus gelangen. Charlotte hatte Sterns bisher nicht gesehen, aber er wusste, dass sie in der Klinik war. Sterns Kollegen stellten Beweise und alle Unterlagen der Klinik sicher und seine Aufgabe war es, die Transplantation zu verhindern und Beweise gegen Lorenz zu sichern.

Und genau zwischen ihm und dieser Aufgabe stand dieser Mann. Am liebsten hätte Sterns ihn unwirsch zur Seite geschoben und wäre in den OP gestürmt. Zu gerne hätte er das Erstaunen und im Anschluss das Entsetzen in Lorenz' Augen gesehen.

Doch nun stand dieser Mann vor ihm und versperrte ihm mit seiner Verzweiflung den Weg.

Lange schaute er in die Augen des Unbekannten, dessen Sohn gerade ein, mit großer Wahrscheinlichkeit illegal beschafftes, Herz transplantiert wurde.

Es sah entsetzlich traurig aus und für einen winzigen Moment schien er in einen Spiegel zu blicken.

Sterns war sich bewusst, dass, wenn er nun die Operation unterbrach, der Sohn dieses Mannes wahrscheinlich sterben würde. Er kannte das Kind nicht, doch die Verzweiflung und das Bitten in den Augen des Vaters kannte er zu gut.

Sterns wollte die Operation unterbrechen und damit verhindern, dass irgendwer ein Organ bekam, das ihm nicht zustand.

Er wollte den Schmerz aus seiner Brust reißen und dem Vater vor die Füße werfen.

Er wollte den Vater so gerne den Schmerz fühlen lassen, der seit Jahren in ihm tobte.

Doch tief in seinem Inneren wusste er, dass alle diese Gedanken sinnlos waren.

Ruth war tot. Das Herz, das dem Jungen sein Leben schenken konnte, würde ihm Ruth nicht zurückbringen.

Ruth war tot, doch der fremde Junge konnte leben.

Er hatte eine Chance auf ein Leben, wenn Sterns diese Operation zulassen würde.

Ein unwirklicher Laut entfleuchte Sterns Kehle. Er rang mit sich. Er rang mit seinen Gefühlen, seinem Hass, seiner Vernunft und mit seinem Mitleid.

Nun trat auch die Mutter des fremden Jungens zu den beiden Männern. Kein Wort kam über ihre Lippen. Sie sah unendlich traurig und müde aus. Auch ihr liefen die Tränen über die Wangen.

„Wir warten die Operation ab", tat Sterns schließlich seine Entscheidung kund.

Der Mutter entfuhr ein Ausruf der Erleichterung, während der Vater tief ausatmete.

„Ich danke Ihnen", brachte der Vater hervor.

Nina berührte ihren älteren Kollegen leicht am Rücken und drückte so ihre Zustimmung aus.

„Was immer hier gelaufen ist, Ihr Sohn kann nichts dafür", begründete Sterns seine Entscheidung, bevor er sich von den Eltern abwendete und sich zu Nina umdrehte. Seine Stimme klang hart und bitter.

„Schafft sie weg." Er würde zulassen, dass der Junge eine Chance zum Leben bekam, trotzdem würden sich seine Eltern für ihre Tat rechtfertigen müssen. Er konnte vor sich verantworten, dem Jungen eine Chance zu geben. Die Eltern hier auf das Ende der Operation warten zu lassen und gemeinsam mit ihnen auf das Ergebnis zu warten, überstieg jedoch seine Kräfte.

Sie sollten wenigstens ein wenig den Schmerz spüren, den er in sich trug.

Stunden vergingen. Sterns war sich sicher, dass Lorenz und sein Partner zwischenzeitlich auch im Operationssaal wussten, was sich in der Klinik abspielte. Doch die beiden Ärzte schienen die Operation zu Ende bringen zu wollen.

Alle Unterlagen der Klinik waren mittlerweile gesichert und abtransportiert worden. Die Mitarbeiter der Klinik wurden verhört und wie Sterns mitgeteilt wurde, war Lorenz' persönliche Assistentin ebenfalls abgeführt worden. Charlotte hatte er nicht gesehen, doch Nina hatte ihm mitgeteilt, dass sie sich vorbereitete, den operierten Jungen nach der Operation auf der Intensivstation zu übernehmen. Wenn der Junge Glück hatte, würde er überleben. Wenn er großes Glück hatte, würde er sogar für viele Jahre ein weitestgehend normales Leben führen können. Mit großer Wahrscheinlichkeit würde er jedoch ohne seine Eltern aufwachsen müssen. Seine Eltern hatten ihre Freiheit für sein Leben geopfert.

Er hatte vielleicht ein Leben vor sich, doch würde er es nicht im Kreise seiner Familie erleben dürfen.

Sterns rührte sich nicht von der Stelle.

Er wartete auf Lorenz und seinen Kollegen. Er wollte hier sein, wenn sich die Türen nach der Operation öffneten.

Draußen wurde es langsam dunkel. Die Operation dauerte nun beinahe sechs Stunden. Krause trat zu Sterns und drückte ihm einen Pappbecher mit Kaffee in die Hand.

„Am Flughafen wurde eine Privatmaschine sichergestellt", berichtete Krause. „Das Flugzeug war ein fliegender Operationssaal. Man hat ein Mädchen gefunden."

Sterns schluckte. Der Hass, der in ihm brodelte, drohte ihn zu übermannen. Die Adern in seinen Schläfen pulsierten.

„Was ist mit dem Mädchen?", presste er hervor.

Krause zuckte leicht mit den Schultern.

„Es ist tot. Laut den Papieren ist sie in Bolivien gestorben und sollte an Verwandte in Deutschland zur Beerdigung überführt werden." Krause sah aschfahl und müde aus.

„Was für ein mieses, abgekartetes Spiel!" Sterns war erschüttert und man merkte, dass ihm die nächste Frage viel Überwindung kostete. „Ist ihr das Herz entnommen worden?"

Krause nickte traurig.

„Ja, das Herz und wie der Pathologe zum jetzigen Zeitpunkt bereits sagen konnte, auch eine Reihe von anderen Organen, die sich gut zu Geld machen lassen." Krause hatte in den vielen Berufsjahren viel erlebt, doch die Nachricht von dem Mädchen ging ihm nahe. „Sie ist regelrecht ausgeweidet worden."

„Hat man die Verantwortlichen gefunden?", wollte Sterns mit belegter Stimme wissen.

„Ich weiß es nicht, doch die, die an dem Mädchen am besten verdient haben, werden nicht im Flugzeug gesessen haben."

Sterns nickte. Die Drahtzieher machten sich nicht die Hände schmutzig. Wenn überhaupt, würden sich im Flugzeug nur die Leute für die Drecksarbeit befunden haben.

Die beiden Männer hingen ihren Gedanken nach. Es war still um sie herum geworden, bis Sterns das Gespräch schließlich wieder aufnahm.

„Ich werde mich zur Bundespolizei versetzen lassen." Seine Stimme klang entschlossen. „Ich werde zu der Abteilung Organisiertes Verbrechen wechseln."

Krause nickte. Er wollte nur ungern auf Sterns verzichten, doch er wusste, dass dieser Schritt der richtige Weg für seinen Kollegen sein konnte. Sterns würde nicht eher ruhen, bis er die Großen in dieser Sache dingfest gemacht hatte, und dies war weder die Aufgabe ihrer Dienststelle, noch verfügten sie über die benötigten Möglichkeiten. Er würde Sterns für die Bundespolizei empfehlen und alles tun, um ihn bei seinem Wechsel zu unterstützen.

Kurze Zeit später öffneten sich die Türen zum Operationstrakt.

Lorenz und sein Operationsteam kamen heraus. Der Junge war wahrscheinlich schon auf dem Weg zur Intensivstation und damit zu Charlotte.

Sterns fand es bemerkenswert, dass sich der Arzt und das Team dem Unvermeidlichem stellten.

Ohne Worte ging Sterns auf Lorenz zu, legte ihm die Hand auf die Schulter und wandte sich dem Ausgang zu.

Die Krankenschwester

Sie wusste nicht, wie sie den heutigen Tag überstehen sollte. Sie stand auf, wusch sich, frühstückte und verabschiedete sich von Sandra, die ihr noch einmal aufmunternd nachwinkte. Sollte auch alles den Bach runtergehen, zumindest ein Gutes hatte diese Sache hervorgebracht. Sie hatten wieder Zugang zueinander gefunden und vielleicht würde dieser Zustand auch eine kleine Weile halten.

Im Krankenhaus hatte sie dann geholfen, Freddi für die OP vorzubereiten. Hatte sich um seine Eltern gekümmert und sie ins Wartezimmer geführt. Sie kam sich wie ein Roboter vor, der ohne Gefühl seine Arbeit erledigte. Als die OP begann, fragte sie sich, ob Sterns es sich doch noch überlegt hatte und erstmal nichts unternahm. Sie merkte, wie sie Hoffnung schöpfte und sich an den Gedanken klammerte, dass für Freddi doch noch alles gut werden würde.

Sie schaute erneut im Wartezimmer vorbei und fand Frau Broscheid alleine vor. Kaum betrat sie das Zimmer, wurde sie auch schon von ihr in Beschlag genommen und mit Fragen überhäuft. Sie versuchte, sie, soweit es ging, zu beruhigen. Schließlich kam Herr Broscheid zurück ins Zimmer und roch verdächtig nach Rauch. Sie wollte ihm gerade sagen, dass das Rauchen doch verboten sei, als Frau Broscheid plötzlich zusammensackte.

Als Dr. Reimann und Herr Broscheid das Zimmer verlassen hatten, wollte sie Frau Broscheid nicht alleine zurücklassen. Sie wusste zwar auch nicht, wie sie ihr helfen sollte, aber sie brachte es nicht übers Herz, sie alleine im Zimmer zurückzulassen.

Als sie jedoch plötzlich ungewöhnliche Geräusche hörte, die vom Flur herkamen, konnte sie nicht mehr sitzen bleiben. Sie entschuldigte sich bei Frau Broscheid, nicht, ohne dieser zu versichern, sie würde bald wieder nach ihr sehen, und eilte auf den Flur. Was sie dort sah, schien ihr aus einem „Tatort"-Krimi entnommen zu sein. Mehrere Polizeibeamte trugen Körbe mit Aktenordnern, Unterlagen und Computer nach draußen, wo einige Einsatzwagen parkten. Also hatte Sterns doch nicht gezögert.

Raschid kam völlig aufgelöst auf sie zugerannt. „Die nehmen alles mit, wir sollen alle in die Cafeteria kommen, was wollen die, was machen die hier?"

Auf dem Weg in die Cafeteria sah sie, wie Angelika flankiert von zwei Beamten zu einem Wagen geführt wurde. Bevor Angelika einstieg, drehte diese sich noch einmal um und ihre Blicke begegneten sich.

Charlotte schaute sie an und sie wusste, dass sie in diesem kurzen Moment mit ihrem Blick Angelika alles sagen konnte, was sie von der ganzen Sache hielt.

Beschämt wandte Angelika sich ab und Charlotte konnte nicht umhin, ein Gefühl der Genugtuung zu empfinden.

In der Cafeteria begegnete sie Sterns Kollegin. Diese winkte sie zu sich und erklärte ihr den Ablauf.

„Was passiert denn jetzt mit Freddi?"

„Ich weiß nicht. Sie können jetzt nichts mehr tun. Setzen Sie sich hin, ich komme gleich zu Ihnen." Mehr konnte und wollte sie wohl nicht sagen.

Charlotte setzte sich zu Raschid, der immer noch nicht begriffen hatte, was vor sich ging.

Das Gefühl der Genugtuung wich schnell wieder der Sorge um Freddi. Sollte sie hier sitzen bleiben und einfach abwarten, was geschah, die Dinge ihren Lauf gehen lassen und sich nicht einmischen? Schließlich lag das Ganze jetzt nicht mehr in ihren Händen. Nein, sie war Charlotte Winkelmann, und sie hatte sich noch nie etwas vorschreiben lassen und einfach irgendwelche Anordnungen befolgt. Und sie hatte auch nicht vor, jetzt damit anzufangen, Sterns hin oder her.

Als sie rauslief, um zu den OP-Sälen zu gelangen, hörte sie Sterns Kollegin noch hinter sich herrufen, sie solle stehen bleiben, sonst ... Das Weitere hörte sie schon nicht mehr, als sie zu den Aufzügen rannte.

Ein Aufzug öffnete sich gerade und zwei Polizeibeamten stiegen aus. So, wie diese sie ansahen, war jedoch klar, dass die Polizisten sie nicht in den Aufzug steigen lassen würden. Charlotte machte kehrt und rannte die Treppe hoch. Als sie den Flur erreichte, sah sie Sterns, wie er sich der OP-Tür näherte, sie wollte schon laut ausrufen „Sterns nein", als sie Herrn Broscheid auf Sterns zugehen und seine Hand auf dessen Schultern legen sah und ihn ansprach.

Sie konnte nicht hören, was Broscheid sagte, merkte aber, wie Sterns mit sich kämpfte. Broscheid schien verzweifelt auf Sterns einzureden, ohne dass dieser etwas erwiderte. Schließlich kam auch Frau Broscheid dazu, sie sah aus, als wenn sie sich kaum noch auf den Füßen halten konnte. Charlotte war immer noch zu weit weg, um zu verstehen was entschieden wurde, aber als die Broscheids abgeführt wurden konnte sie an Sterns Gesicht ablesen, dass er die OP nicht abbrechen würde.

Jetzt ging Charlotte ins Wartezimmer und nahm die Rolle der Eltern ein. Sie wartete unruhig auf das Ende der OP, hoffte und bangte. Raschid kam vorbei, auch er hatte sich aus der Cafeteria entfernt. Hatte schließlich auch mitbekommen, worum es sich handelte, und wollte sich vergewissern, wie es Freddi ging.

Es schien ihr eine Ewigkeit zu verstreichen und immer wieder sah sie zu Sterns, der ebenfalls wartete, aber nichts von seiner Umwelt mitzubekommen schien. Charlotte hatte er sicherlich nicht bemerkt. Schließlich öffneten sich die Türen des OP-Saals und Dr. Lorenz sowie Dr. Wagner kamen raus. Fast schien es so, als wären sie erleichtert, als sie Sterns erblickten und sich widerstandslos festnehmen ließen.

Als dann endlich alle Polizisten das Krankenhaus verlassen hatten, setzte sich Charlotte zu Freddi ans Bett. Die OP war gut verlaufen Es würde aber noch etwas dauern, bis Gewissheit darüber bestand, ob das Herz angenommen wurde und Freddi es geschafft hatte. Sie würde so lange bei ihm bleiben. Jetzt endlich war sie wieder ruhig.

Sie konnte und wollte sich nicht vorstellen, was ihre Kollegen von ihr halten würden, wenn sie erfuhren, welche Rolle Charlotte in dieser Sache gespielt hatte. Ob sie sie als Verräterin oder Heldin betrachteten. Aber es war ihr egal. Nach all diesen Wochen der Ungewissheit war sie sich jetzt sicher, dass sie richtig gehandelt hatte. Sie wusste nicht, wie es weitergehen würde, mit Freddi, mit Sandra und mit ihr. Aber sie hatte keinen Zweifel daran, dass sie das Richtige getan hatte. Schließlich hatte sie schon so manche Schlacht überstanden, war hingefallen und wieder aufgestanden.

***

Zwei Jahre später

Paul Broscheid war ein gebrochener Mann.

Er konnte nach wie vor nicht entscheiden, was richtig und was falsch gewesen war. Nach seinem Prozess wurde er in die Justizvollzugsanstalt Geldern eingewiesen. Als er mit dem „Knast-Mobil", einem blau-weiß lackierten Bus, der fast wie ein Linienbus wirkte, wenn man sich nicht innen drin befand, einfuhr, bemerkte er die riesigen Lettern „SEHNSUCHT", die irgendein vermeintlicher Graffiti-Künstler auf einer der Außenmauern hinterlassen hatte.

Ja, Sehnsucht hatte er auch gehabt. Sehnsucht nach Familie, Zufriedenheit, Glück. Und was war daraus geworden?

Scheiße hatte er produziert – oder doch nicht? Sein Sohn lebte, er musste Medikamente nehmen, die sein Immunsystem in Schach hielten, aber er lebte. Eigentlich ging es ihm recht gut mit seinen jetzt zwölf Jahren. Außer dass sein Vater mittlerweile im Knast saß. Und wenn er nicht im Knast säße, wäre er tot. Der Sohn. Was war richtig gewesen?

Gestern waren sie zu Besuch gekommen. Es war Sonntag und er hatte diesen Besuch besonders beantragen müssen. Wegen Sonntag. Aber alles war gut gegangen. Beide waren erschienen. Senta, seine Frau, und Freddi, sein Sohn. Broscheid hatte vorher eine Stunde geheult und hinterher eine Stunde geheult. Bis auf seine geschwollenen Augen hatte er sich während des Besuchs allerdings im Griff.

Sie sprachen über den anstehenden Verkauf der Dachdeckerei, der sich nicht vermeiden ließ, über Freddis Gesundheitszustand, über dies und das.

Freddi wirkte mager, zerfahren, aber er war seit einem Jahr wieder in der Schule. In Köln wusste man nichts über ihr Schicksal. Broscheid hatte im Prozess die gesamte Schuld auf sich genommen und behauptet, seine Frau vollkommen im Dunkeln gelassen zu haben. Der Kredit, für den Senta hatte mitbürgen müssen, wäre angeblich für eine Ausweitung des Betriebes gewesen.

Die Prozesssitzungen hatten unter Ausschluss der Öffentlichkeit stattgefunden und so gab es keinen Hinweis auf die Identität des Jungen oder der Mutter. Nach Freddis Krankenhausaufenthalt (die Transplantation selbst war bei seinen Mitschülern und dem Lehrerkollegium nicht bekannt und nach Absprache mit seiner Mutter trug Freddi auch nichts zu einer Aufklärung bei) hatte er ungezählte Sitzungen im Rahmen einer psychologischen Betreuung über sich ergehen lassen müssen, aber Broscheid hatte den Eindruck, dass das seinem Sohn gut getan hatte.

Sicher würde er sein ganzes Leben lang nicht vergessen können, dass in seinem Körper das Herz eines ermordeten Kindes pumpte, aber damit umgehen zu können, ohne zu verzweifeln, war schon mal ein Anfang. Glaubte Paul Broscheid.

Und wieder schlug er die Hände vor sein Gesicht.

*

Gedankenverloren starrte Lorenz aus dem vergitterten Fenster seiner Zelle in der JVA Köln-Ossendorf. Schnell war es gegangen mit seinem Prozess. Die Anklage lautete auf Anstiftung zum Mord in Tateinheit mit gewerblichem Organhandel.

Der Staatsanwalt hatte eine Haftstrafe von fünfzehn Jahren gefordert. Da Lorenz sich in allen Punkten schuldig bekannt hatte, war es ein kurzer Prozess. Aufgrund seiner Geständigkeit wurde das Strafmaß auf zwölf Jahre reduziert. Nach dem Urteil war ihm sofort die Approbation entzogen worden und es folgte die Einweisung in die JVA.

Zunächst verbrachte er demütigende drei Monate im Hochsicherheitstrakt. Sein Prozess war durch die Presse ziemlich breitgetreten worden. Niemand wusste, inwieweit er als Person von seinen Mitinsassen im Gefängnis damit in Verbindung gebracht wurde und, wenn ja, wie die Reaktionen ausfallen würden. Insofern war die Anstaltsleitung auf Nummer sicher gegangen und hatte ihn zum eigenen Schutz zunächst in den Hochsicherheitstrakt gesteckt.

Während dieser Zeit, als er nur stumpf vor sich hin brüten konnte – kein Besuch, keine Arbeit, keine sonstigen Kontakte –, hatte seine Frau die Scheidung beantragt.

Dank eines cleveren Anwaltes konnte ihr keine Mitwisserschaft an dem ganzen Geschehen nachgewiesen werden. Bis auf die Vermögensteile, die eindeutig auf die illegale Transplantationstätigkeit entfielen, hatte sie ihn im Rahmen der inzwischen vollzogenen Scheidung finanziell natürlich nach Strich und Faden ausgenommen.

Von seinem Mitstreiter Wagner hatte Lorenz seit seinem eigenen Prozess nichts mehr gehört. Ihm war es auch recht so. Warum sollten sie ihr Schicksal gegenseitig bejammern?

Der Wechsel in den normalen Strafvollzug vor einundzwanzig Monaten war fast eine Erlösung gewesen. Zunächst durfte er sich durch Arbeit von seinen Grübeleien ablenken. Da er als Chirurg geschickt mit seinen Händen arbeiten konnte, hatte man ihn wie zum Hohn in der feinmechanischen Werkstatt untergebracht. Eigentlich machte ihm das Reparieren von allem möglichen technischen Kleinkram sogar ein wenig Spaß.

Nur ab und zu brach aus ihm der Dünkel heraus, promovierter Arzt zu sein. Dann wollte er alles hinwerfen und nur noch seinen Frust in die Welt hinausschreien. Um keinen Ärger mit Mitinsassen und dem Personal zu riskieren, nahm er sich dann aber so schnell es ging wieder zurück.

Jetzt saß Lorenz in seinen drei mal vier Metern und spielte das sinnlose Gedankenspiel „Was wäre gewesen, wenn …", das er mindestens dreimal am Tag spielte. Er stand auf und wanderte auf und ab, vorbei an seinem durchgelegenen Etagenbett, das noch aus Tagen stammte, an denen jede Zelle mit zwei Personen belegt war, vorbei an der Toilette, die mit einer albernen hüfthohen Sichtschutzwand versehen war, vorbei an dem winzigen Waschbecken, an dem der undichte Wasserhahn alle drei Sekunden mit einem hellen *„Plink"* einen Tropfen absonderte, vorbei an dem fast blinden rostigen Metallspiegel, vorbei an dem durchgescheuerten Resopal-Schreibtisch mit dem gemieteten Fernseher darauf …

Heute war einmal wieder Umschluss. Das hieß, er konnte sich in der Freizeit mit Harry – sie hatten sich während mehrerer Spaziergänge im Innenhof ein wenig angefreundet – zusammen in eine der beiden Zellen einschließen lassen und etwas Gemeinsames machen. Karten spielen, fernsehen oder einfach nur reden.

Harry war Koch, Berliner und eigentlich eine Seele von Mensch. Während seiner Arbeitszeit hatte er allerdings unter der Theke des Restaurants, in dem er arbeitete, Meth verkauft. Sein Chef kam dahinter und stellte ihn nach Arbeitsschluss zur

Rede. Ein Wort gab das andere und – genervt von einem anstrengenden Arbeitstag – erschlug Harry ihn mit einem schweren Bierseidel.

„Der hat zu viel jequatscht, wenn du mich fragst", war sein Spruch, wenn die beiden einmal über „alte Zeiten" schwadronierten, was allerdings selten vorkam.

Der Schließer klopfte kurz und schloss die Zellentür auf.

„Hallo, Herr Lorenz, kommen Sie, lassen wir Harry nicht warten."

Die Anrede „Doktor" kam hier nicht vor und Lorenz war das eigentlich auch recht so. Ein neuer – für Lorenz stumpfer – Nachmittag brach an.

*

Mit einer Tasse voll schwarzem starken Kaffee betrat Sterns sein Büro, das er mit drei weiteren Kollegen teilte. Wie so oft dachte er an Lorenz, Wagner und die Klinik ‚Am Wald'. Seitdem er und das damalige Team die Transplantation von illegal beschafften Organen in der Kölner Klinik aufgedeckt hatten, verlief sein Leben in anderen Bahnen. Seinem Versetzungsantrag zur Bundespolizei Abteilung „Organisiertes Verbrechen" war stattgegeben worden. Die Einsatzzentrale, zu der er nun gehörte, war in einer ehemaligen belgischen Kaserne untergebracht, in der sich auch verschiedene Unternehmen und sogar eine Ballettschule angesiedelt hatten. Es gab keine „Laufkundschaft" und ständen nicht eine Reihe von Polizeiwagen vor der Tür, wäre ihre Dienststelle kaum erkennbar gewesen. Der aufmerksame Beobachter würde merken, dass auf den Kennzeichen nicht die übliche Markierung NRW, sondern BP für Bundespolizei abgebildet war. Genauso unscheinbar wie ihre

Dienststelle verlief auch seine jetzige Tätigkeit, die im Wesentlichen aus Recherchen und dem Zusammenfügen von bundesweiten Informationen bestand. Die Arbeit hatte nichts mehr gemein mit der Zeit, als er noch Ninas Kollege war. Seine jetzige Tätigkeit war kleinteiliger, bestand aus der Zusammenarbeit in einem riesigen Netzwerk und wurde erst wahrgenommen, wenn sie eine gezielt geplante Operation umsetzten.

Nach einigen beharrlichen Gesprächen war es ihm gelungen, in dem Team mitarbeiten zu dürfen, das sich mit der illegalen Organtransplantation beschäftigte.

Mittlerweile wusste Sterns, dass es sich bei Lorenz und Wagner wirklich nur um mikroskopisch kleine Fische in einem riesigen Becken des organisierten Verbrechens handelte. Die beiden hatten keine Lücke in dem korrupten System hinterlassen. Bisher war es Sterns und seinen Kollegen jedoch nicht gelungen, an die eigentlichen Drahtzieher der Organisation heranzukommen. Doch Sterns war fest davon überzeugt, dass er diesen Verbrechern irgendwann die Handschellen anlegen würde. Er wusste, dass die Wahrscheinlichkeit eher gering war, dass tatsächlich ER der Mann sein würde, der den letzten Akt in diesem grausamen Wirtschaftszweig beenden würde, doch er lebte für diesen Traum.

Immer wieder stellte er sich vor, dass er nicht Lorenz, sondern den Kopf der Organisation an die Schulter fasste und ihm damit zu verstehen gab, dass das Spiel vorbei war. Er klammerte sich an diesen Gedanken. Für Ruth und auch für das tote Mädchen aus dem Flugzeug, dessen Identität sie niemals herausbekommen und das damit namenlos anonym auf einem Friedhof im Kölner Osten bestattet worden war. Manchmal ging er auf dem Friedhof spazieren. Es klang vielleicht verrückt, doch durch das Mädchen fühlte er sich Ruth näher verbunden. Gerade wenn es regnete und kaum andere Menschen auf dem Friedhof unterwegs waren, führte ihn sein Weg dorthin. Zu dem namenlosen Mädchen und zu Ruth. Hier konnte er seiner Wut und seiner Trauer freien Lauf lassen.

Der Gedanke, dass das Herz, das Ruth vielleicht das Leben hätte retten können, für viel Geld an jemanden mit dem nötigen Kleingeld und Kontakten verscherbelt worden sein könnte, machte ihn rasend und wütend. Und genau diese Wut trieb ihn an.

Tag für Tag.

Nach wie vor war er der einsame vergrämte Wolf, doch nun sah er seinen Weg klar und deutlich vor sich. Er wusste wieder, warum er sich morgens auf den Weg zur Arbeit machte. Die Jagd auf Kleinkriminelle, Drogendealer und Zuhälter hatte er endgültig hinter sich gelassen.

*

Schon wieder hatte sie Überstunden schieben müssen, ihre Füße schmerzten und ihr Rücken fühlte sich an, als ob sie tausend Kohlesäcke geschleppt hätte. Gott sei Dank gab es den Supermarkt um die Ecke, der bis zehn Uhr geöffnet hatte. So hatte sie doch noch schnell etwas einkaufen können. Charlotte wusste, dass sie froh sein konnte, überhaupt eine Stelle gefunden zu haben, trotzdem konnte sie nicht anders, als mit ihrem Schicksal zu hadern.

Anfangs waren ihre alten Kollegen entsetzt gewesen, als sie die Wahrheit über Dr. Lorenz und Dr. Wagner erfuhren. Charlotte hatte bei einigen sogar einen Heldenstatus eingenommen, als ihre Rolle bei der ganzen Sache herauskam.

Als die Klinik schließlich geschlossen wurde und einer nach dem anderen eine Stelle fand, die bei Weitem nicht so attraktiv und gut bezahlt war wie die alte Stelle in der Klinik ‚Am Wald', änderte sich jedoch die Haltung ihrer alten Kollegen ihr gegenüber. Nur mit Rashid hatte sie noch Kontakt und er war der Einzige, der immer noch der Überzeugung war, dass sie das Richtige getan hatte.

Dass ihre Kollegen sie hatten fallen lassen, war schmerzhaft gewesen, aber Rashid hatte ihr darüber hinweggeholfen. Richtig wütend wurde sie jedoch, wenn sie an ihre verzweifelte Suche nach einer neuen Arbeitsstelle zurückdachte. Kam es zu einem Vorstellungsgespräch und irgendwann kapierte ihr Gegenüber, dass Charlotte diejenige war, die die Klinik ‚Am Wald' zum Einstürzen gebracht hatte, dann endete das Gespräch schnell. Sicher keiner konnte das, was geschehen war, gutheißen. Aber eine Nestbeschmutzerin, und letztlich lief es für viele darauf hinaus, konnte und wollte niemand in seinem Betrieb haben.

Als dann schließlich das unterbezahlte Angebot beim Altersheim kam, blieb ihr nichts anderes übrig, als die Stelle anzunehmen. Hin und wieder sah sie sich die Stellenangebote an, aber ihr war klar, dass es noch einige Zeit bedurfte, bis wirklich Gras über die Sache gewachsen war und nicht jeder direkt das rote Tuch in ihr sah.

Nach wie vor zuckte sie zusammen, wenn sie einen schwarzen Lieferwagen entdeckte. Sie schwankte jedes Mal zwischen Wut, Angst und Trauer. Rashid lag ihr ständig im Ohr, sie solle eine

Therapie anfangen oder zumindest autogenes Training oder irgendwas in der Richtung. Vielleicht sollte sie das ja wirklich tun.

Sie schleppte sich die Treppe nach oben und stellte die Einkaufstaschen ab, um die Wohnungstür aufzuschließen. Laute Musik dröhnte durch die Tür. Sandra hatte seit Neuestem ein Faible für Hip-Hop-Musik. Grauenhaft. Ständig musste sich Charlotte irgendwelche unsäglichen Texte anhören. Aber sie musste lächeln, wenn sie an ihre gemeinsamen Abende dachte: Sandra und sie gemeinsam auf dem Sofa, irgendwelcher schrecklicher Musik lauschend, nah beieinander.

Christiane Hartmann ist Jahrgang 1963. Die gebürtige Kölnerin lebt mit ihrer Familie in Köln. Als passionierte Leserin hat sie sich mit diesem Buch einen lang gehegten Traum erfüllt und ist selber unter die Autorinnen gegangen.

Sie ist verantwortlich für die Figur der Krankenschwester Charlotte Winkelmann.

Dirk Reetz ist Jahrgang 1955. Der gebürtige Hamburger lebt mit einer kurzen Unterbrechung seit 1976 in Köln. Der Versicherungskaufmann und Betriebswirt kam erst im Rahmen seines Ruhestandes zum Schreiben. Neben einigen Kurzgeschichten ist dieses Werk seine erste veröffentlichte Koproduktion in Buchform.

Er ist verantwortlich für die Figuren des Vaters Paul Broscheid und des Arztes Dr. Lorenz.

Claudia Schnitzler wurde 1967 in Essen geboren. Als Kind zog sie nach Köln, wo sie auch heute noch lebt. Nach ihrer kaufmännischen Ausbildung studierte sie Betriebswirtschaftslehre und arbeitet heute als Senior HR-Managerin. Daneben ist sie als Schriftstellerin tätig. 2014 veröffentlichte sie ihr erstes Buch „Kreisel der Zeit". 2016 folgte der Roman „Sarah…oder wie auch immer".

Sie ist verantwortlich für die Figur des Mädchens Paola und für den Kommissar Sterns.

Kreisel der Zeit

ISBN 978-3-86440-148-0

Sarah…oder wie auch immer

ISBN 978-3-7345-2867-5

Weiteres Infos: www.claudia-schnitzler.de

Zeitfracht Medien GmbH
Ferdinand-Jühlke-Straße 7
99095 Erfurt, Deutschland
produktsicherheit@kolibri360.de